Dans les bras du shérif

Pour l'amour d'un mercenaire, *J'ai lu* 5698
La belle et le cow-boy, *J'ai lu* 6446

Jill Gregory

Dans les bras du shérif

*Traduit de l'américain
par Elizabeth Clarens*

Titre original :

ONCE AN OUTLAW
Dell Publishing, a division of Random House, Inc., N.Y.

1

Forlorn Valley, Colorado

— Emily, ma chérie, es-tu vraiment certaine de vouloir rester toute seule ?

Un soleil éclatant brillait dans le ciel bleu au-dessus des montagnes Rocheuses. L'homme aux cheveux gris observait d'un air inquiet la jeune fille, debout sous le porche de la cabane en rondins. S'il était soucieux, sa nièce semblait aussi sereine qu'un lac de montagne.

— Tout ira bien, oncle Jake. Je ne risque rien.

En prononçant ces mots, toutefois, Emily Spoon ressentit un frisson d'appréhension.

D'où lui venait cet étrange pressentiment ? Pourtant, rien ne l'effrayait dans ce coin perdu au cœur du Colorado, ni l'obscurité ni la solitude. Non, elle ne craignait rien, excepté de perdre à nouveau sa famille...

— Et n'oublie pas que je ne suis pas vraiment toute seule, ajouta-t-elle, tandis que la brise taquinait ses mèches noires. J'ai Joey.

— Le gamin ? marmonna son oncle. Tu sais bien ce que je veux dire...

Sa voix rocailleuse faisait écho à son visage sombre et buriné, mais Emily n'était pas intimidée. En dépit de son physique impressionnant, de ses yeux couleur de boue enfoncés dans leurs orbites, Jake Spoon se montrait doux comme un agneau envers sa famille et ses amis.

Elle étudia l'homme qui l'avait élevée. Les années de prison l'ont changé... songea-t-elle, attristée. Avant son arrestation par le shérif Clint Barclay, il avait été un aventurier téméraire qui aimait les longues chevauchées, les bagarres et les poursuites. Malheureusement, il avait eu aussi une attirance irraisonnée pour l'argent des riches, qu'il leur dérobait en toute illégalité.

Les sept années passées derrière les barreaux, ainsi que les drames arrivés à sa famille pendant son incarcération, l'avaient vidé de son énergie et vieilli prématurément. Désormais, la fatigue marquait ses traits, son regard était éteint, et son sourire autrefois généreux était devenu aussi rare qu'une pépite d'or.

Emily s'inquiétait pour lui. Ces jours-ci, les épaules courbées d'oncle Jake semblaient porter un fardeau invisible, trop lourd. Elle eut une pensée pour sa tante Ida.

— Je sais ce que tu veux dire, répliqua-t-elle en lui tapotant gentiment le bras. Mais tout ira bien. Va à Denver acheter du bétail et de bons chevaux. Joey et moi nous débrouillerons.

— Arme ce fusil et garde-le près de toi, c'est compris ?

— Promis.

— Et s'il y a des étrangers qui passent, tire d'abord et pose des questions ensuite.

— Oncle Jake, je sais veiller sur moi...

Il hocha la tête, mais elle devina qu'il se sentait coupable.

— Je t'en prie, continua-t-elle. Le passé est derrière nous. La famille Spoon est à nouveau réunie, et tout sera comme avant.

Pas tout à fait, bien sûr… songea la jeune fille. Tante Ida n'est plus avec nous.

Jake se racla la gorge comme s'il avait lu dans ses pensées. D'une main, il enfonça son chapeau sur son crâne.

— C'est vrai, ma chérie. Lorsque nous serons revenus de Denver, les garçons et moi, nous ne quitterons plus le ranch. On va tenter le tout pour le tout, quoi qu'il arrive.

Elle éprouva une bouffée de bonheur. Elle savait qu'il était sincère : oncle Jake et les garçons n'allaient plus dévier du droit chemin.

Nous serons une famille unie sous un même toit, se dit-elle. Et personne ne nous prendra ce ranch, cette terre.

Un sourire aux lèvres, elle observa son frère Pete et son cousin Lester, qui sortaient leurs chevaux de l'écurie.

— Allons-y, oncle Jake ! s'écria Pete d'un air enjoué. Il y a une table de poker qui m'attend à Denver, avec un gros sac d'argent marqué à mon nom. (Il agita son Stetson.) Salut, sœurette ! On se reverra dans deux jours.

Lester enfourcha son cheval. Il était encore plus robuste que l'oncle Jake, avec des cheveux blonds, de larges épaules et un doux visage lunaire semé de taches de rousseur.

— Surveille bien la porte de la grange, Emily. Je n'ai pas eu le temps de la réparer. Veux-tu que je te rapporte quelque chose de Denver ?

— Revenez sains et saufs, c'est tout ce que je demande, dit-elle en leur adressant un regard perçant à chacun.

Jake Spoon fit pivoter sa monture.

— On y va, les garçons !

Pete donna deux coups de talon en poussant un hurlement joyeux. Tous trois partirent au galop vers le sud.

Emily resta immobile près de la rambarde cassée du porche, jusqu'à ce que les cavaliers aient disparu dans un nuage de poussière. Autour d'elle, les boutons-d'or parsemaient les collines fertiles où l'herbe repoussait. Au loin, les montagnes majestueuses, couvertes de sapins, tutoyaient le ciel azuré.

Elle inspira profondément, bénissant l'air cristallin de la montagne. Cette petite cabane en rondins – sa nouvelle maison – était située sur les rives de Stone Creek, à une dizaine de kilomètres de la ville de Lonesome. Il n'y avait pas d'autre habitation dans cette partie de la vallée. Elle aimait la solitude et la beauté grandiose de ce lieu préservé. Après des années passées dans une maison bruyante de Jefferson City, où elle avait travaillé comme servante chez l'odieuse Mme Wainscott, la cabane était un coin de paradis.

Le silence était aussi dense que les forêts qui s'étendaient à l'arrière de la maison. Elle avait l'impression d'être seule au monde. Des aigles planaient au-dessus des cimes, et quelques élans traversaient le plateau rocheux vers le nord.

Alors pourquoi ai-je cette sensation bizarre ? se demanda-t-elle, inquiète. L'impression qu'il y a quelqu'un – ou quelque chose qui approche…

Elle frémit, puis leva les yeux vers le ciel bleu. La nuit tomberait dans quelques heures. Pourvu qu'elle ait chassé ses idées noires, d'ici là !

— Em'ly, où es-tu ?

En entendant la voix enfantine, elle se hâta de retourner dans la cabane.

— Je suis là, Joey. Tout va bien.

Elle sourit au garçon qui se tenait près de la cheminée. Ses grands yeux bruns lui mangeaient le visage. À six ans, Joey McCoy était petit pour son âge, avec un visage maigre et pincé, des cheveux couleur de blé. Ses yeux aux longs cils, qui ressemblaient à ceux de sa mère, étaient toujours apeurés.

— J'espère que tu as faim, lança-t-elle d'un air joyeux. J'ai l'intention de nous préparer un délicieux repas.

L'enfant se contenta de la dévisager.

— Que dirais-tu de mon célèbre poulet frit, et d'une belle tarte aux mûres comme dessert ?

Elle s'accroupit et sourit pour le rassurer.

— Je vais utiliser la recette de ta maman. C'est bien ta tarte préférée, n'est-ce pas, Joey ?

Sans répondre, il regarda par la fenêtre, les poings serrés le long du corps.

— Quand est-ce qu'ils reviendront ?

— Oncle Jake et les garçons ? Dans quelques jours.

— Alors on doit rester ici… tout seuls ? demanda-t-il d'une voix tremblante.

Emily effleura d'un doigt le petit nez retroussé.

— Tu ne verras pas le temps passer, crois-moi. Nous avons beaucoup à faire pour remettre cette cabane en état.

9

Joey contempla la pièce principale avec le plancher en bois, les quelques meubles, les lampes à huile, puis son regard se fixa à nouveau sur le visage de la jeune fille.

— C'est loin d'être aussi joli que la pension de Mme Gale, admit-elle. Mais nous allons tout transformer, tu verras, Joey. Je vais coudre de jolis rideaux de dentelle blanche, comme ceux que Mme Gale avait dans son salon. Et lorsque j'irai en ville, j'achèterai un ou deux tapis.

— Bonne idée, marmonna-t-il, toujours aussi préoccupé. Est-ce que le méchant homme va me trouver ?

— Non, Joey.

Emily le serra dans ses bras, regrettant de ne pouvoir chasser cette frayeur. Elle sentait ses os poindre à travers sa peau.

— Il ne te trouvera pas, je te le promets. Ni ici ni ailleurs. Tu es en sécurité désormais, conclut-elle d'un air déterminé.

— Et maman ?

— Ta mère est en sécurité, elle aussi. J'en suis sûre.

Elle repoussa tendrement une mèche de cheveux blonds qui avait glissé sur l'œil du garçon.

— Nous avons joué un tour au méchant monsieur, tu te souviens ? Il ne pourra pas vous retrouver, ni toi ni ta mère. Et bientôt, ta maman va venir te chercher pour t'emmener dans ta nouvelle maison. Personne ne vous fera plus jamais mal.

— C'est promis, Em'ly ?

— Promis, juré !

Elle sentit Joey se détendre et en profita pour se redresser.

— J'ai aussi promis à ta maman que je prendrais soin de toi en attendant son retour, ce qui signifie que tu ne dois pas mourir de faim, jeune homme. Tu imagines comme elle serait furieuse! Alors tu dois me faire une promesse, Joey.

— Laquelle?

— Ce soir, tu termineras ton assiette, tu boiras ton lait et tu mangeras une grosse part de tarte. Peut-être même deux parts. Tu crois que tu pourras tenir une telle promesse?

Elle espérait lui arracher un sourire, mais Joey n'avait pas souvent souri depuis le jour funeste où John Armstrong l'avait projeté d'une bourrade contre un mur, avant de rouer de coups Lissa McCoy, lui infligeant un œil au beurre noir.

Il acquiesça d'un air solennel.

Le cœur de la jeune fille se serra. Si John Armstrong, l'ex-fiancé de Lissa, parvenait jusqu'ici, ce serait son ultime erreur, se jura-t-elle.

Lissa avait été sa meilleure amie pendant les années où oncle Jake avait été en prison, et Pete et Lester en fuite. Tante Ida et elle n'avaient pas réussi à conserver leur ferme dans le Missouri, et elles avaient emménagé dans la pension de Mme Gale où Lissa McCoy, une jeune veuve, travaillait comme cuisinière. Lissa et son fils Joey partageaient une chambre attenante à la cuisine. Lissa avait aidé Emily à trouver un emploi de domestique dans une belle maison sur Adams Street. D'emblée, Emily s'était prise d'amitié pour la jeune femme, qui travaillait dur et adorait son petit garçon. La seule chose qu'Emily n'appréciait pas chez elle, c'était son soupirant – un homme renfrogné et colérique, qui travaillait pour les chemins de fer. Elle n'avait jamais eu confiance en

John Armstrong, mais Lissa n'avait pas compris sa vraie nature... jusqu'à leurs fiançailles.

Et alors, il avait été trop tard.

Désormais, Lissa fuyait l'homme qu'elle avait pensé épouser. Emily veillait sur Joey pour lui permettre de duper Armstrong, d'atteindre la Californie, et de trouver un refuge pour elle et son fils auprès de ses grands-parents, avec lesquels elle était brouillée depuis longtemps.

Jusqu'au retour de Lissa, Emily avait promis de veiller sur Joey coûte que coûte, mais elle n'arrivait pas à rassurer l'enfant. Bien qu'elle tentât de le convaincre que John Armstrong n'avait pas pu le suivre depuis Jefferson City, il avait trop peur pour la croire. Il refusait de sortir de la cabane. Et s'il pointait le nez dehors, il revenait aussitôt se terrer dans la maison comme s'il avait une meute de loups à ses trousses.

Qui pourrait lui en vouloir? se demanda Emily, se rappelant les cris et les sanglots de cette terrible nuit, lorsque Armstrong avait battu Lissa et terrorisé Joey. Seul le temps permettrait aux souvenirs de s'estomper...

— J'ai une idée, dit-elle en lui prenant la main. Pourquoi ne jouerais-tu pas avec les billes que t'a apportées Lester, pendant que je balaye le plancher? Puis tu pourras m'aider à préparer la tarte.

— Je vais t'aider à balayer. J'aidais toujours maman.

— Parfait, fit-elle avec un large sourire. Dieu sait s'il y a du travail à faire par ici. Ton aide sera la bienvenue.

Elle devinait qu'il souhaitait seulement rester près d'elle, car il se sentait plus en sécurité...

À sa grande surprise, Joey fit honneur aussi bien

au poulet frit et aux biscuits qu'à la tarte. Plus tard, elle le borda dans son lit, dans la chambre qu'il partageait avec les garçons, et contempla son petit visage blême et sérieux.

— Demain, tu pourrais m'aider à m'occuper du potager. Je dois planter des légumes.

Il tressaillit.

— Dehors ?

— Tu pourrais jouer dans la poussière et te salir autant que tu veux. Lorsque nous habitions la ferme, Pete adorait ça. Il cherchait des vers de terre et des bestioles qu'il essayait de me mettre dans les cheveux... (Elle frissonna, puis éclata de rire.) Mon frère était un diablotin. Pas un garçon gentil, poli et serviable comme toi.

— Je préfère rester à l'intérieur, murmura Joey.

— Très bien, fit-elle en déposant un baiser sur sa joue. Tu feras comme tu veux. Mais si tu changes d'avis, toute la belle terre, les vers de terre et les bestioles seront là à t'attendre.

Il esquissa un sourire fragile, et une lueur d'envie glissa dans son regard.

— Bonne nuit, Em'ly, chuchota-t-il.

— Bonne nuit, Joey.

Alors qu'elle atteignait la porte, elle l'entendit murmurer :

— Bonne nuit, maman...

Une rafale de vent fit claquer les volets. La gorge d'Emily se noua. Elle ferma la porte derrière elle et avança dans la pièce principale de la cabane, où flambait un feu de cheminée. Pourvu que Lissa soit vraiment saine et sauve, qu'elle trouve sa famille en Californie... Pourvu que John Armstrong ne soit pas sur ses traces...

Elle agrippa le dossier de la vieille chaise à bascule.

N'y pense même pas, songea-t-elle. Armstrong ne va pas tuer Lissa. Même s'il l'en a menacée, quand elle a rompu leurs fiançailles après avoir découvert son véritable caractère.

Une nouvelle rafale ouvrit brusquement les volets, la faisant sursauter. Agacée d'être aussi nerveuse, elle lutta avec le loquet.

Cesse de t'angoisser ! se gronda-t-elle. Tu as du travail à faire...

Elle devait commencer par coudre les rideaux en dentelle. Ils égayeraient la cabane, qui en avait grandement besoin.

Elle souleva le couvercle du coffre en bois qui avait appartenu à tante Ida. Le bois de chêne, incrusté d'argent et de cuivre, contenait ses tissus les plus précieux : du coton, de la mousseline et de la laine, du lin, du satin, et même du velours et de la soie, ainsi que des rubans, des aiguilles et des épingles. Mais ce coffre recelait autre chose : parmi les tissus soigneusement pliés se nichaient ses rêves, ses espoirs et ses projets d'avenir.

À genoux, elle fouilla parmi les rouleaux de vichy et d'imprimés aux couleurs vives, à la recherche de la dentelle de mousseline dont elle avait besoin pour les rideaux. Mais en apercevant la soie rose cendré qu'elle avait achetée à Jefferson City, elle voulut l'admirer une nouvelle fois à la lumière.

C'était le plus beau tissu qu'elle eût jamais vu. Aussi magnifique que celui des robes de Mme Wainscott. Les yeux brillants, Emily songea qu'elle le transformerait un jour en une robe splendide. Elle l'imaginait déjà, d'une rare perfection, avec des manches ajustées, une tournure en satin noir et d'étincelants boutons de jais. Quand les dames de Lonesome la verraient, elles exigeraient toutes de posséder une toilette aussi sophistiquée et irrésistible...

Du moins, je l'espère, se dit-elle.

Emily caressa d'un doigt la soie qui luisait à la lumière de la lampe. Hélas, la robe devrait attendre, ainsi que ses rêves. Mais pas longtemps, se promit-elle. Le temps de rendre la cabane chaleureuse et confortable pour la famille.

Un jour, elle serait une couturière renommée et gagnerait suffisamment d'argent pour les entretenir tous, oncle Jake et les garçons, au cas où le ranch ne serait pas rentable. Ils ne seraient plus jamais à la merci d'un étranger qui pourrait tout leur prendre.

Nous ne perdrons pas cette terre comme nous avons perdu la ferme, se jura-t-elle en froissant la soie entre ses doigts. Je ne travaillerai plus jamais comme servante pour une Mme Wainscott.

Un court instant, les souvenirs de la maisonnée Wainscott affleurèrent. Ils étaient tous désagréables. Elle ne voulait plus penser à Augusta Wainscott, la femme la plus écervelée et la plus exigeante qu'elle eût jamais rencontrée, ni à son fils Hobart qui aimait peloter les servantes en douce dans les couloirs.

Elle voulait oublier tout cela, penser aux nouveaux rideaux, au tapis qu'elle achèterait pour la pièce principale, aux coussins brodés pour le sofa et les fauteuils, aux jolies aquarelles à accrocher aux murs. Elle imaginait un four flambant neuf, des assiettes en porcelaine chinoise, et peut-être un piano droit comme dans la chambre à musique de Mme Wainscott...

Soudain, elle crut entendre un bruit à l'extérieur. Elle se figea, aux aguets.

Un léger craquement.

Comme une brindille qui se brise, pensa Emily. À moins que ce ne soit le vent. Un frisson lui parcourut l'échine. Elle courut dans la cuisine, saisit la carabine posée sur l'étagère, vérifia les cartouches, puis tendit l'oreille.

Silence.

Il n'y avait personne.

Elle patienta encore un peu, regrettant de ne pouvoir rester à l'abri des vieux murs réconfortants qui retenaient la chaleur. Mais elle devait inspecter les alentours, afin d'en avoir le cœur net. Sinon, elle n'arriverait jamais à s'endormir.

Dominant sa peur, elle se força à marcher jusqu'à la porte d'entrée, qui grinça lorsqu'elle l'ouvrit. Elle garda le doigt sur la détente en sortant dans la pénombre fraîche. Une demi-lune noyée de brume et quelques rares étoiles éclairaient les ombres.

En quelques secondes, ses yeux s'habituèrent à l'obscurité. Elle étudia rapidement la cour, les arbres et la colline, sans rien déceler de particulier.

Puis elle se tourna vers la grange délabrée et le corral aux poteaux cassés. La porte de la grange battait.

Bien sûr, Lester l'avait prévenue. Elle secoua la tête d'un air amusé. Et elle qui entendait toutes sortes de bruits inquiétants ! Soulagée, elle se dirigea vers la grange.

Au même moment, quelqu'un l'attrapa par-derrière, lui arracha la carabine comme si ce n'était qu'un jouet, et lui couvrit la bouche avec la paume de la main.

Une voix rauque gronda à son oreille :

— Si vous criez, demoiselle, quelqu'un va mourir...

Elle était prisonnière d'une paire de bras si puissants qu'elle arrivait à peine à respirer.

— Et maintenant, vous allez me répondre : où sont passés les autres ?

2

Désespérée, Emily se débattait en vain pour se libérer. La main lui écrasait les lèvres. Impossible de crier !

Des pensées folles lui traversaient l'esprit. Était-ce John Armstrong ? Avait-il retrouvé la trace de Joey ? À moins qu'il ne s'agît d'un ennemi d'oncle Jake, de Pete ou de Lester ? Ou d'un bandit de passage à la recherche d'argent, d'une cachette ou d'un cheval ? Le sang lui battait aux tempes. Ils étaient peut-être nombreux, cachés dans la forêt…

Elle essaya de ne pas paniquer, lutta contre la nausée et la peur qui lui soulevaient l'estomac. Quoi qu'il arrive, elle ne laisserait pas cette brute s'en prendre au petit garçon qui dormait dans la chambre à l'arrière. Elle l'en empêcherait par tous les moyens.

L'inconnu l'entraîna vers la grange, où il la plaqua contre le mur. Pour la première fois, elle put le regarder en face. C'était un homme de haute taille, qui portait un Stetson noir et un cache-poussière gris fouetté par le vent. Il retira sa main de la bouche d'Emily.

— La bande des Spoon. Répondez-moi. Combien sont-ils à l'intérieur ?

La jeune fille appuya de tout son poids sur le pied de l'intrus. Surpris, il émit un grognement et relâcha quelque peu son étreinte. Aussitôt, elle le repoussa et voulut s'emparer de la carabine, mais il ne la lâcha pas.

— Allez-vous-en ! s'écria-t-elle, les mains sur le canon. Vous êtes chez moi, ici. Je ne sais pas qui vous êtes, ni ce que vous voulez, mais si vous ne partez pas tout de suite, vous le regretterez !

Il avait des yeux perçants, aussi bleus et froids que des glaciers, une mâchoire puissante, des traits virils, des joues mal rasées. Seigneur Dieu, elle n'avait jamais vu un homme aussi séduisant ! Il dégageait une impression de force et d'autorité. Était-ce à cause de sa taille ? Il était plus grand que Pete, Lester ou même oncle Jake. Mais il y avait chez lui autre chose, une impression indéfinissable, comme une aura menaçante... C'était le genre d'homme qui obtenait toujours ce qu'il voulait. Un homme qui ignorait la peur.

D'ailleurs, la menace d'Emily ne l'inquiéta pas le moins du monde. Au contraire, il se détendit, sans pour autant lâcher la carabine.

— Ainsi, vous êtes toute seule, murmura-t-il.

— Je... Non. Oui. Comment l'avez-vous deviné ?

Il finit par lui arracher l'arme des mains.

— S'il y avait eu quelqu'un d'autre, vous auriez appelé au secours.

— Vous m'avez dit de ne pas crier.

— Je n'ai jamais rencontré une femme qui obéisse à un homme.

— Certainement pas à un homme qui l'agresse au beau milieu de la nuit sur ses terres !

Emily se retint de lui décocher un coup de pied, car le regard de l'inconnu l'intimidait.

— C'est votre propriété ?

Il la détailla de plus près. Même dans l'obscurité, à peine éclairée par la luminosité des étoiles et le clair de lune, il voyait bien qu'elle était ravissante. Des cheveux noirs rebelles lui arrivaient à la taille, la robe en coton foncé soulignait un corps mince aux courbes parfaites. Elle avait un visage angélique, mais ses yeux gris lançaient des éclairs. Et cette bouche si tentante, aux lèvres frémissantes…

Pourquoi cette fille splendide se trouve-t-elle avec les Spoon ? se demanda-t-il, le ventre noué. Ne te laisse pas distraire, sinon tu finiras par te faire descendre. Jake Spoon et les garçons sont peut-être cachés dans les alentours. Ils n'hésiteront pas à te loger une balle dans le dos à la moindre occasion. Et cette fille leur préparera du café pendant qu'ils t'enterreront… s'ils s'en donnent la peine…

Il montra la cabane du pouce.

— On m'a dit que la bande des Spoon habitait ici. Qui êtes-vous ?

— Et vous ?

Bien que le cœur d'Emily battît à tout rompre, elle avait moins peur. Dieu soit loué, ce n'était pas l'odieux John Armstrong ! Elle ignorait l'identité de cet inconnu, mais au moins, il ne voulait pas s'en prendre à Joey. Il la dévisageait comme si elle était un fruit mûr qu'il hésitait à croquer. Elle releva le menton d'un air arrogant. Puisqu'il lui avait pris son fusil, elle était à sa merci. Et elle était seule. Mais elle refusait de se laisser abattre.

— Vous m'avez entendue, reprit-elle. Qui êtes-vous ?

— C'est moi qui tiens la carabine, alors c'est moi qui pose les questions, répliqua-t-il froidement avant de l'empoigner par le bras. Entrons dans la cabane pour voir…

— Non !

— Y aurait-il quelque chose à l'intérieur que vous souhaitez me cacher ? demanda-t-il, la transperçant de son regard bleu comme si elle était nue. Ou quelqu'un ?

— Non !

Il pointa la carabine en direction de la maison.

— Alors, on y va. Vous d'abord.

Si Joey se réveillait et découvrait cet homme armé, il serait terrifié !

— Ils ne sont pas ici, je vous le promets, fit-elle d'un air désespéré. Inutile d'entrer.

— C'est ce que nous allons voir.

Il la poussa vers la porte. La lumière de la lune fit scintiller quelque chose épinglé à son cache-poussière. *Une étoile.* Une étoile en argent.

— Vous êtes shérif ! s'écria-t-elle, furieuse, en refusant d'avancer encore d'un seul pas. J'aurais dû le deviner.

— Vous avez quelque chose contre la loi ?

— Et comment ! Allez-vous-en ! Tout de suite. Vous ne pouvez pas entrer comme ça chez les gens, ajouta-t-elle, les poings serrés.

— Et moi qui croyais que vous m'invitiez gentiment…

Il eut le culot de sourire, un sourire froid et dur qui lui donna envie de lui décocher un coup de poing.

— Je préférerais recevoir une balle dans le corps que d'inviter un homme de loi sous mon toit.

La colère l'empêchait de respirer. Son sang bouillait dans ses veines.

— Comment osez-vous venir ici ? Mon oncle a

payé sa dette. Il est libre de faire ce qu'il veut, désormais. Laissez-le tranquille !

Enflammée de colère, elle le fusilla du regard. Ses yeux gris incandescents lançaient des flèches de feu.

— Jake Spoon est votre oncle ? s'étonna-t-il, essayant de ne pas se laisser déconcentrer par cette beauté sauvage.

— Je refuse de répondre à vos maudites questions. Rendez-moi mon fusil et allez-vous-en !

— Hélas, ce n'est pas si simple…

À travers l'étoffe de sa robe, Emily sentait la chaleur et la puissance de sa poigne sur son bras. Il ne lui faisait pas mal, mais il la retenait prisonnière.

— Lâchez-moi !

— Je vais y réfléchir… Écoutez-moi, ajouta-t-il soudain d'une voix lasse et patiente, comme s'il s'adressait à un enfant récalcitrant. Je suis fatigué. Je n'ai pas envie de me battre avec vous. Je veux seulement poser quelques questions à votre oncle.

— Il est absent. Il faudra revenir une autre fois, peut-être la journée, ouvertement, plutôt que de rôder la nuit comme un… comme un rat ! À moins que vous ne soyez trop peureux pour venir à découvert ?

Il éclata de rire. Emily comprit qu'elle avait dit une sottise. Cet homme ignorait ce qu'était la peur.

— Dans mon métier, il faut être prudent. Je l'ai appris il y a longtemps. C'est ce qui m'a gardé en vie.

— Dommage, fit-elle avec un regard noir.

Si seulement il la lâchait… La sensation de sa main la rendait nerveuse. Ce n'était pas seulement sa force physique, il y avait autre chose... Quelque chose d'indéfinissable.

Il arqua un sourcil.

Elle était agacée que son animosité le laisse froid. Il semblait presque amusé, mais toujours prudent, méfiant. Comme s'il s'attendait à être attaqué, il se tenait sur ses gardes.

— Ces derniers temps, j'étais absent de Lonesome, poursuivit-il en la forçant à reculer vers la grange, où elle se retrouva coincée contre le mur. Je suis rentré ce soir. On est tout de suite venu me prévenir que Jake Spoon avait été aperçu en ville. On l'avait suivi jusqu'ici, au ranch des Sutter.

— Et alors ?

Emily le défiait, mais elle avait le moral dans les talons. Elle avait espéré qu'ils pourraient se fondre dans le paysage, s'intégrer parmi les habitants, et que personne ne s'apercevrait que trois membres de la bande des Spoon reprenaient un ranch, non loin de Lonesome. Mais si les gens se posaient des questions, les suivaient et leur envoyaient le shérif...

— Nous ne voulons pas créer d'ennuis, dit-elle, irritée de sentir sa voix trembloter.

— Les habitants de Lonesome n'en veulent pas non plus, rétorqua-t-il en lâchant son bras.

Il lui rendit la carabine.

— Vous avez entendu parler de la bande des Duggan ? (Elle hocha la tête.) Ils s'en sont pris à Lonesome, il y a quelque temps. La ville m'a embauché pour les éliminer. Je l'ai fait.

— Si vous espérez une décoration, allez chez le gouverneur.

Son insolence l'amusa, mais il continua d'un ton ferme :

— Depuis lors, Lonesome est une ville tranquille. Les gens l'aiment ainsi. Et moi aussi. Alors, si la bande des Spoon a l'intention de...

— Mon oncle n'est plus à la tête de la bande, l'interrompit-elle. D'ailleurs, la bande des Spoon n'existe plus. Nous ne sommes qu'une famille paisible, qui souhaite fonder un ranch.

— Jake Spoon et les siens ne sont pas des gens paisibles.

— Ils le sont devenus.

Emily le regarda dans les yeux. Un coup de vent balaya une mèche de cheveux devant son visage, qu'elle repoussa d'une main tremblante.

— Si vous et les autres habitants de cette maudite ville nous laissez tranquilles, vous verrez que nous gagnerons notre vie honnêtement.

Il esquissa une moue ironique.

— Hum...

— Je vous dis la vérité.

— Qui êtes-vous ?

Elle releva le menton d'un air de défi.

— Emily Spoon.

Emily Spoon. Le nom avait quelque chose de piquant et d'attachant, comme cette délicieuse jeune fille... Comment diable Jake Spoon peut-il avoir une nièce aussi belle et farouche ? se demanda-t-il.

— Qui d'autre habite ici, mademoiselle Spoon ?

— Je ne répondrai plus à aucune question, shérif. Il est tard. J'ai des choses à faire, et vous êtes sur mes terres.

Il plissa les yeux et avança d'un pas. Emily fut obligée de reculer.

— Vous avez la preuve que ce ranch vous appartient ?

— Comment cela ? fit-elle, troublée.

— Cette terre, vous prétendez qu'elle vous appartient...

— Mon oncle a les papiers.

— Dites-lui que je veux les voir.

À nouveau, il semblait froid et distant, comme quelqu'un qui en a trop vu, trop entendu.

— Qu'il vienne me les montrer en ville. J'ai des questions à lui poser.

Elle haussa une épaule.

— J'ignore quand il sera de retour.

— Où est-il allé ?

— Ce n'est pas vos oignons.

Elle le défia du regard. Elle avait surmonté bien des difficultés dans sa vie et croisé des personnes très différentes, mais elle n'avait jamais rencontré un shérif aussi intraitable et séduisant. Elle se força à ne pas détourner les yeux, à rester droite, les épaules en arrière. Mais elle se sentait si dépitée qu'elle avait envie de pleurer, parce qu'elle avait espéré que tout serait simple et qu'elle s'apercevait que l'avenir serait compliqué. Cependant, elle ne s'abaisserait pas à pleurer devant un homme de loi. Surtout celui-ci !

— Il est temps pour vous de partir, dit-elle d'un ton sévère.

Il l'étudia un long moment, son regard indéchiffrable, puis il porta la main à son Stetson.

— Bonne nuit, mademoiselle Spoon. Assurez-vous que votre oncle m'apporte le titre de propriété.

Emily ne daigna même pas répondre. Elle demeura immobile tandis qu'il s'éloignait en direction des arbres. Ainsi, il avait dissimulé son cheval assez loin de la cabane, afin qu'on ne l'entende pas approcher. C'était un homme prudent, intelligent.

Le pire genre d'homme de loi, se dit-elle. Elle se rappela avec quelle force il lui avait arraché la carabine et l'avait retenue prisonnière. Elle entendait encore résonner sa voix froide et polie.

Il enfourcha son cheval, lui jeta un dernier regard, puis s'éloigna au triple galop.

Lorsqu'elle revint dans la cabane et tira le verrou de la porte, elle s'aperçut que Joey s'était réveillé. Le visage blême, il tremblait de la tête aux pieds. Les larmes ruisselaient sur ses joues.

— Ne le laisse pas me faire du mal, sanglota-t-il. Je t'en supplie, Em'ly…

— Bien sûr que non, Joey! Personne ne te fera plus jamais du mal.

Elle posa le fusil pour le serrer dans ses bras.

— Tu n'as pas besoin d'avoir peur. Ce n'était que le shérif, venu nous rendre une petite visite. Il est reparti en ville. Tu l'as vu partir, n'est-ce pas?

— Oui, mais je croyais…

Il s'accrocha à son cou.

— Tu es sûre qu'il n'est pas venu pour moi? insista-t-il.

— Je te le promets. Tu es en sécurité ici, Joey. Tu ne risques rien.

Pendant une demi-heure, elle le réconforta, maudissant l'homme de loi. Elle lui versa un verre de lait chaud, le borda dans son lit, puis resta à ses côtés jusqu'à ce qu'il s'endorme. Le shérif de Lonesome leur avait fait une peur bleue à tous les deux. Il l'avait menacée… et elle ne connaissait même pas son nom.

3

Clint Barclay posa les affiches écornées des hommes recherchés sur son bureau et se frotta les yeux. Il s'adossa à la chaise, essayant de faire abstraction des ronflements du vieux mineur ivre, qui dormait dans une cellule à quelques mètres de lui. Des cris de joie, accompagnés de chansons et d'accords de piano, lui parvenaient par la fenêtre ouverte. Décidément, au Coyote Saloon, l'ambiance semblait survoltée. Et la soirée ne faisait que commencer. Bientôt, il serait obligé d'aller y faire un tour pour calmer les esprits.

Mais ce n'était pas seulement les ronflements du mineur et le vacarme du saloon qui l'empêchaient de se concentrer sur les affiches, et de mémoriser les visages des bandits afin de les reconnaître au premier coup d'œil.

Un autre visage le hantait, bien plus séduisant : celui d'Emily Spoon.

Clint secoua la tête d'un air dépité. Alors que les dames de la ville passaient leur temps à lui chercher une épouse, lui présentant leurs filles, cousines, nièces et parentes, la seule femme qu'il n'arrivait pas à oublier était une beauté à la repartie acerbe, armée d'une carabine et issue d'une famille de bandits!

Cela n'avait aucun sens.

Tu n'en voudrais pas pour épouse, c'est évident, se dit-il en esquissant un sourire. Il serait plus tranquille avec la nièce maniérée de Mme Dune, ou la sœur de Mary Kellogg, ou même Carla Mangley, malgré sa mère autoritaire. Tout le monde valait mieux qu'une parente de Jake Spoon.

Il n'en revenait pas qu'une famille aussi misérable et tordue ait pu produire une femme aussi splendide. La jolie brune parlait avec la distinction de sa propre belle-sœur, Caitlin Barclay, l'épouse de son frère Wade. Clint revenait justement du Wyoming, où avait été célébré le mariage de Wade et Caitlin, quand on lui avait appris la mauvaise nouvelle de l'arrivée des Spoon.

Mais tandis que Caitlin, élevée dans les meilleures écoles de la côte Est, était blonde, sereine et joyeuse, Emily Spoon, avec ses cheveux sombres et ses yeux gris orageux, faisait penser au feu, à la terre et à la glace.

Clint se passa une main dans les cheveux, se rappelant avec quelle détermination elle avait voulu lui arracher la Winchester. Elle n'aurait sûrement pas hésité à s'en servir.

Deux jours s'étaient écoulés, et Jake Spoon ne s'était toujours pas présenté avec le titre de propriété. Personne ne l'avait aperçu en ville.

Il ne doit pas être rentré, songea Clint. Mais que fabrique-t-il? se demanda-t-il, soupçonneux.

Si le vieux Jake pensait pouvoir attaquer des diligences, des banques ou des trains à l'autre bout de l'État, pour revenir ensuite se cacher dans la cabane des Sutter près de Lonesome, il se trompait.

S'il n'est pas venu me voir d'ici demain, j'irai rendre une petite visite à Mlle Spoon, pour m'assurer qu'elle est toujours toute seule dans sa maison.

Mais elle n'avait pas été toute seule. Il avait aperçu l'enfant à la fenêtre. Son fils ? Était-elle mariée ? À moins qu'elle ne soit mère célibataire et qu'elle ne l'élève parmi une bande de hors-la-loi.

Il fronça les sourcils en repensant aux traits délicats et au regard gris argent. Emily Spoon ne paraissait pas assez âgée pour avoir un enfant de cinq ou six ans. À moins d'avoir été mère à seize ans…

Quoi qu'il en soit, cela ne le regardait pas, songea-t-il en avalant une gorgée de café froid et amer. Puis il se mit à arpenter le bureau, les talons de ses bottes raclant le plancher. Cette fille ne l'intéressait pas. Il devait se concentrer sur Jake Spoon et sa bande.

C'était bien là le problème. Si la nièce de Jake habitait la cabane, elle pouvait être mêlée à leurs sordides petites affaires. Il se rappela comme elle avait insisté pour qu'il reste loin de la maison. S'agissait-il seulement de préserver la tranquillité de l'enfant ? Pourquoi se donner tant de mal pour cacher un petit garçon ? Protégeait-elle quelqu'un d'autre ?

Un amant ? Clint reposa sa tasse d'un air songeur. Un membre de la bande ? Le père de l'enfant ? Peut-être que Jake Spoon était terré dans la cabane, finalement… Non, c'était improbable. D'après ce qu'il savait du hors-la-loi, Jake n'était pas du genre à laisser sa nièce affronter seule un shérif. Il était certes un bandit, mais il ne se cacherait pas derrière les jupons d'une femme. Il avait un tempérament colérique et déterminé.

Alors que Clint ramassait les affiches sur son bureau, la porte s'ouvrit avec fracas. Hamilton Smith, le banquier moustachu et rondouillard, se précipita dans la pièce.

— Clint! Il y a un problème.

— Ne me dis pas, s'affola Clint. C'est Agnès Mangley, n'est-ce pas? Est-ce que Bessie lui a dit que j'étais de retour en ville? Crénom, je parie qu'elle est en train de choisir une robe de mariée pour Carla…

— Non, il ne s'agit ni d'Agnès ni de sa fille. C'est vraiment sérieux. Tu dois immédiatement venir au saloon. Il n'en restera rien, si tu ne viens pas mettre de l'ordre.

Clint se sentit soulagé : rien qu'une malheureuse bagarre!

— Pourquoi diable n'as-tu rien dit, Ham? s'exclama-t-il en se dirigeant vers la porte.

— C'est une sacrée bagarre, grommela le banquier en essayant de rester à sa hauteur. Ils sont devenus fous!

Tout vaut mieux qu'Agnès Mangley sur le sentier de la guerre, songea Clint en allongeant le pas. Il espérait ne pas avoir à se servir des deux colts qu'il portait à la ceinture. La plupart du temps, Lonesome était une ville tranquille. Même les mineurs et les vagabonds de passage connaissaient la réputation du shérif et respectaient la loi. Mais ce n'était pas un soir comme les autres : il entendait les cris et les hurlements.

Le piano s'était tu.

Il poussa les portes battantes du saloon et pénétra dans la pièce enfumée. Le chaos régnait. Des hommes décochaient des coups de poing rageurs. Quelqu'un jeta une chaise en direction d'un jeune cow-boy en chemise verte ; une bouteille de whisky s'écrasa contre le miroir déjà ébréché, au-dessus du bar.

Les filles du saloon se serraient sur l'escalier et dans les coins de la pièce. On jurait, on se battait, tandis que le propriétaire, Big Roy, tirait en l'air afin de faire cesser le désordre. Sans succès.

Clint se concentra sur l'homme au milieu de la mêlée, le cow-boy aux cheveux noirs et à la chemise verte, qui avait adroitement esquivé la chaise lancée dans sa direction. Il se battait contre trois hommes à la fois. Il saignait des lèvres et avait un œil au beurre noir, mais il se défendait avec courage. Il savait visiblement donner des coups et les encaisser.

Clint se dirigea droit sur lui. En chemin, il sépara Mule Robbins et Quinty Brown, les menaçant de les jeter en prison s'ils ne cessaient pas immédiatement de se battre. Les deux hommes reprirent aussitôt leurs esprits.

— Ça suffit, Ed ! s'écria ensuite Clint en retenant le bras du forgeron qui s'apprêtait à tabasser un moustachu. Si vous ne vous calmez pas, vous partagerez tous les deux une cellule pendant une semaine.

Le ton métallique de sa voix eut l'effet d'une douche froide. Les deux hommes s'écartèrent en maugréant.

La pièce commençait à retrouver son calme lorsque le shérif se planta devant le garçon à la chemise verte. Il était plié en deux, ayant reçu un coup de poing à l'estomac lancé par Slim Jenks, l'un des nouveaux cow-boys du WW Ranch.

— Assez, Jenks, ordonna Clint. Toi aussi, Riley… Et toi, Frank. On arrête.

Les hommes s'immobilisèrent.

— C'est lui qui a commencé, shérif, accusa Jenks, lançant un regard furibond au cow-boy qui essayait de reprendre son souffle. C'est lui le responsable. Et devinez qui c'est !

— Je me fiche de savoir qui c'est, répliqua Clint d'un ton sec. Le prochain qui décoche un coup de poing se retrouve derrière les barreaux. Me suis-je bien fait comprendre ?

Les trois hommes restèrent silencieux.

— Roy, fit Clint en appelant le propriétaire. Est-ce que Jenks dit la vérité ? C'est ce type qui a commencé ?

Le barman croisa les regards sombres des trois cow-boys, puis contempla le jeune homme brun qui se redressait en gémissant.

— C'est vrai, shérif. C'est lui le coupable. Il n'a pas apprécié une réflexion que Slim avait faite à Florry, et il l'a frappé.

— Et ensuite ?

— Ensuite, ces deux trouillards ont décidé que ce salaud de Jenks avait besoin d'aide et ils se sont rués sur moi, grommela l'inconnu.

Avant que Clint pût l'en empêcher, il décocha un uppercut à la mâchoire de Slim Jenks, qui tomba à la renverse. Riley et Frank se jetèrent en avant, mais s'arrêtèrent sous la menace du colt du shérif.

— J'ai prévenu que le premier à donner un coup de poing irait en prison. Je ne mentais pas.

Clint lança à l'inconnu un regard noir qui avait

effrayé plus d'un meurtrier, mais le jeune homme ne sembla pas intimidé. Le sang coulait de sa blessure à la lèvre sur sa chemise, et son œil tuméfié commençait à enfler.

— Allons-y, déclara Clint. Il existe des lois contre les gens qui troublent l'ordre public. Quelqu'un d'autre veut-il lui tenir compagnie dans sa cellule ?

Le regard glacial du shérif glissa sur les trois hommes du WW Ranch.

Slim Jenks se releva lentement en secouant la tête.

— Vous avez bien raison de l'enfermer ! Vous savez qui c'est ? Pete Spoon.

Stupéfait, Clint dévisagea le jeune homme.

— C'est exact ? Vous êtes Pete Spoon ?

— Et alors ? Je n'ai rien fait de mal.

L'estomac de Clint se noua. Alors qu'Emily Spoon l'avait assuré que sa famille tenait à rester tranquille, l'un des Spoon mettait le saloon à sac.

— C'est vous qui avez commencé cette bagarre, Spoon. Et c'est moi qui y mets un terme. On y va.

Il s'attendait à ce que le hors-la-loi résiste, mais à sa grande surprise, Spoon se contenta de lui jeter un regard furibond.

— C'est vrai que j'ai donné le premier coup, admit-il, mais ensuite ils se sont ligués contre moi. Trois contre un. Dites-lui la vérité ! ordonna-t-il au propriétaire du saloon.

Aussitôt, Jenks, Riley et Frank se tournèrent vers Big Roy. Celui-ci évita le regard du shérif en baissant les yeux.

— Le jeune Spoon a commencé la bagarre. C'est tout ce que j'ai vu. C'est lui qui a jeté la première chaise et fracassé mon miroir.

— Espèce de lâche ! Vous êtes aussi méprisable qu'eux ! cria Pete Spoon d'un air dédaigneux.

Clint le poussa vers la porte.

— Ça suffit. On s'en va. Et vous autres, dehors ! À moins que vous ne vouliez aider Roy à ranger.

Les filles émergèrent de leurs cachettes alors que Clint et Pete atteignaient la porte.

— Merci, monsieur, murmura Florry Brown.

Elle repoussa une mèche de cheveux châtains derrière son oreille et sourit d'un air triste au jeune cow-boy à la chemise ensanglantée. Pete Spoon lui rendit son sourire.

— Ce n'était rien, mademoiselle.

Lorsqu'ils arrivèrent à la prison, Clint l'enferma dans la deuxième cellule. Le mineur, lui, continuait à ronfler.

— Je vais chercher du baume pour vos bleus.

— Pas la peine, grommela Pete Spoon.

— Très bien, fit Clint en accrochant les clés à sa ceinture. Est-ce que Jake Spoon est votre oncle ?

— Ouais. Et alors ?

— Dans ce cas, Mlle Emily Spoon est votre sœur.

— Et alors ?

Clint le dévisagea froidement.

— Vous a-t-elle dit, à Jake et à vous, que j'étais passé la voir ?

— Elle l'a mentionné.

— Votre oncle est-il revenu ?

— C'est possible.

Le ton de Clint se fit aussi dur que les barreaux qui les séparaient.

— Alors pourquoi n'est-il pas venu me trouver ? Je suis sûr que votre sœur lui a dit que je voulais voir l'acte de propriété.

36

Pete s'assit sur la banquette fixée au mur. Il effleura le bleu sur sa joue.

— Y a pas de loi qui nous ordonne de venir vous le montrer, n'est-ce pas, shérif ? Oncle Jake le fera quand il en aura envie.

— À moins que je ne vous aie déjà chassés de la région.

Pete Spoon se raidit.

— Vous n'avez pas le droit de faire ça !

— Vous voulez prendre le pari ? Je ne sais pas encore ce que vous manigancez, mais je devine que vous allez me créer des ennuis. Et je ne tolère pas de troubles à Lonesome. Du moins, pas longtemps.

— Ce n'est pas moi qui suis responsable de la bagarre de ce soir, déclara Spoon. Ce vaurien a insulté cette fille, et je ne l'ai pas laissé faire. Les autres se sont jetés sur moi.

— Le propriétaire n'a pas confirmé votre version des faits, répliqua Clint en cherchant du baume dans les tiroirs de son bureau.

— Il a peur de ces hommes. Vous aussi, peut-être, se moqua Pete.

Clint devinait qu'il disait probablement la vérité. Il n'avait pas eu de problèmes avec Jenks auparavant, mais il s'en méfiait. Toutefois, il n'allait pas lâcher ce Spoon aussi facilement. Il avait prévenu qu'il ne fallait plus donner de coups de poing, or le jeune homme n'avait pas obéi.

Il trouva le baume et le lança à travers les barreaux de la cellule. Spoon l'attrapa sans un mot et s'allongea sur la banquette, lui tournant le dos.

Clint se rassit et étudia les affiches des bandits. Il ignorait si les Spoon étaient encore recherchés. Ils l'avaient été à une époque, dans le Missouri.

Il se souvenait d'avoir entendu dire que les cousins, Pete et Lester Spoon, avaient été mêlés à des fusillades au Texas, quelques années auparavant.

Il revit le visage auréolé de cheveux noirs de la belle Emily. *Nous ne sommes plus qu'une famille paisible...*

Bien sûr, mademoiselle, songea-t-il. Et moi, je suis Napoléon Bonaparte.

— Papa! Emily! On a des ennuis.

Emily faisait frire des œufs dans la poêle quand Lester pénétra en trombe dans la cuisine, son visage si blême qu'on pouvait compter ses taches de rousseur.

— C'est Pete... Il n'est pas rentré de la ville, hier soir.

Emily se figea.

— Que veux-tu dire?

Jake, qui allait prendre des biscuits au lait, demeura pétrifié, la main levée vers l'assiette.

— Tu en es certain?

Lester s'affala sur une chaise et s'essuya le visage avec le revers de sa manche.

— Son cheval a disparu. Je ne l'ai pas entendu rentrer hier soir. D'habitude, c'est lui qui fait le café, le matin. Regarde, Emily : il n'y a pas une goutte dans la cafetière.

— Il a peut-être décidé de passer la nuit en ville, dit la jeune fille en essayant de ne pas paniquer. Il a peut-être rencontré une fille au saloon... Ou trop bu... Peut-être qu'il cuve une cuite quelque part? ajouta-t-elle avec un regard implorant vers son oncle.

— Bien sûr, ma chérie. C'est certainement ce qui s'est passé.

Ils évitèrent d'évoquer les éventualités les plus dangereuses : un chasseur de primes pouvait l'avoir reconnu, puisque Pete avait été à une époque un bandit recherché au Missouri, et avoir décidé de le ramener – mort ou vif. Le cœur glacé d'effroi, Emily songea que son frère ne se laisserait jamais prendre vivant.

À moins qu'un jeune coq échauffé n'eût croisé son chemin et voulu se faire un nom. Pete relevait toujours un défi et n'évitait jamais une bagarre. Son frère cadet était trop sûr de lui, trop impulsif, trop coléreux.

— J'ai peur, oncle Jake, murmura-t-elle. Qu'est-ce qui a bien pu lui arriver ?

Joey choisit ce moment pour entrer dans la cuisine, se frottant les yeux, les cheveux ébouriffés.

— Qui ? Moi ? fit-il, effrayé.

— Non, Joey, ce n'est pas de toi qu'il s'agit. Nous nous inquiétons pour Pete. Il semble avoir disparu.

— Est-ce qu'un méchant l'a attrapé ?

— Non, répliqua fermement Emily en lui indiquant de s'asseoir.

Il obéit, et elle se concentra sur ses œufs. Elle prépara le café, versa le lait dans un pichet et leur servit des biscuits avec du beurre et de la confiture. Mais des pensées folles tournoyaient dans sa tête.

— Je vais aller en ville et ramener Pete.

— Pas question, rétorqua son oncle. Tu restes ici avec le petit. Moi et Lester, on va y aller.

— Tu ne dois pas croiser la route de ce shérif, oncle Jake.

— Pourquoi pas ? Je veux lui dire deux mots, à celui-là. Il n'avait pas le droit de t'effrayer, l'autre soir. S'il veut voir le titre de propriété de cette ferme, qu'il vienne donc me le demander en plein jour !

— C'est bien ce qui m'inquiète. Tu te mets encore plus facilement en colère que moi. Il faut être sage et l'éviter. Tu vas rester ici avec Joey, pendant que je vais chercher Pete.

En le voyant froncer les sourcils, elle devina ses pensées. En tant que chef de famille, c'était à lui d'aller à la rescousse du jeune homme. Mais, au fond de lui, oncle Jake savait pertinemment qu'il devait se montrer discret, jusqu'à ce que les habitants de Lonesome se soient habitués à sa présence et qu'ils aient compris que les Spoon ne leur causeraient aucun ennui. Parce qu'il avait fait de la prison pour une attaque de diligence, ayant été le seul à avoir été attrapé la main dans le sac avec le butin, on le considérait comme le chef de la bande. Sa présence en ville ne manquerait pas d'exciter les gens, surtout le shérif.

Il soupira.

— D'accord, ma chérie. Va donc aux nouvelles. Lester, tu l'accompagnes et tu veilles sur elle. Ne crée pas de remous, mon garçon, mais ne te laisse pas marcher sur les pieds.

— C'est inutile de me le rappeler, papa, fit Lester en vérifiant les balles dans son revolver. Il ne nous arrivera rien.

Joey écarquilla les yeux. Percevant son trouble, Emily hocha la tête en direction de son oncle pour lui indiquer l'enfant.

— Dis, petit, reprit Jake d'un ton jovial. On dirait que toi et moi, on va devoir se débrouiller seuls, ce matin. Que dirais-tu si on lavait les assiettes, pour qu'Emily puisse aller en ville ?

Au grand soulagement de la jeune fille, Joey sourit. Aussitôt, elle se leva et saisit son bonnet.

— Ne cassez rien. On manque d'assiettes à la maison. Nous allons vite ramener Pete.

Elle emboîta le pas à Lester.

— Heureusement que le petit s'entend avec papa, dit celui-ci en l'aidant à monter sur Nugget, la jument qu'ils lui avaient achetée à Denver. Pourtant, il aurait dû avoir peur d'un homme comme lui. Il a peur de tout le monde, même de moi.

— Oncle Jake a toujours su s'entendre avec les enfants, répondit-elle alors qu'ils se dirigeaient au petit trot vers les collines.

— Ne t'inquiète pas, Em. Je parie que Pete prend du bon temps avec une fille du saloon, c'est tout.

— On verra, marmonna-t-elle.

Tandis qu'elle poussait sa jument au galop, elle pria pour que Lester eût raison.

Emily savait qu'il leur faudrait commencer par les saloons. Lonesome en comptait deux, et ils choisirent de se renseigner dans le plus luxueux, le Coyote.

Dès qu'elle vit les planches clouées aux fenêtres, son cœur se serra. Quand Lester et elle entrèrent dans la grande pièce sombre, tapissée de rouge, et virent les miroirs brisés, le chandelier détruit, les chaises et les tables renversées, le tapis couvert de taches de whisky, elle comprit. Une bagarre. Elle jeta un regard apeuré à Lester.

— Dix contre un que c'était à cause d'une fille, murmura-t-il.

Le propriétaire balayait les débris d'un air morose.

— On est fermés jusqu'à nouvel ordre.

Lester se racla la gorge.

— Vous n'auriez pas, par hasard, vu un homme plutôt grand, portant un... un...

Il hésita et se tourna vers Emily.

— Une chemise verte, précisa-t-elle. Il a des cheveux noirs comme les miens, avec une raie au milieu. Et une cicatrice à la main droite.

L'homme se redressa, agacé.

— Je regrette sacrément de l'avoir vu, croyez-moi. Pardonnez mon langage, mademoiselle, mais c'est lui qui a commencé la bagarre. En dix ans, jamais mon saloon ne s'est retrouvé dans cet état.

— Où est-il ? demanda Emily, affolée.

— En prison, comme il se doit, répliqua vertement le propriétaire. Grâce au shérif Barclay.

— Le shérif Barclay ? répéta Emily alors que Lester retenait son souffle. Vous voulez parler de... Clint Barclay ?

Clint Barclay. Le nom était marqué au fer rouge dans son esprit : c'était lui qui avait pourchassé oncle Jake sans merci, avant de l'arrêter, de témoigner au procès contre lui, et de l'envoyer ainsi derrière les barreaux.

L'homme les examina d'un air soupçonneux.

— Ouais, c'est bien de lui qu'il s'agit. Clint Barclay. Vous le connaissez ?

— Pas exactement, grommela Lester.

— Clint Barclay est le meilleur shérif de ce côté des Rocheuses, croyez-moi. Il y a quelques années, il nous a débarrassés de la bande des Duggan. Tout seul. C'est le meilleur tireur que je connaisse… Hé, où allez-vous ?

Ses paroles se perdirent dans le bruit des portes qui claquaient. La fille aux cheveux noirs et l'homme au visage lunaire avaient disparu.

4

— Quand allez-vous me libérer, bon sang ? demanda Pete Spoon, agrippant les barreaux de sa cellule.

Tandis que le vieux mineur se dirigeait vers la porte en traînant les pieds, Pete foudroya du regard le shérif.

— Une bagarre, c'est vingt dollars d'amende. Les avez-vous, Spoon ? répliqua celui-ci, implacable.

— Pas sur moi, mais…

— Cuddy, ne fais plus de bêtises, déclara Barclay. Je ne veux pas te revoir ici avant un mois.

Le mineur agita la main d'un air vague.

— Je m'en vais à Leadville. Là-bas, ils vous mettent pas derrière les barreaux pour un oui ou pour un non.

La porte se referma derrière lui. Ignorant le prisonnier furibond, Clint glissa les clés des cellules dans un tiroir de son bureau.

— Combien de temps avez-vous l'intention de me garder ? insista Pete.

— Le temps nécessaire.

Clint tendit la main vers la paperasserie en attente. Dehors, le soleil tapait fort et il faisait une chaleur étouffante. Il aurait préféré aller à la pêche, mais il devait répondre à des lettres, des avis de recherche et des directives du marshal fédéral, sans oublier de veiller sur le prisonnier et de réfléchir au problème que posait la bande des Spoon...

Brusquement, la porte s'ouvrit avec fracas. Emily Spoon portait une ravissante blouse blanche et une longue jupe bleu marine. Elle traversa la pièce à grandes enjambées. Un homme corpulent, d'une vingtaine d'années, avec des cheveux roux et un cou de taureau, lui emboîtait le pas.

— Shérif Clint Barclay ! s'écria-t-elle d'un ton empli de colère et de mépris.

— Clint Barclay ? répéta Pete, abasourdi. Em, c'est vraiment lui ?

Ce fut Lester qui répondit, sans quitter des yeux le shérif qui se levait lentement.

— C'est bien lui, Pete.

— Bonjour, mademoiselle Spoon, lança Clint qui la dominait d'une tête. Puis-je vous aider ?

Les doigts d'Emily la démangeaient. Elle mourait d'envie de lui donner une claque, de lui décocher un coup de pied bien placé, ou de lui arracher les yeux. Mais elle se contenta de le dévisager. L'émotion, la colère et le désarroi la déchiraient telle une tempête.

Clint Barclay, intraitable, ne détourna pas le regard.

— Ainsi, c'est vous qui avez pourchassé mon oncle et l'avez fait jeter en prison...

— C'est exact, répliqua-t-il tranquillement.

— Vous avez déchiré ma famille, détruit la vie

de ma tante. Elle est morte en appelant son mari, sans jamais le revoir…

Sa voix se brisa. Lester l'empoigna par l'épaule.

— Ne te fais pas de mal comme ça, Emily. Il n'en vaut pas la peine.

— Tu as raison, dit-elle en prenant une profonde inspiration.

La jeune fille était obsédée par les images de sa tante Ida, faiblissant de jour en jour, trahie par son corps qui s'abandonnait à la mort. Elle n'avait jamais cessé d'appeler oncle Jake, matin et soir, jusqu'à son dernier souffle.

— L'autre soir… pourquoi ne m'avez-vous pas dit votre nom ? Si j'avais su…

— Qu'auriez-vous fait, mademoiselle Spoon ? M'auriez-vous abattu avec votre carabine ?

Aussitôt, Clint regretta ses paroles moqueuses. À vrai dire, il luttait contre un sentiment de compassion. Il ne regrettait pas un seul instant d'avoir arrêté le chef d'une bande de dangereux hors-la-loi, mais la détresse sincère d'Emily Spoon le touchait.

— Soyez raisonnable, voyons. Quand j'ai poursuivi votre oncle il y a six ans, je faisais mon métier. Je mets les hors-la-loi derrière les barreaux, et je ne m'en excuserai jamais…

Emily le gifla. Un court instant, le claquement résonna dans la prison. Mais cela ne suffit pas à apaiser sa colère. Elle leva la main pour recommencer.

Cette fois, il lui saisit le poignet.

— Je ne pense pas, mademoiselle Spoon, que…

— Lâchez-la, Barclay ! cria Lester.

Il lui donna une bourrade qui aurait dû le faire tomber à la renverse, mais Clint Barclay se contenta de lâcher le poignet d'Emily et de reculer d'un pas. Puis il décocha un coup de poing à Lester, qui s'affala par terre.

— Lester! s'écria Emily, horrifiée.

Son cousin se releva, mais le shérif le frappa une seconde fois. En tombant, il renversa une chaise.

— Emily, prends les clés dans le tiroir! ordonna Pete, surexcité. Je vais lui donner une correction!

Lester se rua sur Clint. Une nouvelle fois, le jeune homme bascula en arrière, et il se heurta la tête.

Clint se dressa devant Emily pour l'empêcher de s'emparer des clés, mais elle n'essaya même pas. Elle s'agenouilla auprès de son cousin.

— Lester! Ça va? fit-elle, effrayée, alors qu'il gardait les yeux fermés. Seigneur, que lui avez-vous fait?

Lorsque Lester grogna, Emily poussa un soupir de soulagement.

— Ne bouge pas… Pete, est-ce que tu vas bien?

— J'irai bien quand tu m'auras tiré de ce trou et quand j'aurai dit deux mots au shérif Barclay.

— Je vous entends parfaitement d'ici, rétorqua Clint.

— Espèce de monstre! s'écria la jeune fille.

Lester s'assit, se frottant la mâchoire. Elle se releva et se planta devant le shérif.

— Vous n'êtes qu'un tyran!

Elle tremblait. Elle n'avait jamais vu quelqu'un se battre comme cela. Lester était un dur à cuire, mais le shérif l'avait assommé comme s'il ne pesait pas plus lourd que Joey.

— Vous n'avez aucune idée de ce que vous avez infligé à ma famille. Et voilà que ça continue!

Pourquoi mon frère est-il enfermé dans cette cellule?

— Il a troublé l'ordre public.

— Relâchez-le tout de suite.

— Je regrette, mais c'est impossible, mademoiselle Spoon. Il doit y passer deux jours, et
puis il y a vingt dollars d'amende à régler.

Une amende de vingt dollars! Le cœur d'Emily
se serra.

— Avez-vous cette somme, mademoiselle?

— Je vais me la procurer, bon sang!

— Parfait. Si vous me l'apportez demain, il
sera à vous.

Elle fit un pas vers lui, les poings serrés.
Comme elle avait envie de le frapper! Mais cela
ne leur créerait que des ennuis.

— À en juger par l'état du saloon, Pete n'était
pas le seul à se battre. Pourquoi est-il le seul à
être enfermé?

— C'est lui qui a commencé.

— Vous mentez. Vous voulez seulement nous
harceler, ma famille et moi, pour nous faire quitter notre ranch.

— J'essaye de faire respecter l'ordre. Ceux qui
refusent de se plier à nos lois sont sommés de
s'en aller.

— C'est ce que vous voulez, hein? cria Pete.

— J'aimerais bien, en effet, avoua le shérif.

Mais en observant le visage blême et cour-
roucé d'Emily Spoon, Clint ressentit un étrange
pincement au cœur.

Alors qu'il n'avait que neuf ans, ses parents
avaient été assassinés par une bande de hors-
la-loi. Le crime les avait laissés orphelins, ses
deux frères et lui, et il n'éprouvait aucune sym-

pathie pour ceux qui violaient la loi et terrorisaient les honnêtes gens. Les bandits qui avaient tué ses parents n'avaient jamais été capturés, mais il avait consacré sa vie à traîner d'autres coupables devant la justice. Il travaillait dur pour rendre l'Ouest plus sûr. En se servant de son intelligence, de ses revolvers et de ses poings, il protégeait les gens des vautours qui hantaient ce pays.

Mais Emily Spoon ne partageait pas sa vision des choses. Sa loyauté allait à ceux qui se trouvaient du mauvais côté de la loi.

— Non, Lester... fit-elle en lui saisissant le bras, alors que celui-ci s'était enfin relevé. Reste tranquille. Prends appui sur moi.

— J'ai la tête qui tourne, grommela-t-il. Sinon, je lui flanquerais une bonne raclée...

En observant les yeux vitreux et le visage tuméfié de son cousin, Emily sentit son ventre se nouer. Elle se tourna vers le shérif.

— Regardez-le ! Il est blessé.

— Il a une sacrée veine. Lui aussi, je pourrais l'enfermer.

— Mais vous êtes la gentillesse personnifiée, ma parole !

Barclay croisa les bras.

— Revenez demain avec l'amende, mademoiselle Spoon. Ou plutôt, envoyez-moi votre oncle, avec le titre de propriété du ranch.

— Allez au diable ! hurla Pete.

— Si vous voulez voir... mon père, haleta Lester, il faudra... aller le trouver.

L'antipathie de Clint envers les cousins Spoon grandissait de minute en minute. Ils n'étaient pas aussi méprisables et brutaux que les Duggan ou d'autres bandits qu'il avait croisés à travers les années, mais ils étaient arrogants, et il n'avait pas la patience de s'occuper de chiots qui devaient apprendre les bonnes manières.

— Mademoiselle Spoon, permettez-moi de vous raccompagner à la porte. Votre cousin a besoin de repos.

Il admira Emily, qui le dévisageait comme si elle avait envie de l'embrocher et de jeter son cœur aux chiens.

Mlle Emily Spoon avait du cran. Elle était aussi rebelle que son frère et son cousin. Mais elle était beaucoup plus agréable à contempler, se dit-il en observant sa silhouette charmante et ses épais cheveux noirs. Un instant, il eut envie de passer la main dans les boucles satinées qui tombaient sur ses épaules et auréolaient son beau visage. Et cette bouche généreuse... Était-elle aussi délicieuse qu'elle en avait l'air ?

Clint prit une profonde inspiration. Hélas, elle n'était pas une jeune fille comme les autres que l'on pouvait courtiser, inviter à un pique-nique ou à une kermesse paroissiale.

C'était une Spoon.

Quand Lester s'appuya sur elle, tandis qu'ils se dirigeaient vers la porte, Clint remarqua qu'elle avait du mal à soutenir le poids du jeune homme.

— Puis-je vous aider ?

— Certainement pas, répliqua-t-elle sèchement.

Très bien. Puisqu'elle refusait son aide, il ne la proposerait plus. Même si son maudit cousin piquait du nez au milieu de la rue.

Alors qu'ils passaient près de lui, il respira un délicieux parfum de lilas. Ce n'était pas un parfum français capiteux, comme celui que portait

Estelle au saloon, ni la senteur musquée et entêtante des autres filles. C'était un parfum frais, doux, ravissant. Comme elle, songea-t-il avec une grimace.

Il les regarda quitter la prison et s'avancer en trébuchant vers leurs chevaux. Lester Spoon vacillait, et sa cousine faisait de son mieux pour le soutenir. Parviendraient-ils à rentrer chez eux ? Il se ressaisit : ce n'était pas son rôle de raccompagner les bandits à la maison.

Il claqua la porte et tenta d'oublier le désarroi d'Emily Spoon, quand elle avait vu son frère derrière les barreaux.

— Si jamais vous touchez une nouvelle fois à ma sœur, Barclay, vous le paierez cher, menaça Pete Spoon.

Au même moment, Clint avisa par la fenêtre deux silhouettes familières qui approchaient.

— Et flûte ! fit-il en abaissant le store intérieur d'un geste vif.

Des gouttes de sueur perlaient sur son front.

— Ils reviennent ? s'étonna Pete.

Clint ne l'entendit pas. Il savait seulement qu'Agnès Mangley et sa fille Carla traversaient la rue dans leurs robes de mousseline et de dentelle, leurs chapeaux ornés de nids d'oiseaux inclinés sur l'œil. Elles venaient vers lui. Et il savait pourquoi.

Il saisit le trousseau de clés dans le tiroir et ferma la porte à double tour. Puis il se précipita vers la porte arrière, ignorant le regard incrédule de Pete Spoon. Il s'échappa juste à temps, entendit les cris :

— Shérif ! Hou hou ! Shérif Barclay !

Il faillit se prendre les pieds dans des détritus,

52

poussa un juron et se mit à courir le long de la ruelle comme s'il avait le diable à ses trousses. Il se dirigea vers le seul endroit où il serait à l'abri des dames respectables de Lonesome : le Coyote Saloon.

5

Emily finit d'éplucher les pommes de terre et les lança avec force dans la casserole qui mijotait sur le feu. L'eau bouillante manqua l'éclabousser. Derrière elle, assise à la table de la cuisine, oncle Jake et Joey jouaient aux cartes.

Elle était obsédée par le visage arrogant de Clint Barclay.

Si seulement je pouvais le jeter dans l'eau bouillante, lui aussi, songea-t-elle, furieuse.

Depuis son retour de la ville, elle repensait sans arrêt à l'altercation dans le bureau du shérif.

Pourquoi n'ai-je pas emporté le fusil ? Je l'aurais mis en joue et je lui aurais ordonné de libérer Pete.

Parce que tu aurais enfreint la loi et il aurait essayé de t'enfermer, lui répliqua la petite voix de la raison. Elle fit une grimace en regrettant l'inefficacité de sa pauvre gifle.

Ce type semblait invincible : rien ne pouvait entamer son calme olympien ni sa sérénité. Il est solide, pensa-t-elle. Solide comme un roc. Une qualité chez un homme. Mais c'est un homme de loi, se dit-elle encore. Un homme de loi qui voulait chasser sa famille des environs.

Elle se rappela comment il avait agrippé son poignet, quand elle avait essayé de le gifler une seconde fois. Elle se souvenait du contact de sa peau, de sa force. Et pourtant, il ne lui avait pas fait mal. Même en colère, il parvenait à maîtriser sa force physique.

Qu'est-ce qui peut lui faire perdre le contrôle de lui-même ? se demanda-t-elle. C'était irritant d'avoir affaire à un bloc de marbre.

Quant à elle, au contraire, elle avait hérité du tempérament impétueux et colérique des Spoon.

— Le ragoût sent rudement bon, commenta Jake en interrompant ses pensées.

— Rudement bon... répéta Joey, avant de s'écrier : J'ai gagné !

Jake sourit et poussa deux billes vers le garçon.

— Tu m'as battu, fiston. Bravo. T'es un bon joueur de cartes.

— Monsieur Spoon, est-ce qu'on peut refaire une partie ?

En entendant la voix enjouée de l'enfant, Emily cessa d'éplucher les carottes et se retourna. Les yeux brillants, Joey mélangeait les cartes comme Jake le lui avait appris.

Pourvu qu'il ne lui apprenne pas à tricher ! songea-t-elle. Lissa ne me le pardonnerait jamais...

— Encore une partie, dit-elle. Ensuite, l'un d'entre vous devra mettre la table, et l'autre s'occuper des poules.

— Déjà ? soupira Joey.

— Après le repas et les corvées, vous pourrez rejouer. Si oncle Jake le veut bien.

— Vous voudrez bien, oncle Jake ?

Emily ne put réprimer un sourire. Oncle Jake... Le petit garçon se rapprochait de Jake.

Celui-ci adressa un clin d'œil à la jeune fille.

— Bien sûr, fiston, dit-il en tirant sur son cigare. Il faut bien que j'essaye de reprendre mes billes, non ?

Elle ajouta les carottes au ragoût, ainsi que des haricots verts, puis se retira dans la chambre.

Lester était allongé, les yeux fermés. Elle lui effleura l'épaule.

— Comment ça va, Lester ?

— Ça va.

Il avait la voix pâteuse.

— Je vais t'apporter du ragoût. Ne bouge pas.

— Le shérif frappe dur. Mais tu verras, la prochaine fois, c'est moi qui le flanquerai par terre.

— Il n'y aura pas de prochaine fois. À partir de demain, tu garderas tes distances avec Barclay. Et cela vaut pour Pete, aussi. Et pour oncle Jake, bien sûr...

— Lui as-tu dit que Clint Barclay était le shérif d'ici ?

— Pas encore, fit Emily en se mettant à arpenter la pièce. J'attends que Joey aille se coucher. Je ne veux pas qu'il prenne peur, quand oncle Jake se mettra en colère... Je t'en supplie, Lester, promets-moi de m'aider. Il faut à tout prix l'empêcher d'aller en ville abattre Clint Barclay.

— Papa ne perdra pas la boule. Il a changé, depuis la prison. Il a appris à se contrôler.

Emily souhaitait de tout cœur qu'il ait raison. Son oncle buvait beaucoup moins d'alcool, c'était vrai, et il ne se mettait pas en colère aussi facilement qu'autrefois. Mais il ne s'agissait pas d'une broutille...

— J'espère que tu as raison. Mais s'il s'énerve parce que Clint Barclay a enfermé Pete, je compte sur toi pour l'empêcher de faire une bêtise.

— Je t'aiderai, Em. Bien que je rêve de donner une bonne leçon à ce Barclay, ajouta-t-il d'un air sombre.

Brusquement, la jeune fille sentit des larmes lui piquer les yeux.

— Em, qu'est-ce qu'il y a ?

— Rien. Ce n'est rien…

— Tu peux me le dire. Allons, toi qui ne pleures jamais…

— Je ne pleure pas, dit-elle en ravalant ses larmes. C'est seulement que, lorsque nous sommes arrivés ici… que j'ai vu cette maison, cette terre… j'ai vraiment pensé qu'on resterait et…

Lester se leva avec difficulté et la serra contre lui.

— Tout ira bien, Em. Nous n'aurons pas souvent l'occasion de croiser le shérif, ni les autres habitants. On est loin de tout, ici. Nous allons réussir avec ce ranch, tout se passera bien.

Mais Emily songeait à son travail de couturière. Elle avait besoin de la bonne volonté et de la protection des dames de Lonesome. Elle comptait sur sa connaissance de la mode pour attirer leur attention. Mais si les femmes de Forlorn Valley redoutaient ou détestaient sa famille, qui lui achèterait des robes ? Personne. Cette pensée l'effrayait. Si elle ne pouvait pas vendre des robes, tout dépendrait du succès du ranch. Et si le ranch échouait…

Elle n'osait même pas l'imaginer… Pete et Lester seraient peut-être forcés de recommencer à attaquer des diligences, ils seraient séparés les uns des autres et ils perdraient cette terre. Elle

58

redeviendrait une servante exploitée par un tyran comme Augusta Wainscott.

Elle ne voulait plus jamais vivre ça !

Tu dois avoir du succès avec tes robes, c'est tout, se dit-elle.

Ce n'était pas parce que les Spoon ne s'entendaient pas avec le shérif de Lonesome qu'ils seraient fâchés avec toute la ville, se raisonnat-elle. Mais le doute continuait à la tarauder.

— N'aie pas l'air aussi abattu, supplia Lester. Pete et moi, on s'en veut terriblement de vous avoir laissées seules, tante Ida et toi. Nous voulons nous racheter.

— Ce n'était pas si mal, Lester, mentit-elle. La plupart du temps.

Elle repensa à la maison des Wainscott, à la voix criarde de sa patronne qui la critiquait, la houspillait. Toute la journée, elle montait et descendait les escaliers, les bras chargés de linge, de draps, de seaux et de balais. Elle croyait encore respirer l'odeur de la cire d'abeille, et se rappelait ces heures passées à frotter, récurer et épousseter trois étages. Et la nuit, il avait fallu veiller tante Ida.

Elle fit un effort pour sourire à Lester.

— C'est du passé, maintenant. Nous repartons de zéro.

Il acquiesça.

— Tu as bien raison.

— Et on ne laissera personne nous gâcher cette occasion, marmonna-t-elle, avec une pensée pour le shérif au regard bleu.

— Em'ly ? appela Joey. Oncle Jake dit que le ragoût risque de brûler...

Seigneur! Elle se précipita dans la cuisine, soulagée de ne pas devoir gagner sa vie comme cuisinière…

Après un succulent repas, elle borda Joey dans son lit et lui souhaita une bonne nuit. Elle prit son aiguille et son fil pour terminer les rideaux, et attendit qu'oncle Jake se fût assis dans son fauteuil avec le morceau de bois qu'il sculptait. Alors seulement, elle lui apprit le nom du shérif qui avait enfermé Pete. Celui qui souhaitait voir le titre de propriété de leur ranch et espérait les voir quitter sa ville.

— *Clint Barclay!*

La voix de Jake Spoon était encore plus gutturale que d'habitude.

— Ce n'est pas possible, murmura-t-il. Emily, petite, tu en es certaine?

Elle hocha la tête, le cœur serré.

— Je n'ai appris son nom qu'aujourd'hui…

Il bondit du fauteuil et se dirigea vers la porte.

— Oncle Jake!

— Il m'a jeté en prison, et maintenant c'est au tour de Pete! Je ne resterai pas assis ici, pendant qu'il s'en prend à ma famille!

Lester se redressa tant bien que mal, mais Jake avait déjà ouvert la porte. Emily lui empoigna le bras.

— Ce n'est pas une solution. Cela ne fera qu'aggraver…

Devant la colère qui enflammait le regard de son oncle, elle se tut.

— Lâche-moi, petite.

Elle frémit, tant sa voix était sévère. Son regard était glacial, très différent de celui de l'homme qui les avait accueillis, Pete et elle, alors qu'ils n'avaient pas dix ans, et qui avait promis de les élever et de les aimer comme ses enfants, avec l'aide de tante Ida. Désormais elle découvrait Jake Spoon, le voleur de diligences, le hors-la-loi. Dans ses yeux brillait une lueur meurtrière.

— Réfléchis, papa. J'ai dit à Emily que tu avais changé…

— C'est Clint Barclay, Lester! grogna Jake.

Puis il remarqua le visage hagard de sa nièce, les larmes qui perlaient à ses paupières, ses lèvres tremblantes, et sa colère s'évanouit soudainement. Il saisit la main qui le retenait par la manche.

— Ne fais pas cette tête, Emily, dit-il d'une voix rauque. Je ne vais nulle part.

Elle frissonna de soulagement.

— C'est bien, oncle Jake. Ce n'est pas comme ça qu'il faut affronter cette situation…

— Tu as raison, Lester, lança-t-il à son fils, avant d'esquisser un sourire forcé pour Emily. Tu m'as dit que le shérif réclamait vingt dollars pour payer les dommages?

— Oui, répondit-elle. Et il insiste pour voir l'acte de propriété du ranch.

— Je le lui apporterai demain, déclara-t-il d'un air sombre.

— Laisse-moi y aller, oncle Jake…

— Je n'ai pas peur de lui, ma petite.

— Bien sûr que non. Mais tu as dit toi-même, pendant notre voyage jusqu'ici, que tu n'aimais plus les gens ni les villes. Ce serait peut-être mieux que tu évites de croiser le shérif Barclay.

— Il faudra bien que je le voie un jour ou l'autre.

Lester se mêla à la conversation :

— Papa a raison, Emily. Pourquoi repousser l'inévitable ?

Elle les regarda tour à tour. Et s'ils avaient raison ? Oncle Jake avait purgé sa peine, et on n'avait jamais trouvé de preuves concluantes contre Pete ou Lester.

Le shérif de Lonesome était un homme redoutable, mais il ne pouvait pas les chasser de leur ranch sans une bonne raison, et les Spoon ne lui en fourniraient pas.

— Très bien, nous irons ensemble. Mais toi, Lester, tu resteras ici avec Joey.

— Em ! Tu crois que j'ai peur d'affronter ce bon à rien… ?

— Tu n'as peur de rien ni de personne, comme Pete, répliqua-t-elle, agacée. Ce qu'il m'arrive de regretter amèrement… Mais je ne veux pas amener Joey en ville. Il commence seulement à s'habituer à la cabane, et je ne veux pas qu'on me pose des questions à son sujet. Il sera toujours temps d'aviser, si Lissa ne vient pas le chercher avant la rentrée des classes. Pour l'instant, je dois à tout prix le cacher à John Armstrong et ne pas prendre de risques.

— J'aimerais mettre la main sur ce vaurien qui s'est attaqué à ton amie et au petit, grommela Jake.

— Espérons qu'aucun d'entre nous ne le reverra jamais, lança-t-elle avec ferveur. Mais il faut que Joey reste caché.

Elle ramena son oncle à son fauteuil. Lester s'affala à nouveau sur le sofa.

— C'est toi qui devrais rester ici avec le petit, marmonna-t-il.

— Après ce qui s'est passé aujourd'hui, tu ferais bien de garder tes distances avec le shérif.

— Je ne me mettrai plus en colère.

— En effet, décréta-t-elle, les poings sur les hanches. Parce que tu seras ici avec Joey, à réparer la clôture et à construire cette nouvelle remise que tu m'as promise.

Jake rit doucement.

— Laisse tomber, mon garçon. Elle a le tempérament des Spoon et l'obstination de sa mère. Ma sœur ne changeait jamais d'avis, une fois que sa décision était prise. Non seulement Emily ressemble à ta tante Tillie, mais elle en a hérité le caractère de fer.

Lester fronça les sourcils.

— Je n'ai pas aimé la façon dont le shérif te regardait, Em. Il faut que tu sois sur tes gardes.

— Qu'est-ce que tu sous-entends ? s'irrita Jake.

— Il la trouve à son goût.

— Lester, ne fais pas l'imbécile, protesta Emily, les joues empourprées. Clint Barclay m'a regardée avec mépris, parce que je suis une Spoon. Mais il va découvrir que les Spoon possèdent des ressources. Avant longtemps, nous serons plus appréciés dans cette ville que lui !

Le lendemain matin, alors que le chariot tressautait sur la route, Emily ne se sentait plus aussi confiante. Elle redoutait l'entretien avec Clint Barclay et priait pour que son oncle garde son sang-froid, malgré les provocations du shérif.

Ils devaient faire sortir Pete de prison et commencer à s'habituer à la ville, comme la ville devait s'habituer à eux. Avant que Clint Barclay ne dresse tout le monde contre eux.

Et quant à savoir si le shérif la trouvait à son goût... Lester avait dû rêver. Barclay n'avait semblé nullement attiré par elle. Au contraire. Ce qui lui convenait parfaitement, car en dépit de ses yeux bleus et de sa mâchoire virile, il était le dernier homme sur terre qu'elle souhaitait séduire.

La rue principale de Lonesome était animée. Contrairement à la veille, où elle n'avait été préoccupée que par Pete, Emily observa les maisons alignées le long des planches qui servaient de trottoir. Elles présentaient toutes des façades grises. L'immense ciel bleu piqueté de nuages blancs écrasait la petite ville. Des chevaux hennissaient et des enfants jouaient sous un arbre.

Elle remarqua des poulets qui picoraient dans la ruelle derrière le Wagon Wheel Saloon, et un chat paressait sur une marche devant un magasin de chapeaux. Du balcon du Coyote Saloon lui parvint un rire cristallin. Elle leva les yeux. Deux femmes en robes pailletées, des plumes dans les cheveux, croquaient des pommes et interpellaient des cow-boys qui sortaient d'un magasin, des sacs de grain sur les épaules.

Le plus grand magasin était celui d'un certain Doily, mais il y avait aussi le Gold Gulch Hotel, une grande écurie, un hangar à nourriture, une banque, et un magasin de cuir qui proposait en vitrine des selles, des bottes et des armes : des colts de l'armée, des revolvers Remington et des fusils.

Elle ne remarqua pas un seul magasin de robes. Le cœur battant, elle devina que les seules robes que l'on trouvait à Lonesome devaient être achetées chez Doily ou commandées par catalogue.

C'était une bonne chose.

Oncle Jake arrêta les chevaux devant le bureau du shérif, en face de la banque. En descendant du chariot, Emily aperçut un panneau accroché à la fenêtre d'un magasin.

Tournoi de poker – de vendredi à
samedi – Gold Gulch Hotel.
Fête de la ville – samedi soir. Venez tous.

Sous les mots était dessinée une rangée de dollars.

Lisant par-dessus son épaule, Jake grommela :

— Si Pete et Lester l'apprennent, ils voudront tenter leur chance. Cinq dollars pour participer. On pourrait acheter des planches et des clous pour réparer le toit de la grange, avec une somme pareille. C'est déjà dommage qu'on doive jeter ces vingt dollars par la fenêtre pour délivrer Pete.

— Chaque chose en son temps, oncle Jake, déclara Emily d'une voix douce.

— J'aimerais arracher toutes ces affiches avant que Pete ne les voie.

— C'est sûrement interdit, murmura-t-elle avec un sourire. Et promets-moi que tu ne te mettras pas en colère, quoi qu'il arrive.

— Finissons-en, marmonna-t-il en poussant la porte.

Le cœur battant, Emily entra dans la pièce. Clint Barclay écrivait, assis derrière son bureau. Il leva les yeux.

Son regard ne s'attarda pas sur la jeune fille, mais se concentra sur l'homme qui l'accompagnait. Lentement, avec une grâce féline, il se leva.

— Puis-je vous être utile, Spoon ? demanda-t-il d'un ton dur.

Les doigts d'Emily se crispèrent sur le bras de son oncle. Elle savait que c'était un moment très pénible pour lui.

— Nous sommes venus payer l'amende pour Pete, dit-elle.

Jake fouilla sa poche, puis jeta quelques billets verts sur le bureau.

— Relâchez mon neveu de cette maudite cellule.

— Avez-vous le titre de propriété du ranch des Sutter ?

— Ma nièce vous a dit que je le possédais.

— Je veux le voir.

— Peut-être que je l'ai oublié, répliqua Jake, le regard sombre.

— Oncle Jake, je t'en prie... intervint Emily.

Pete suivait l'échange, les mains agrippées aux barreaux.

— Ne le lui montre pas, oncle Jake ! cria-t-il. Il n'a aucun droit de l'exiger. Je resterai ici jusqu'à ce qu'il en ait assez de me voir, mais ne...

— Tais-toi, Pete ! ordonna sa sœur.

— Vous feriez bien de l'écouter, Spoon, renchérit le shérif. Elle au moins, elle a du plomb dans la cervelle.

— Qui vous a demandé votre avis ? rétorqua Emily. Si vous étiez un homme bien, vous ouvririez la porte de cette cellule. Aucune loi ne nous oblige à vous montrer le titre de propriété. Nous l'avons apporté par courtoisie.

Clint Barclay éprouva un sentiment de respect envers la jeune fille en robe de coton bleu, ses boucles folles sagement tressées en natte. Il savait qu'il menait la vie dure aux Spoon, mais il ne leur faisait pas confiance. Cependant, Pete avait purgé sa peine, et l'amende était payée.

Il se perdit quelques secondes dans le regard lumineux d'Emily, puis il prit le trousseau de clés dans le tiroir.

— On verra si vous savez éviter les ennuis, fit-il en ouvrant la porte de la cellule.

Un court instant, Emily eut peur que Pete ne refuse de quitter la cellule pour narguer Barclay, mais il vint se planter à son côté. Le shérif lui rendit son arme.

— Et maintenant, j'aimerais voir ce papier, dit-il à Jake.

Les lèvres pincées, Jake sortit un papier froissé de sa poche et le lui tendit.

— Personne n'y a habité depuis des années, expliqua Clint en examinant le titre de propriété. Aux dernières nouvelles, le vieux Bill Sutter était parti à Leadville pour travailler dans une mine d'argent. Comment avez-vous obtenu ce papier ?

— Cela ne vous regarde pas, rétorqua Jake avant de récupérer l'acte signé.

— Avez-vous autre chose à demander, shérif ? ironisa Pete. On serait ravis de passer la journée à bavarder avec vous, mais nous avons un ranch à faire tourner.

Emily retint son souffle. Clint Barclay les étudia à tour de rôle.

— Vous pouvez partir. Mais je vous préviens : à la moindre anicroche, au moindre soupçon de trouble dans cette ville, je me rendrai d'emblée au ranch des Sutter.

— Vous voulez dire le ranch des Spoon, corrigea Emily. C'est ainsi qu'il s'appelle, désormais.

Il y eut un instant de silence complet. Puis Pete entoura de son bras les épaules de sa sœur et l'entraîna dehors, à la suite de leur oncle.

La porte claqua derrière eux. Clint demeura un moment immobile. Il espérait ne jamais avoir à arrêter les Spoon. La fille leur était trop attachée et elle était loyale. Lorsqu'ils recommenceraient leurs mauvais coups – si ce n'était pas déjà fait –, cela lui déchirerait le cœur.

Pourquoi s'en faisait-il? Parce qu'elle était belle, indomptable, qu'elle avait du cran? Que ses hanches bougeaient avec sensualité quand elle marchait? Ou parce qu'il l'avait serrée dans ses bras cette nuit-là, devant la cabane, tandis qu'elle se débattait avec un rare courage?

Il n'avait entendu parler d'un courage semblable qu'une seule fois, des années auparavant, quand sa mère avait défendu son fils Nick contre les bandits qui attaquaient leur diligence. Elle avait poussé Nick derrière elle, protégeant son fils de sept ans, faisant preuve d'une aussi grande bravoure qu'Emily Spoon...

Ce matin-là, Clint Barclay mit longtemps à se concentrer à nouveau sur son travail.

6

Lorsqu'ils eurent traversé la rue, Emily serra Pete dans ses bras.

— Est-ce que ça va ? Tu as l'air encore plus mal en point que Lester…

Pete effleura le bleu au-dessus de son œil.

— Ce n'est rien, petite sœur. Et avant que tu me fasses la morale, sache que ce n'était pas ma faute. J'ai pris la défense d'une dame, et trois vauriens se sont jetés sur moi.

— Si nous avions autant d'argent que de soucis, nous serions riches comme Crésus, répliqua Emily d'un ton sévère.

— Surtout avec des garçons au sang chaud comme Lester et lui, précisa Jake en posant une main paternelle sur l'épaule de son neveu. Je suis fier de toi, tu as tenu tête à Barclay. Je mourais d'envie de le descendre.

— Moi aussi, soupira Pete.

— Ça suffit, tous les deux ! s'écria Emily, épouvantée, alors que deux dames les dépassaient.

Pete repoussa d'un doigt son chapeau et lui sourit.

— Allons, Em, je plaisantais. Comme si j'abattais les gens de sang-froid. Pour qui me prends-tu ? Mais si jamais, un jour, il faut voir celui d'entre nous qui dégaine le plus vite…

— C'est hors de question, Pete ! Quant à toi, oncle Jake…

— Cette époque-là est révolue. Tout comme je ne volerai plus jamais, précisa-t-il avec un soupir. Ne t'inquiète pas, Emily. J'ai dit que j'avais envie de le descendre, non que je passerais à l'acte.

Elle secoua la tête, puis les regarda en plissant les yeux.

— Je ne veux plus jamais vous entendre parler de descendre qui que ce soit. Finissons nos courses, et rentrons à la maison.

— Que faut-il acheter ? s'enquit Pete.

— Oncle Jake a besoin de bois, et je dois faire des provisions. Puis-je vous faire confiance ? Allez-vous vous tenir tranquilles ?

Pour la première fois depuis qu'il avait appris l'identité du shérif de Lonesome, son oncle lui sourit d'un air taquin.

— On fera de notre mieux, fillette, mais on ne peut rien te promettre…

En les regardant s'éloigner, elle éprouva une pointe d'amour mêlée d'anxiété. Elle se dirigea vers le magasin d'un pas décidé. Il lui fallait de la farine, des œufs et des haricots blancs. Et si elle achetait aussi quelques bâtons de réglisse pour Joey ? Un sourire aux lèvres, elle songea que Pete et Lester apprécieraient eux aussi les friandises.

Une petite sonnette carillonna lorsqu'elle poussa la porte. Le magasin était encombré de tonneaux, de corbeilles et de cageots. Un homme d'un certain âge, le visage rougeaud, s'activait derrière le comptoir. Une jeune mère vêtue d'une robe en mousseline parme lui dictait une liste de provisions. Elle surveillait d'un œil deux enfants qui jouaient à cache-cache, tout en bavardant avec une petite femme aux yeux noirs et aux cheveux gris ramenés en chignon.

— J'arrive, dit le propriétaire à Emily, qui en profita pour examiner les bocaux de friandises alignés sur une étagère.

— Et le malheureux ne sait pas ce qui l'attend après le repas de ce soir, déclara la dame aux cheveux gris en éclatant de rire. Berty Miller a juré qu'elle obtiendrait du shérif une invitation à la fête de samedi, ou qu'elle y laisserait sa peau !

— Une autre de vos pensionnaires, Mme Eaves, a demandé à sa petite-fille de venir de Boston, ajouta la jeune femme. Il paraît qu'elle est très belle… Bobby, descends de là immédiatement ! M. Doily ne permet pas aux enfants de grimper sur son comptoir. Et toi, Sally, lâche ça tout de suite ! (Elle s'éventa avec sa liste de commissions.) Si j'étais encore célibataire, moi aussi je tenterais ma chance auprès de Clint Barclay, avoua-t-elle d'un air amusé.

— Les prétendantes ne manquent pas, fit remarquer sa compagne. Agnès Mangley est bien décidée à lui faire épouser Carla. Elle me l'a répété la semaine dernière.

— Elle a acheté trois robes pour Carla lors de son dernier passage au magasin, renchérit le propriétaire. Et depuis le retour de Clint, elle arpente les rues avec Carla pour provoquer une rencontre inopinée.

— L'une ou l'autre lui mettra bientôt le grappin dessus, assura la vieille dame. Après tout, il revient du mariage de son frère. C'est le genre d'événement qui amène un homme à réfléchir. Et comme toutes les célibataires de la ville lui courent après...

— Ce n'est qu'une question de temps, acquiesça la maman. Oh! Rufus, j'allais oublier. Il me faut aussi cinq livres de café et une demi-livre de figues séchées.

Emily n'en revenait pas de leur conversation. Toutes les célibataires de Lonesome voulaient épouser Clint Barclay... Les imbéciles! Il était certes séduisant, mais il était surtout buté, méchant et prétentieux.

Le petit garçon qui gambadait dans la pièce la heurta et s'accrocha à ses genoux, manquant la renverser.

— Bobby! s'écria sa mère, affolée.

— Je n'ai pas fait exprès, maman. J'ai trébuché.

— Ce n'est rien, dit Emily avec un sourire.

— Je suis désolée. Bobby, veux-tu demander pardon, s'il te plaît?

— Pardon, m'dame, dit-il avec un sourire avant de s'emparer de la poupée en chiffon que tenait sa sœur.

— Bobby! Sally! Vous êtes impossibles... se lamenta leur mère alors qu'ils se disputaient la poupée. Allez m'attendre dehors, ordonna-t-elle en leur confisquant le jouet.

Les enfants se précipitèrent vers la porte.

— Surveille ta petite sœur, lança la maman en repoussant une mèche de cheveux qui avait glissé sur son front. Je suis vraiment désolée, reprit-elle lorsque la porte eut claqué derrière les enfants. Je m'appelle Margaret Smith, et je vous remercie pour votre patience.

Emily n'hésita qu'un instant.

— Emily Spoon. Ravie de vous connaître.

— Spoon!

Emily se mordit la lèvre. Elle qui avait espéré que personne ne ferait de commentaires au sujet de son nom de famille!

Le propriétaire du magasin la toisa sévèrement.

— Êtes-vous une parente des fameux Spoon?

Elle rougit légèrement.

— Oui.

— Seigneur! s'exclama Margaret Smith, écarquillant ses grands yeux bleus. Mon mari m'en a parlé...

Son visage avenant se ferma. Elle hocha sèchement la tête et se tourna vers Rufus Doily:

— Il me faut aussi deux douzaines d'œufs, et trois livres de sucre. Ce sera tout pour aujourd'hui.

La femme plus âgée continuait à dévisager Emily avec curiosité.

— Mon frère Syrus – que son âme repose en paix – a été attaqué un jour par la bande des Spoon, dans le Missouri. On n'a jamais pu prouver leur culpabilité, ni retrouver l'or et les bijoux qui ont été dérobés aux passagers de la diligence, mais on lui a assuré qu'ils étaient bien les fautifs.

Elle mettait Emily au défi de répondre.

— Je suis navrée pour votre frère, répliqua la jeune fille.

Elle avait envie de disparaître par un trou de souris, mais elle se força à ne pas détourner les yeux.

— Désormais, nous avons un excellent shérif à Lonesome, poursuivit la vieille dame. Si les Spoon pensent nous créer des ennuis, ils se trompent.

— La bande des Spoon n'existe plus, déclara Emily d'un ton ferme. Il n'y a que ma famille. Mon frère Pete, mon oncle Jake et mon cousin Lester. Nous commençons une nouvelle vie. Nous avons acheté un ranch pour élever du bétail.

— Si c'est vrai, mademoiselle, comment se fait-il que le shérif Barclay ait déjà jeté en prison un membre de la bande ? intervint Rufus Doily.

— Il y a eu une bagarre, mais ce n'était pas la faute de mon frère, précisa Emily, dépitée de voir qu'aucun des trois ne la croyait. Nous voulons vivre en paix avec nos voisins.

— Hum…

La vieille dame aux cheveux gris continuait à l'examiner, la tête inclinée. Puis, au grand étonnement d'Emily, elle lui sourit.

— Je m'appelle Nettie Phillips, mademoiselle Spoon. Je suis propriétaire de la pension au bas de la rue.

— Enchantée de faire votre connaissance, madame Phillips, bafouilla Emily.

Margaret Smith, abasourdie, contemplait Nettie avec des yeux ronds.

— Laissez-moi vous expliquer quelque chose, mademoiselle Spoon, reprit Nettie. Mon père était pasteur. Il m'a appris que tout le monde a droit à une seconde chance. Je suppose qu'il en va ainsi également pour les bandits.

— Votre père était un homme sage.

— Quant à vous, je ne pense pas que vous étiez de la bande, n'est-ce pas ?

— Non, madame. Bien sûr que non. Mais appelez-moi Emily, je vous en prie. On a souvent accusé les Spoon à tort, vous savez, assura-t-elle, le cœur battant. Oncle Jake et les garçons ne sont pas parfaits et ils ont parfois mal agi, mais on les accuse à tort de beaucoup de crimes.

— Qui sait ? Vous avez peut-être raison. Quant à moi, je suis prête à leur laisser leur chance, jusqu'à ce qu'on me prouve que j'ai tort. Je présume que d'autres personnes en ville penseront comme moi, mais cela risque de prendre du temps. N'est-ce pas, Margaret ?

— Je… je suis sûre que Mlle Spoon n'est en rien responsable des actes des hommes de sa famille, déclara la jeune femme, prudente. Mais mon mari travaille à la banque. Son père, Hamilton Smith, en est le propriétaire. Nous n'aimons pas les hors-la-loi qui volent l'argent des autres, comprenez-vous ?

— Bien sûr, murmura Emily.

— Mais, comme l'a dit Nettie, chacun mérite une seconde chance… Du moins, je le suppose…

Elle s'affaira pour rassembler ses paquets, avant de saluer les deux femmes et de suivre Rufus, qui sortit déposer les sacs de farine et de sucre dans son chariot.

— Les banquiers et les hors-la-loi ne font pas bon ménage, s'amusa Nettie. Mais les Smith sont des gens justes, comme la plupart des habitants de Lonesome. La belle-mère de Margaret est l'une de mes meilleures amies. Je suis certaine qu'ils vous donneront votre chance. Tant que vos hommes respecteront la loi et l'ordre.

— C'est une certitude, lança Emily, reconnaissante à cette femme de l'accueillir si chaleureusement. Je vous remercie pour votre gentillesse.

— Bah ! Ce n'est rien… Viendrez-vous à la fête du village ?

— Je ne sais pas. Je viens seulement de voir les affiches.

— Tout le monde sera là. De même qu'au pique-nique, dans quinze jours. Deux belles occasions pour rencontrer les gens.

— Je ne sais pas si nous sommes prêts... hésita Emily.

— Réfléchissez-y. Ce sera une manière de prouver que vous n'avez rien à cacher, et que vous voulez faire partie de cette communauté.

Rufus Doily se faufila derrière le comptoir.

— Est-ce que ce sera tout, Nettie ?

— J'aimerais aussi quelques mètres de cette belle soie grise que vous avez en vitrine, Rufus. (Elle adressa un clin d'œil à Emily.) Je vais me faire un joli châle pour la soirée dansante.

La vieille dame la salua poliment avant de s'en aller. Pour la première fois depuis qu'elle avait rencontré Clint Barclay, Emily reprit espoir. Peut-être les choses allaient-elles s'arranger ?

Tandis que Rufus rassemblait les provisions qu'elle lui avait demandées, elle songea à la fête. Ce serait l'occasion idéale pour prouver à tous que les Spoon ne complotaient pas derrière leur dos, planifiant des meurtres ou des attaques de banques. Et ce serait le moment rêvé pour dévoiler sa nouvelle robe – sa première création. Si les gens la remarquaient, quelqu'un lui commande-rait peut-être une robe pour le pique-nique. Peut-être l'une de ces jeunes écervelées qui voulaient mettre le grappin sur Clint Barclay ?

Ce serait une ironie du sort, si le shérif l'aidait malgré lui à établir sa maison de couture !

— Je vais porter les paquets jusqu'à votre cha-riot, grommela Rufus Doily en examinant les boîtes de conserve, les fromages, les figues sèches, les œufs et les haricots.

Mais lorsqu'elle se retrouva dans la rue, des bonbons sous le bras, Emily s'aperçut que Pete et oncle Jake n'étaient pas là.

— Merci, monsieur Doily, dit-elle alors qu'il déposait les paquets dans le chariot.

— Ce n'est rien, mademoiselle Spoon, répliqua-t-il de mauvaise grâce avant de retourner dans son magasin.

La jeune fille était trop préoccupée par la disparition de Pete et de son oncle pour remarquer le cow-boy qui s'était immobilisé en entendant prononcer son nom.

Elle tourna sur elle-même : aucune trace des deux hommes. Les fenêtres du Coyote étaient obstruées par des planches de bois. Auraient-ils osé s'y rendre après la bagarre ?

Avisant l'enseigne du Wagon Wheel Saloon, adjacent à l'hôtel, elle s'y dirigea d'un pas déterminé. Mais quelqu'un la saisit par le bras et l'entraîna dans une ruelle.

— De quel droit… ! s'écria-t-elle, effrayée.

Le cow-boy avait des yeux vert pâle, des cheveux blonds poisseux et portait des vêtements élimés. Il la contempla avec mépris.

— La ferme. T'es l'une des Spoon, hein ?

— Cela ne vous regarde pas. Lâchez-moi ! s'exclama-t-elle, lui arrachant son bras.

Son cœur battait la chamade. Quand elle essaya de rejoindre la rue principale, le cow-boy lui barra le chemin en ricanant.

— T'es plus jolie que les hommes de ta famille, pour sûr.

— Vous feriez mieux de me laisser passer !

— Pas encore, mam'zelle.

Emily blêmit de rage alors qu'il la déshabillait du regard.

— Je vous préviens. Si vous ne partez pas sur-le-champ, je…

— Qu'est-ce que tu feras ? se moqua-t-il.

Il la saisit par la taille et l'attira à lui.

— Tu vas me descendre ? Très drôle. T'as pas l'air d'avoir un fusil avec toi. Comment t'appelles-tu, poupée ? Je suis sûr qu'une belle plante comme toi a un joli prénom.

Emily se débattit, dégoûtée par les relents de sueur et de pommade pour cheveux qui émanaient de l'inconnu.

— Au secours !

Il plaqua une main sur sa bouche et la poussa contre le mur.

— C'est entre toi et moi, mam'zelle Spoon. J'ai un compte à régler avec l'un des hommes de ta famille. Pete Spoon s'est mêlé de mes affaires, l'autre soir au Coyote. Il s'est interposé entre moi et une fille qui travaille là-bas.

Terrifiée, Emily lutta pour s'échapper, mais il la retenait d'une poigne de fer.

— Il a même essayé de lui voler un baiser. Alors, je dois lui donner une leçon. Et si je te volais un baiser, à toi ? Tu lui raconteras.

Elle lui décocha un coup de pied dans le tibia, mais il se contenta de grogner.

— C'est pas gentil, ça, poupée. Ne joue pas à l'innocente… Une moins-que-rien comme toi, d'une famille de bandits. Je parie que t'as l'habitude d'embrasser plein d'hommes. Tu dois être douée. On va voir…

Il retira sa main et plaqua ses lèvres sur les

siennes. Le baiser était moite, huileux, au goût de bacon et d'oignons. La nausée lui souleva le cœur. C'était pire que le jour où le fils d'Augusta Wainscott l'avait coincée dans le salon et avait tenté de la caresser. Elle se débattit comme une tigresse. L'homme dut se déplacer pour la retenir, et elle en profita pour lever le genou et le frapper à l'entrejambe – un geste de défense que Pete et Lester lui avaient appris, des années auparavant. Le cow-boy émit un hurlement de douleur. Il la lâcha, le visage bouffi, les yeux exorbités.

Emily essaya de le contourner, mais il lui attrapa le poignet.

— Pas si vite… salope !

Soudain, elle sentit une présence dans son dos. Quelqu'un repoussa le cow-boy. Le cœur battant, Emily reconnut Clint Barclay. Il se plaça entre elle et son agresseur.

— Que diable faisais-tu, Jenks ? demanda le shérif d'un ton glacial.

Il était très menaçant, mais pour une fois, il ne s'en prenait pas aux Spoon. Soulagée, Emily frotta ses lèvres, afin de chasser le goût atroce du baiser.

— Rien de mal, shérif. Je voulais seulement faire la connaissance de mam'zelle Spoon…

— On ne dirait pas qu'elle en avait envie.

— On s'amusait un peu, c'est tout.

— Tu trouves ça drôle, toi ? lança Clint en lui donnant un coup d'épaule qui le fit tomber à la renverse parmi les détritus de la ruelle. Est-ce que ça va ? ajouta-t-il en se tournant vers Emily.

— Vous feriez bien de débarrasser la ville de ces vauriens, shérif, rétorqua-t-elle d'une voix tremblante.

Elle était profondément humiliée. Elle avait pensé ne jamais plus devoir subir ce genre d'agression, et elle avait tout fait pour oublier l'odieux fils Wainscott. Or ce cow-boy aux lèvres graisseuses lui rappelait le passé...

Et Clint Barclay avait assisté à son humiliation! Les jambes tremblantes, elle s'éloigna.

Lorsqu'elle revint dans la rue, elle vit Pete sortir du Wagon Wheel Saloon, l'air satisfait.

— Bonne nouvelle, Em! Je viens de nous inscrire, Lester et moi, pour le tournoi de poker de vendredi. Ce sera une occasion de gagner de l'argent facilement. Puis on ira tous danser à la fête... Qu'est-ce qui s'est passé? s'alarma-t-il en remarquant son visage blême.

— Rien.

— Tu ressembles à un fantôme. Est-ce que le shérif t'a ennuyée?

— Non... Pas du tout.

Elle frémit en voyant le cow-boy émerger en boitillant de la ruelle, suivi par Clint Barclay.

Elle entraîna son frère vers leur chariot.

— J'étais inquiète, c'est tout. Je ne savais pas où vous étiez passés...

Si Pete apprenait ce que Jenks avait fait, il lui briserait les os ou le provoquerait en duel. Or ils ne pouvaient se permettre ce genre de problème.

— Oncle Jake ne t'a pas prévenue? Quand on a fini de charger le bois, il m'a dit qu'il t'attendrait devant le magasin.

— Il n'y était pas. C'est pourquoi je suis venue te chercher.

Elle espérait qu'il ne remarquerait pas sa voix tremblante. Jenks avait disparu, mais Clint Barclay se trouvait encore dans les parages.

— Dieu soit loué, voilà oncle Jake! s'exclama-t-elle.

Il sortait du bureau du télégraphe. Pete se tourna à son tour, mais il n'eut pas le temps de voir Jake fourrer un papier dans la poche de sa chemise.

Emily, en revanche, avait vu. Que faisait-il? Elle ne connaissait personne à qui son oncle aurait pu envoyer un télégramme.

Jake s'approcha de son pas nonchalant.

— Qu'est-ce qui cloche, fillette? s'inquiéta-t-il. Tu es toute pâlichonne.

— Ce n'est rien, oncle Jake. Que faisais-tu au bureau du télégraphe?

— Je parlais au type qui y travaille, pour passer le temps... Allons, il faut rentrer, maintenant.

Emily regarda par-dessus son épaule. Barclay ne les avait pas suivis. Tant mieux! Elle ne voulait surtout pas que sa famille apprenne sa mésaventure.

Alors qu'ils grimpaient dans le chariot, les deux hommes se mirent à discuter du tournoi de poker. Mais la jeune fille était soucieuse. Elle était certaine que son oncle lui cachait quelque chose. Il n'était pas du genre à bavarder avec des inconnus. Et qu'en était-il du papier qu'il avait glissé dans sa poche?

En quittant la ville, elle aperçut Clint Barclay. Deux femmes, visiblement la mère et la fille, l'avaient accosté. Elles portaient de larges chapeaux enrubannés, de magnifiques robes et affichaient d'immenses sourires. La plus âgée parlait sans arrêt. La plus jeune se tenait tranquille, belle comme une fleur, avec ses boucles blondes sur les épaules et sa taille élancée. Esquissant un sourire enjôleur, elle posa doucement une main gantée sur le bras de Barclay.

Tendue, Emily regarda droit devant elle. Elle n'aurait jamais pensé éprouver de la reconnaissance envers un homme de loi. Pourtant, s'il n'était pas passé par là, tout à l'heure...

Elle frémit. Elle avait évité le pire, songeat-elle, angoissée. Ce n'était qu'un affreux baiser. Mais elle regrettait d'être désormais redevable à Barclay de l'avoir tirée de ce mauvais pas.

7

Deux jours avant la fête du village, Emily travaillait d'arrache-pied pour terminer sa robe, quand Nettie Phillips vint lui rendre visite. Le soleil de l'après-midi pâlissait dans le ciel bleu.

La jeune fille sortit sous le porche. Agile comme un singe, Nettie sauta de son chariot, puis souleva un panier recouvert d'un tissu à carreaux rouge et blanc.

— J'ai deviné que personne n'était venu vous souhaiter la bienvenue, lança-t-elle avec un grand sourire. Alors, je vous apporte une tarte aux fraises. C'était le dessert préféré de mon mari.

Abasourdie par cette visite, Emily lui proposa d'entrer, puis se demanda comment présenter Joey qui était sorti de la cuisine, timide et effrayé.

— Tiens, tiens… Pourquoi avez-vous caché que vous aviez un petit ? J'aurais apporté des biscuits. Approche, mon garçon, que je te voie de plus près.

— Tout va bien, Joey, le rassura Emily. Mme Phillips est une amie.

— Joey, c'est ça ? poursuivit Nettie en s'asseyant sur le sofa. Il ne vous ressemble pas beaucoup, ajouta-t-elle d'un air perspicace, avant de prendre une pièce dans sa poche et de l'offrir à l'enfant. C'est un porte-bonheur. Si tu la poses sous ton oreiller la nuit, tu auras de la chance toute l'année.

L'espoir illumina les yeux de l'enfant. Il scruta le visage ridé, pour voir si elle se moquait de lui.

— C'est vrai ?

— Est-ce que je mentirais à un beau garçon comme toi ? Essaye, Joey, et tu verras.

— Je peux, Em'ly ?

Lorsque celle-ci acquiesça, il leur décocha un sourire radieux, avant de s'enfuir vers la chambre. Un court instant, il avait ressemblé à un petit garçon normal. Emily en eut le cœur serré d'émotion.

— Il vous a appelée Em'ly. J'en déduis que vous n'êtes pas sa mère... C'est votre neveu ? Le fils de votre frère ?

La jeune fille hésita. Comment répondre à des questions aussi directes ? Nettie Phillips disait tout ce qui lui passait par la tête, mais en dépit de cette franchise déroutante, Emily ne pouvait s'empêcher de l'apprécier. La vieille dame avait été la seule à lui souhaiter la bienvenue à Lonesome, et elle avait réussi à faire sourire Joey.

— C'est le fils d'une de mes amies. Elle... elle a eu des ennuis, et j'ai proposé de m'occuper de lui jusqu'à ce qu'elle ne risque plus... je veux dire, jusqu'à ce qu'elle puisse le reprendre.

— Quel genre d'ennuis ?

— Pardonnez-moi, mais c'est personnel. Je ne peux pas vous donner les détails. Désirez-vous quelque chose à boire ? Une tasse de café... De la limonade...

— Non merci, ma chère. Et si je me mêle de ce qui ne me regarde pas, n'hésitez pas à me le

84

dire franchement. C'est ainsi que font les autres.

Nettie examina l'intérieur de la cabane, avant de hocher la tête d'un air satisfait.

— Très coquet. J'aime ces rideaux. Cet endroit était resté vide trop longtemps. Je le disais ce matin à Bessie Smith et à son mari. On se méfie de vous, c'est certain, mais j'insiste pour qu'on vous donne une chance. Le plus souvent, les gens m'écoutent. Ils savent que je suis pleine de bon sens, et ils respectaient beaucoup mon mari.

— Est-il décédé récemment ?

— Il y a cinq ans. C'était un homme merveilleux ! s'exclama Nettie, les yeux brillants. Un héros de la guerre. Il s'était porté volontaire, tout jeune encore. Il a sauvé un régiment avant d'être blessé. Puis il est revenu à la maison... Seigneur, je bavarde, je bavarde... Je ne suis pas venue parler de Lucas ni de moi, mais vous dire que ce serait une grave erreur de ne pas assister à la fête, samedi. Les gens sont curieux de vous rencontrer, et c'est l'occasion idéale. Mais je vois que vous avez déjà pris votre décision...

Elle indiqua la robe rose, posée sur la chaise.

— Oui, je cousais une robe pour la fête.

Nettie se pencha afin de l'examiner.

— Quelle merveille ! Il y aura des envieuses. Je pense à Agnès Mangley et Carla, bien sûr. Elles ont commandé des robes de New York pour l'occasion, mais celle-ci les éclipsera.

Elle étudia les doux plis de la soie, l'exquise dentelle noire qui ornait les poignets, la gracieuse tournure aux hanches.

— Vous ressemblerez à une princesse !

La jeune fille rougit de plaisir.

— Je suis heureuse qu'elle vous plaise.

— Où avez-vous trouvé le patron ? Je n'avais jamais vu une robe aussi splendide.

Enchantée, Emily saisit la perche que lui tendait la vieille dame.

— Il n'y a pas de patron. Avant de venir ici, j'ai habité Jefferson City où j'ai vu de belles toilettes. Je me suis toujours intéressée à la mode. Heureusement, je suis une bonne couturière. Ma tante Ida m'a appris quand j'étais enfant...

— Vous serez la reine de la soirée, assura Nettie, enthousiaste. Toutes ces demoiselles qui ont jeté leur dévolu sur Clint Barclay vont être vertes de jalousie.

— Elles n'auront pas besoin d'être jalouses, madame Phillips. Je suis prête à leur coudre des robes tout aussi belles. Je connais bien les dernières modes de la côte Est.

— Quelle bonne idée ! Vous allez vite vous faire des amies à Lonesome. Les femmes d'ici ont envie d'être à la mode. Surtout en ce moment, avec plusieurs jeunes filles qui cherchent un mari. Un mari en particulier, devrais-je préciser...

— Le shérif Barclay ? lança Emily d'un ton amer.

— En effet. Mlle Berty Miller, qui habite ma pension, a acheté plusieurs robes pour appâter Clint. Mais rien d'aussi joli.

— Aimerait-elle passer me rendre visite ? suggéra Emily en plaquant la robe contre elle, sachant que les manches habilement cousues et les boutons de jais ne manqueraient pas d'impressionner Nettie. Il est trop tard pour coudre une autre robe avant la fête, mais il y a un pique-nique dans quinze jours...

— C'est vrai. Une fois qu'on vous aura vue à la fête dans cette robe, vous aurez plus de commandes que vous ne pourrez en honorer.

J'y compte bien, songea Emily avec un sourire en reposant la robe.

— Le pauvre shérif Barclay ! s'amusa la vieille dame. Ses soucis vont être décuplés. L'une de ces filles finira par l'avoir. Bessie Smith m'a dit que les hommes parient sur le nom de l'heureuse élue.

Emily repensa à Clint Barclay, qui l'avait si bien défendue dans la ruelle contre l'odieux Jenks. Puis elle se rappela la manière dont il avait traité Pete, Lester et oncle Jake.

— Je ne comprends pas ce tapage autour de lui. Il n'est pas mal de sa personne, je vous l'accorde, mais…

— Pas mal de sa personne ? répéta Nettie, abasourdie. Êtes-vous aveugle, ma fille ? Il est aussi séduisant que l'était mon Lucas. Et je ne connais personne de plus courageux.

— Je ne voudrais pas vous contredire, madame Phillips, puisque vous êtes ma seule amie… Vous ne m'en voulez pas de vous appeler mon amie, j'espère ?

— Pas du tout. Et appelez-moi Nettie.

— Merci, Nettie, dit Emily avec un sourire. Mais nous ferions peut-être mieux de ne pas parler du shérif…

Pour la première fois, Nettie arbora un air grave. Elle se cala confortablement parmi les coussins du sofa.

— Il a arrêté votre frère.

— C'est exact. Il a également arrêté mon oncle, il y a sept ans. C'est à cause de lui qu'oncle Jake a fait de la prison.

— Ça alors... Je comprends votre ressentiment, mais avouez que ce n'est pas Clint qui a poussé votre oncle à attaquer ces diligences, n'est-ce pas ?

Emily s'empourpra.

— Oncle Jake a mal agi, c'est vrai. Il le reconnaît, d'ailleurs. Mais il a payé sa dette, et Clint Barclay... (Elle prit une profonde inspiration et pivota vers la fenêtre.) Parlons d'autre chose, je vous en prie.

Nettie vint lui tapoter le bras.

— Vous êtes troublée. Vous aimez beaucoup votre oncle...

— Il nous a recueillis, Pete et moi, à la mort de nos parents. Tante Ida et lui nous ont ouvert leur maison. Sans eux...

Sa voix se brisa.

— J'aime vous entendre défendre votre famille, dit Nettie avec un soupir. Mais vous vous trompez au sujet de Clint Barclay. C'est quelqu'un de bien. Il a affronté seul la bande des Duggan. Ils étaient cinq. De vraies brutes. Il a failli se faire tuer, mais il les a chassés de notre ville.

C'est possible, mais il a presque détruit ma famille, songea Emily.

— Bon, il est temps que je rentre, décréta Nettie. Je dois nourrir quinze pensionnaires affamés – y compris Clint Barclay, et Dieu sait s'il a un bon coup de fourchette ! (Elle eut un léger rire.) Il habite au-dessus de la prison, mais il prend ses repas chez moi... Dites-vous bien une chose, mon enfant, conclut-elle, la main sur la poignée de la porte. Il faut donner une chance à notre shérif. Tout comme vous en espérez une, vous aussi. Un jour, vous aurez peut-être besoin de lui.

On peut compter sur Clint. Il ne s'agit pas de l'épouser, bien sûr, mais vous devriez enterrer la hache de guerre.

Avec un dernier regard amical pour Emily, elle rejoignit son chariot.

Après le départ de Nettie, la jeune fille reprit sa couture, convaincue qu'elle ne changerait jamais d'avis au sujet de Clint Barclay. Elle avait passé trop de nuits blanches au chevet de tante Ida, à lui tenir la main, à lui donner des cuillerées de soupe, tandis que cette femme qu'elle adorait dépérissait en appelant son mari d'une voix faible...

Samedi, la robe était prête. Dès qu'Emily l'enfila et commença à la boutonner, son cœur se mit à battre la chamade.

Elle n'était pas allée à une fête depuis ses quinze ans, alors qu'elle était encore maigrichonne et malhabile, et le souvenir n'était pas agréable. À l'époque, elle luttait avec tante Ida pour conserver la ferme. Tout le monde savait qu'oncle Jake était en prison, et Pete et Lester en fuite.

Prenant son courage à deux mains, elle avait pénétré dans l'école décorée de lanternes bariolées où l'on jouait du violon. Personne ne l'avait saluée, et aucun garçon ne l'avait invitée à danser.

Elle était partie rapidement et était rentrée seule à cheval. Puis elle avait gravi l'échelle dans la grange, s'était pelotonnée parmi les balles de foin, pensant aux jeunes gens rieurs. Plus tard, lorsqu'elle était venue retrouver tante Ida, elle avait prétendu que les musiciens jouaient faux, que les boissons manquaient et que les gens étaient ennuyeux.

Peu de temps après, elles avaient perdu la ferme et étaient parties s'installer à Jefferson City. Emily avait commencé à travailler pour Mme Wainscott. L'époque des fêtes avait été bel et bien terminée.

Mais ce soir, elle allait danser dans une nouvelle ville où elle comptait déjà une amie. Elle n'était plus maigre, ni maladroite. Et cette robe…

Elle s'examina dans le miroir et s'émerveilla de la métamorphose : on aurait dit une jeune fille privilégiée, riche et éduquée, et non plus l'ennuyeuse Emily Spoon.

Pour une fois, ses cheveux étaient domestiqués, ramenés en chignon sur le haut de sa tête, retenus par les peignes en perles que sa mère avait portés le jour de son mariage. Quelques boucles fragiles encadraient son visage.

La robe décolletée soulignait ses courbes avec élégance. La soie tombait en plis gracieux, la couleur chaude accentuant l'ivoire de sa peau et le rose de ses lèvres. La ceinture en dentelle marquait sa taille fine. Elle n'avait pas de chaussures en agneau du même ton, mais ce n'était pas grave. La robe se suffisait à elle-même.

— Mon Dieu, Emily, on dirait un ange ! s'exclama oncle Jake lorsqu'elle pénétra dans la pièce, un peu intimidée.

Son oncle retira le cigare de sa bouche et siffla. Joey essaya de l'imiter, mais aucun son ne sortit de ses lèvres.

— Tu es vraiment belle, Em'ly !

— C'est la robe. Je l'ai réussie, vous ne trouvez pas ?

Elle tournoya, fière de sa réussite. Lester s'avança. Il avait frotté son visage à l'eau froide, enduit ses cheveux de pommade, et boutonné sa plus jolie chemise bleu et jaune jusqu'au cou.

— Je vais devoir rester toute la nuit à tes côtés pour repousser les prétendants, fit-il d'un air inquiet.

— Ne dis pas de bêtises. Tu n'auras pas besoin de rester avec moi, ni même de m'inviter à danser. Tu vas trouver une jolie fille à courtiser. Nettie Phillips me présentera ses amies qui me demanderont peut-être de leur coudre des robes.

— Crois-moi, Emily, tu danseras plus que tu ne parleras ce soir, persista Lester. J'espère que Pete va rapidement finir son tournoi de poker, pour venir me donner un coup de main.

Pete avait atteint le dernier tour du tournoi, et le gagnant allait être proclamé dans la soirée dans un salon du Gold Gulch Hotel.

S'il gagnait, il aurait envie de faire la fête, Emily le savait. Et s'il perdait… Pourvu qu'il ne provoque pas de bagarre avec le vainqueur !

Lorsqu'elle entra dans l'hôtel, le cœur d'Emily battait à tout rompre. Ce n'était pourtant qu'une fête, mais il s'agissait de la première à laquelle elle assistait depuis qu'elle était devenue une jeune femme, et elle portait une robe aussi spectaculaire que celle d'Augusta Wainscott au bal du gouverneur du Missouri.

Elle se sentait excitée, comme s'il allait se passer quelque chose de merveilleux. Or elle savait que les gens risquaient de lui tourner le dos, à cause de sa famille.

Le vestibule et la salle à manger de l'hôtel étaient bondés. Un court instant, elle eut le vertige. Les lampions, la musique, les rires et les claquements de talons sur le parquet créaient un brouhaha tourbillonnant. Puis elle détailla les fermiers, les joueurs de poker, les mineurs et les marchands. Les femmes aux robes à traîne avaient les joues empourprées. Les hommes portaient des costumes noirs ou des vestes en peau. Sur une estrade au fond de la pièce, trois musiciens jouaient du violon tandis qu'un autre les accompagnait à l'harmonica. On avait repoussé les tables et les chaises pour dégager une piste de danse. Des lampions multicolores étaient accrochés au plafond. Des tables drapées de blanc s'alignaient le long des murs, chargées de tourtes, de gâteaux, de carafes de limonade, de whisky et de vin.

— Ah, vous voilà enfin, Emily ! lança Nettie avec un grand sourire. Et qui est ce séduisant gentleman ?

— Puis-je vous présenter mon cousin, Lester Spoon, dit Emily, retenant Lester d'une main ferme car il cherchait à se fondre dans la foule.

Auprès des femmes, Lester se montrait aussi timide que Pete était effronté. Il marmonna quelque chose, mais dut se résigner à ce que Nettie continue les présentations.

— Vous connaissez Margaret Smith, bien sûr, dit-elle en indiquant la jeune maman qu'Emily avait rencontrée dans le magasin. Vous devez maintenant faire la connaissance des autres Smith, ajouta-t-elle, et les quatre personnes avec qui elle bavardait se raidirent. Voici le mari de Margaret, Parnell. (L'homme mince à lunettes ne serra pas la main de Lester.) Et ses parents, mes chers amis Bessie et Hamilton Smith.

La pauvre Margaret ne savait pas si elle devait saluer les Spoon ou leur tourner le dos. Sa belle-mère semblait tout aussi indécise. Emily examina la grande femme maigre en satin prune. Les cheveux blancs, bouclés, de Bessie encadraient son visage, où des yeux bleu pâle clignaient rapidement. Son mari rondouillard triturait sa moustache.

Dépitée, la jeune fille se rappela que Hamilton Smith était banquier.

— Mademoiselle Spoon, dit-il d'un ton sévère. Monsieur Spoon.

Pourquoi sommes-nous venus à cette fête ? se demanda Emily, désemparée. Si les meilleurs amis de Nettie se montraient aussi distants, qu'en serait-il des autres ?

Parnell Smith, qui avait la haute stature de sa mère, les regardait comme s'il s'attendait à ce que Lester et elle dégainent leurs fusils et dérobent sa montre de gousset et l'alliance en or de sa femme !

Quant à Margaret…

Emily s'aperçut soudain que Margaret Smith ne la contemplait plus avec méfiance, mais avec intérêt. La jeune femme avait enfin remarqué la robe.

Sa propre robe était charmante, une mousseline blanche aux manches ballon et au décolleté carré. Mais un bleu saphir lui irait mieux au teint, songea Emily.

— Quelle superbe robe ! s'exclama Margaret. Je n'avais rien vu d'aussi élégant depuis notre voyage à New York.

— Emily l'a cousue elle-même, intervint Nettie. C'est du dernier cri sur la côte Est. Elle sait tout au sujet des dernières modes...

Bessie Smith détaillait la dentelle et les manches étroites.

— C'est ravissant, mademoiselle Spoon. Vous êtes une excellente couturière.

— Je parie qu'elle pourrait te coudre une robe tout aussi jolie pour la réunion de banquiers qui se tient à Denver dans un mois, lança Nettie.

— Je ne pense pas que Mlle Spoon serait intéressée de...

— Je serais enchantée de vous faire une robe, s'empressa d'assurer Emily. J'espère un jour ouvrir un magasin. Vous savez quoi, madame Smith ? Une robe en chiffon noir et vert vous irait à merveille. J'imagine déjà une jupe brodée de rubans, un corsage semé de petites perles et...

— Mais oui ! approuva Bessie Smith, les yeux brillants. J'ai vu un dessin dans un catalogue de vente par correspondance. C'était une robe de bal, décorée de perles et de paillettes dorées.

— C'est du tout dernier cri à l'Est, renchérit Emily en se rappelant une robe que Mme Wainscott avait portée pour aller au théâtre. Si vous voulez bien venir jusqu'à notre ranch demain, je serais heureuse de vous dessiner un croquis et d'écouter vos suggestions.

Bessie Smith accepta volontiers, et sa belle-fille commença à se renseigner pour des chapeaux, des souliers et des châles.

Lâché par sa femme et sa mère, Parnell Smith fut contraint de discuter avec le hors-la-loi aux cheveux roux qui se dandinait d'un pied sur l'autre.

— Alors, monsieur Spoon, il paraît que votre

famille s'est installée sur le ranch des Sutter…

— Désormais, c'est le ranch des Spoon. Et Emily aimerait qu'on l'appelle le ranch de Quatre Heures, puisqu'elle veut absolument s'acheter un service à thé à la première occasion.

Lester était intimidé par les femmes, mais aucun homme ne lui faisait peur. Il lança un regard noir à Smith, le mettant au défi de se moquer du nom.

— Je lève mon verre au ranch de Quatre Heures, fit Hamilton Smith en portant son cognac à ses lèvres.

— Est-ce que tout se passe bien là-bas ? demanda Parnell d'un air compassé.

— Pour l'instant, oui.

— Tant mieux, déclara Hamilton. Tant que vous ne vous préoccupez que d'élevage, il n'y aura aucun problème.

— Pourriez-vous préciser votre pensée ? le nargua Lester. Dites ce que vous avez en tête, monsieur le banquier, si vous en avez le courage !

Le visage de Hamilton s'empourpra de colère.

— Écoutez… commença-t-il.

Mais Parnell s'interposa :

— C'est une fête, Spoon, pas un saloon. Si vous voulez vous battre, je suis votre homme, mais nous devons sortir.

— Très bien, répliqua Lester.

Du coin de l'œil, il aperçut Emily, entourée de jeunes femmes qui jacassaient avec animation. Elle semblait si vibrante, si heureuse… Les dames de Lonesome admiraient sa robe, lui posaient des questions, réclamaient ses conseils. Il ne l'avait pas vue aussi détendue depuis longtemps. S'il se battait avec Smith, tout serait gâché.

— Voulez-vous vous battre ou non, Spoon ? insista le fils du banquier, le regard angoissé.

— Non, fit-il d'un air résigné. Après tout, pensez ce que vous voulez. Je m'en fiche.

Il tourna les talons. C'était la première fois qu'il évitait une bagarre, et il en avait mal au cœur. J'ai besoin d'un whisky bien tassé ! songea-t-il.

Emily ne remarqua pas son absence. Le cercle de femmes autour d'elle ne faisait que grandir. Elle vit la satisfaction de Nettie et éprouva un élan de reconnaissance pour la vieille dame qui lui facilitait la tâche.

Quand apparut Clint Barclay, elle en eut le souffle coupé.

Il se tenait devant les rideaux de la salle à manger, plus séduisant que jamais, vêtu d'un pantalon noir, d'une chemise blanche et d'une fine cravate noire. Ses cheveux foncés étaient soigneusement peignés vers l'arrière, et son visage rasé de près.

Il parlait à une ravissante rousse au charme ravageur, en robe verte au décolleté audacieux, qui riait à gorge déployée, la tête en arrière.

Emily, qui discutait avec Carla Mangley, la jeune fille blonde qu'elle avait vue en compagnie de Barclay après sa mésaventure avec Jenks, en perdit le fil de la conversation.

— Je... euh... je...

— Alors, mademoiselle Spoon ? intervint Agnès Mangley, la mère de Carla, d'un air impatient. Pouvez-vous oui ou non fabriquer une robe et un bonnet pour le pique-nique ?

Puis elle suivit le regard d'Emily.

— Ça alors ! Que fait donc Berty Miller ? Veuillez nous excuser un instant, mademoiselle.

Elle saisit le bras de sa fille et l'entraîna vers

Clint Barclay, tel un général menant sa brigade.

Quelqu'un tapota l'épaule d'Emily. Elle se retourna. Un jeune cow-boy, le visage empourpré, se dressait devant elle dans une chemise rouge.

— M'accorderez-vous cette danse, mademoiselle ?

Elle se retrouva en train de danser une gigue, ayant eu à peine le temps de comprendre que son cavalier s'appelait Fred Baker. Puis un homme vêtu d'un costume élégant l'invita à son tour, suivi d'autres inconnus. Elle se laissa entraîner dans un tourbillon de couleurs et de musique enjouée. À bout de souffle, elle finit par délaisser la piste de danse afin de s'offrir un verre de limonade.

Pete la rejoignit près du buffet, entourée de plusieurs cow-boys.

— Waouh ! fit-il en lui prenant le verre pour la faire tournoyer. J'ai gagné cinquante dollars. Qu'est-ce que t'en dis, sœurette ?

— Bravo ! On pourra acheter du bétail.

— Du bétail ! Et si on allait tous à Denver passer une nuit dans un bel hôtel et faire la fête ?

— Pete, ce n'est pas sérieux…

— Allons, Em. On mérite de s'amuser un peu. C'est dur de travailler sur un ranch. Tu vois ce joueur, là-bas ? ajouta-t-il en montrant l'homme au costume élégant avec qui elle avait valsé. C'est Lee Tarleton. Il a gagné cinq cents dollars ce soir. J'aurais aimé faire comme lui, mais cinquante, ce n'est déjà pas si mal… Où est Lester ?

— Je ne l'ai pas vu récemment, murmura-t-elle avant de sursauter. Mais si, regarde : il danse !

— Tant mieux pour lui. Moi aussi, je vais inviter une fille à danser. Et toi, Em, ça va ? Le shérif ne t'a pas ennuyée ?

Clint Barclay n'avait même pas remarqué sa présence. Elle aurait pu aussi bien rester à la maison pour coudre les rideaux ou laver le plancher. Il s'en fichait comme d'une guigne.

— Personne ne m'a ennuyée. Écoute, Pete, tu devrais peut-être me confier tes gains…

Mais il s'était déjà éloigné. Elle le regarda s'approcher d'un groupe de jeunes filles, tendre la main à la plus jolie d'entre elles et la mener jusqu'à la piste de danse.

Elle allait reprendre son verre de limonade, quand elle éprouva la sensation bizarre qu'on l'observait. Elle se retourna. L'homme se tenait à quelques mètres, un verre de whisky vide à la main.

Slim Jenks.

Il lui décocha un sourire sournois, puis se dirigea droit sur elle.

8

Quand il vit Slim Jenks se faufiler vers Emily Spoon, tel un serpent vers une souris, Clint Barclay étouffa un juron.

— Mais où allez-vous, Clint? s'exclama Tammy Sue Wells, la fille d'un fermier.

— Je suis désolé, Tammy Sue, je dois m'occuper de quelque chose.

Hélas, une autre voix féminine s'éleva avant qu'il pût s'éloigner.

— Vous voilà donc, Clint, susurra Berty Miller en lui prenant le bras. Je sais que vous êtes très occupé par tous ces étrangers venus pour le tournoi de poker, mais nous n'avons eu qu'une toute petite danse…

— Plus tard, Berty, dit-il d'un ton ferme.

Tammy Sue et Berty poussèrent le même soupir; mais à leur grande surprise, Clint ne se dirigea pas vers une autre femme, mais vers le nouveau cowboy du WW Ranch. À en juger par le visage fermé de Clint, la conversation n'allait pas être plaisante.

— Si j'étais toi, je ne ferais pas un pas de plus.

La voix de Clint Barclay eut l'effet d'une douche froide sur Slim Jenks qui s'arrêta net, à un mètre d'Emily.

Clint éprouva une pointe de respect pour la jeune fille qui se tenait très droite, telle une princesse. Elle n'était pas du genre à se laisser intimider.

— Mêlez-vous de vos affaires, Barclay, grogna le cow-boy.

— Je te préviens, Jenks. Si tu embêtes Mlle Spoon, je t'enferme à double tour. C'est compris ?

Il avait parlé si bas qu'autour d'eux, personne n'avait rien entendu. Les gens bavardaient et riaient. Mais Jenks et Clint auraient pu aussi bien se trouver seuls, dans une rue déserte, en plein midi.

— C'est une Spoon, shérif, ironisa Jenks. Vous non plus, vous ne voulez pas de gens comme ça dans cette ville. Alors pourquoi m'empêchez-vous de m'amuser un peu avec cette… ?

Clint lui décocha un coup de poing. Jenks bascula sur le côté, heurta Parnell Smith qui parvint de justesse à protéger sa femme Margaret. Alors que le cow-boy s'étalait par terre, un cri stupéfait monta de la foule.

Clint était furieux de ce geste, qui lui avait échappé. Son rôle était de maintenir la paix parmi l'assistance, non de la troubler. Pourquoi avait-il perdu son sang-froid ? Ce n'était guère dans ses habitudes.

Tout le monde le dévisageait, y compris Jenks qui se tenait le visage et ne faisait aucun effort pour se relever.

— Je suis désolé, s'excusa Clint en haussant la voix pour se faire entendre. Ce n'est rien de grave. Continuez à vous amuser.

Il empoigna Jenks par le col de la chemise et le força à se mettre debout.

— Dehors ! ordonna-t-il.

Tandis qu'il escortait le cow-boy jusqu'à la porte, il remarqua qu'Emily Spoon s'était volatilisée.

Une fois dehors, Jenks lui adressa un regard furibond.

— Pas un mot, le prévint Clint. La prochaine fois, tu ne t'en tireras pas aussi facilement. Je commence à penser que Pete Spoon disait la vérité, quand il a prétendu que c'était toi le responsable de la bagarre au saloon.

— Vous préférez croire ce bandit plutôt que moi ? C'est lui que vous auriez dû jeter à la porte de cette fête.

— C'est toi qui ennuyais la demoiselle.

— Enfin, Barclay, je vous l'ai déjà dit. Elle n'a rien d'une demoiselle…

— Ça suffit, Jenks ! Si tu as un peu de bon sens, tu vas déguerpir sans demander ton reste.

Tendu, Clint le regarda se diriger vers son cheval et l'enfourcher. Le cow-boy s'éloigna au petit trot.

Pourquoi diable Slim Jenks en voulait-il à ce point aux Spoon ? Il paraissait évident que Pete Spoon avait dit la vérité, concernant la bagarre au sujet de Florry. Mais, même si Jenks avait une dent contre Pete, pourquoi s'en prendre à Emily ?

Il plissa les yeux en tirant sur son cigarillo. Lors de ses pérégrinations à travers l'Ouest, il avait découvert la brutalité, les horreurs et la cruauté. Il avait combattu des hommes diaboliques, des hommes cupides, certains méchants et vindicatifs. Jenks semblait être de ceux-là.

Clint était sûr qu'il se montrerait rancunier et, pour une raison incompréhensible, son ventre se noua à l'idée qu'Emily Spoon en fût la victime.

Il n'avait pas à s'inquiéter pour elle. N'avait-elle pas son oncle, son frère et son cousin pour la protéger ? Il repensa à son expression mi-effrayée mi-défiante, alors qu'elle regardait Jenks s'approcher.

Et cette robe… Emily ressemblait à une somptueuse rose sombre, douce et élégante. La mâchoire de Clint se crispa. On aurait pu la prendre pour une héritière d'une des meilleures familles de New York – et non pour une parente de hors-la-loi, qui recevait les inconnus une carabine à la main.

Les autres ne peuvent pas rivaliser avec elle, songea-t-il. Ni Carla, Berty, Tammy Sue, les femmes qui se jetaient à son cou comme s'il était le dernier homme sur terre. Aucune ne pouvait rivaliser avec la beauté aux cheveux noirs.

Où diantre était-elle passée ?

Lorsqu'il entendit des bruits de lutte derrière la maison, il écrasa son mégot sous son talon et se précipita pour voir ce qui se passait. Deux ivrognes se disputaient une bouteille.

— Ça suffit ! cria-t-il en s'interposant.

— C'est moi qui l'avais en premier, shérif.

— Il ment… C'est à moi. Rendez-moi la bouteille !

Clint leur donna à tous les deux une bourrade.

— Allez-vous-en, tout de suite.

Il ne voulait pas enfermer des ivrognes ce soir. La nuit était à peine entamée et il y avait trop d'étrangers en ville. À cause du tournoi de poker et de la fête, la ville regorgeait de joueurs, de cow-boys enfiévrés et de vagabonds. Les deux cellules de Lonesome risquaient d'être remplies avant l'aube.

Il renvoya les deux ivrognes et retourna vers l'hôtel. C'est alors qu'il aperçut une femme mince, vêtue d'une robe en soie rose, qui se tenait à l'écart. Elle était adossée à l'un des piliers du porche et contemplait la lune. On percevait le son bruyant des rires, des claquements de talons et les airs endiablés des violons.

Elle sursauta en l'entendant approcher. On aurait dit une biche aux abois.

— N'ayez pas l'air si effrayé. Je ne vais pas vous manger.

Un court instant, Clint pensa qu'elle allait rentrer à l'intérieur, mais elle redressa les épaules.

— Ne soyez pas prétentieux, shérif. On ne me fait pas peur si facilement.

— Je l'avais remarqué.

— Comment cela?

Il s'arrêta à un mètre d'elle. Il voyait sa poitrine se soulever, la lune se refléter dans ses magnifiques yeux argentés.

— Slim Jenks ne vous a pas fait fuir. Après ce que cette canaille vous a infligé…

— Je préfère ne plus y penser.

— Pardonnez-moi. J'ai manqué de tact en le mentionnant.

Elle l'étudiait d'un air méfiant. Clint n'avait pas l'habitude qu'une femme l'observe comme un ennemi. Seuls les criminels endurcis le regardaient ainsi. Que craignait-elle? Toutefois, il ne devait pas oublier qu'elle était la nièce de Jake Spoon. Elle était probablement au courant des manigances de ce vieux renard.

— Veuillez m'excuser, dit-elle en se tournant vers la porte.

Mais Clint lui barra le chemin et la repoussa doucement dans la pénombre.

— Une dernière chose.

— Vous voulez savoir où sont mon frère et mon cousin.

— Pas du tout. C'est vous qui m'intéressez, mademoiselle Spoon…

— Moi ? Je ne comprends pas.

La lune éclairait son visage délicat. Clint sentit le sang battre à ses tempes. Pourquoi souhaitait-il bavarder avec une femme qui le détestait ?

— Je veux savoir… si vous allez bien. Je n'ai pas eu le temps de vous le demander, l'autre jour. Jenks vous a-t-il fait mal ?

— J'ai eu moins mal que lui.

Il éclata de rire.

— Vous avez raison. Il n'était même pas capable de se défendre, quand je suis arrivé.

Emily avait la gorge sèche. Le sourire de Clint était dévastateur. Il transformait son beau visage sévère, le rendait encore plus attrayant. C'est injuste, pensa-t-elle, le cœur battant, alors que les yeux bleus de Clint la scrutaient sans merci.

Elle devait s'en aller. Sans attendre. Elle n'avait rien à lui dire, mais il était diablement séduisant… Elle ressentit une envie absurde de le saisir par la cravate pour l'attirer à elle.

Alors que je ferais mieux de l'étrangler ! se gronda-t-elle.

— Je… je dois vous remercier d'être intervenu, l'autre jour. Dans la ruelle. Et ce soir encore. Je ne voulais pas créer de scandale…

— Alors que vous commencez à peine à connaître les gens.

— Oui. Je m'amusais beaucoup, jusqu'à ce moment-là.

— Vous devez toujours vous amuser lors des fêtes, grommela-t-il en songeant aux hommes qui faisaient la queue pour l'inviter à danser. Vous n'avez pas besoin de me remercier, mademoiselle Spoon. Je ne faisais que mon métier.

— Bien entendu, répliqua-t-elle, agacée. Vous êtes un shérif vigilant. Veuillez m'excuser, je vous prie…

Mais lorsqu'il lui ouvrit la porte, elle s'arrêta net : John Armstrong, l'ex-fiancé de Lissa, traversait la pièce. Heureusement, il avait détourné la tête pour regarder dans la salle à manger !

Aussitôt, elle pivota sur ses talons et heurta Clint Barclay.

— Oh ! s'écria-t-elle.

Il l'entoura de ses bras pour l'empêcher de tomber. Derrière elle, les bottes d'Armstrong martelaient le parquet en s'approchant de la porte. D'ici quelques secondes, il la verrait…

Elle n'avait pas le choix. Sans réfléchir, elle poussa Clint dans la pénombre, lui enlaça le cou et l'embrassa avec ferveur.

9

Sous le porche, dans une semi-obscurité, il l'encercla de ses bras puissants et lui rendit son baiser avec une même ardeur. Ses lèvres étaient à la fois chaudes, douces et fermes.

Des étincelles s'allumèrent dans le corps d'Emily, alors que les baisers s'enchaînaient, chacun plus long, plus profond et plus intime que le précédent. L'idée d'embrasser un shérif aurait dû lui soulever le cœur, mais elle ressentait au contraire une forme d'ivresse.

Un instant, elle oublia tout – même John Armstrong –, enflammée par une faim terrible, une envie qui émanait du tréfonds de son âme, un plaisir qui lui coupait le souffle. Le parfum de Clint, mélange de savon et de cuir, l'enivrait.

Oh… mon Dieu…

Son cœur battait la chamade, mais elle entendit vaguement les lourdes bottes résonner sur les marches de l'hôtel et s'éloigner le long du trottoir en bois.

Armstrong ne t'a pas vue… se dit-elle. Tu peux cesser d'embrasser ce shérif, maintenant !

Toutefois, elle dut se faire violence pour lui arracher ses lèvres tremblantes.

— Nous pouvons arrêter... Il est parti, mur-mura-t-elle en essayant vainement de se dégager.

— Et s'il revenait ?

Déboussolée, elle regarda dans la direction d'Armstrong, et l'aperçut qui remontait la rue.

Clint l'attira encore plus fermement à lui.

— À mon tour, mademoiselle Spoon...

Sa voix douce et tranquille détonnait avec son physique imposant. Elle frémit. Leurs regards croisèrent le fer. Puis il se remit à l'embrasser. Il était trop tard pour protester.

La première fois, quand elle l'avait embrassé, elle l'avait pris par surprise, mais Clint s'était vite res-saisi. Désormais, c'était lui qui maîtrisait le baiser, qui goûtait ses lèvres, les explorait avec tendresse, comme pour la connaître de manière plus intime.

Emily, qui se targuait d'être une fille sérieuse et raisonnable, découvrait que Clint Barclay l'em-pêchait de réfléchir posément. Elle était grisée par son parfum, son goût, sa présence...

Le baiser prit fin, d'un commun accord. Ils res-tèrent un instant ainsi, leurs lèvres s'effleurant, le souffle court, tandis que la musique, les rires et les sons de la fête renaissaient autour d'eux. Alors seu-lement, ils sentirent à nouveau la fraîcheur de la nuit, le craquement des planches sous leurs pieds, le soupir du vent qui descendait des collines.

Et d'un seul coup jaillit le souvenir de John Armstrong.

— Je dois m'en aller, s'affola Emily. Laissez-moi partir.

— Vous ne voulez pas m'expliquer ?

— Je n'ai pas le temps. Je dois rentrer au ranch.

— Je vous emmène. Vous me raconterez en chemin.

— Non! s'écria-t-elle, paniquée.

Elle devait s'assurer que Joey était sain et sauf. Elle devait trouver Pete et Lester, leur demander de la ramener.

— D'habitude, quand j'embrasse une demoiselle, elle n'est pas aussi pressée de me quitter, plaisanta Clint.

Mais Emily lui avait déjà échappé. Elle se faufila dans l'hôtel, sans un dernier regard.

Clint se sentit attristé. Je n'ai même pas eu le temps de lui demander de danser, songea-t-il. Il secoua la tête, consterné. Perdait-il la raison? Valser avec la nièce de Jake Spoon? Une bien mauvaise idée pour un shérif. Tant pis si Emily était belle comme le jour, si elle embrassait à merveille. C'était une folie de ressentir quelque chose pour elle...

Que lui arrivait-il? Non seulement il ignorait pourquoi Emily Spoon l'avait embrassé avec une telle ferveur, et pourquoi elle avait peur de cet inconnu, mais il ne savait pas pourquoi il avait répondu à son baiser.

— Shérif! Shérif Barclay!

La voix claironnante d'Agnès Mangley interrompit ses pensées. Sans réfléchir, il sauta pardessus la balustrade et partit dans la même direction que l'homme qu'Emily Spoon avait voulu éviter.

Il était presque minuit. L'enfant dormait à poings fermés.

Jake Spoon contempla le petit corps de Joey, recroquevillé au milieu du matelas. Il tendit l'oreille pour écouter sa respiration paisible. Même un orage ne le réveillerait pas, songea-t-il, attendri.

Il tourna les talons. Il était d'une stature impressionnante, mais il bougeait sans faire de bruit. Il traversa la pièce principale de la cabane et sortit dans la nuit.

Lorsqu'il poussa la porte de la grange, où régnait une obscurité opaque, il entendit craquer une allumette. Une flamme jaillit. L'homme, debout près des box des chevaux, le regarda d'un air froid.

— Je t'attendais, Spoon.

Même sans voir Ben Ratlin, il aurait reconnu cette voix gutturale et pleine d'amertume. Il l'avait entendue tous les jours, pendant ses sept années de prison.

— Tu es en avance, Ratlin.

— En effet. Faut qu'on parle. Referme cette maudite porte.

Jake obéit et Ratlin alluma la lampe à huile accrochée à la porte de la grange. Le criminel, bâti comme un ours, semblait encore plus dangereux qu'en prison.

Les yeux enfoncés dans leurs orbites luisaient, remplis de férocité, de cruauté, et d'une faim inassouvie que Jake avait vue chez beaucoup d'hommes : une rapacité pour l'or, l'argent, les pierres précieuses, pour des rêves de fortune qu'il fallait concrétiser par tous les moyens. Cet appétit qui corrompait les humains s'appelait la cupidité.

Désormais, l'heure était venue pour Ratlin de réussir le coup dont il avait parlé en prison durant un an, et d'empocher la récompense promise. Jake flairait cette odeur particulière, née de l'excitation de la chasse et de la mort.

L'argent que Ratlin lui avait promis en échange de son aide était une somme plus importante que tout ce que Jake avait pu gagner, lors de ses attaques à main armée.

Et la part de Ratlin serait encore plus conséquente.

— Dépêchons-nous, s'énerva Jake. Ma nièce va bientôt revenir. Nous n'avons pas beaucoup de temps.

— À qui la faute ? ironisa Ratlin.

Bâti comme un taureau, il était aussi grand que Lester. Des mèches grises striaient sa chevelure et sa barbe noires. Sa peau basanée luisait dans la semi-pénombre.

— Je ne comprends pas pourquoi tu as refusé de venir me retrouver à Cougar Pass, grogna-t-il. C'est diablement risqué pour moi de m'aventurer jusqu'ici. Tout ça à cause d'un malheureux gamin.

— Je t'avais prévenu, Ratlin, répliqua froidement Jake. Si tu voulais me voir ce soir, il fallait que tu viennes. J'avais promis à ma nièce de surveiller le petit en son absence. Si j'avais refusé, elle aurait posé des questions… Et maintenant, finissons-en. À quand le boulot – et qui devons-nous tuer ?

— Tu le sauras bien assez tôt, Spoon. Le patron ne m'a pas encore permis de t'expliquer les détails. C'est lui qui commande. Qu'en est-il de ton fils et de ton neveu ? Leur as-tu demandé s'ils voulaient participer ?

— Pas encore. Mais ils seront d'accord.

— Assure-toi qu'ils la bouclent. Ils n'auront pas peur de tuer, j'espère. D'après ce que je sais, ta bande n'a jamais descendu quiconque.

— Pete et Lester m'obéiront, point final, insista Jake, son regard aussi impitoyable que celui de Ratlin.

— Tant mieux. Je vous ferai signe, le moment venu.

— As-tu bien compris ce que j'attends en échange ? S'il y a mort d'homme, nous voulons mille dollars chacun. Et ce sera en plus de l'argent et des bijoux que nous prendrons aux passagers.

— C'est d'accord, acquiesça Ratlin en lui serrant la main. Mais tous les passagers devront être morts, lorsque tu en auras fini avec cette diligence. Il y aura un autre homme avec nous. Tu y vois un inconvénient ?

Jake haussa les épaules.

— Pas s'il vise juste et qu'on peut lui faire confiance. Qui est-ce ?

— Tu le rencontreras bientôt. Avant cela, moins tu en sais, mieux ça vaut. Le patron n'aime pas prendre de risques. Entre-temps, tu dois étudier le trajet de la diligence entre Denver et Lonesome, et trouver l'endroit idéal pour…

Ratlin se raidit. Dehors, un cheval hennissait. Puis ils entendirent le grincement des roues d'un chariot.

— Qui est-ce ?

— Et merde, jura Jake en s'approchant de la porte. Ma nièce et les garçons doivent déjà être de retour.

Le visage renfrogné, Ratlin se faufila à l'extérieur.

— Retrouve-moi à Cougar Pass demain au coucher du soleil, et nous terminerons notre discussion. N'oublie pas, Spoon : si quelque chose se passe mal, le patron aura ta peau, et moi j'aurai le reste, conclut-il froidement. Ou alors le shérif nous enfermera en deux temps trois mouvements derrière les barreaux.

— Tout se passera bien, assura Jake en voyant le chariot apparaître au tournant de la route.

Il distingua le visage pâle d'Emily, assise à côté de Lester. Le cheval de Pete galopait près d'eux.

— Je ne veux pas que ma nièce soit mêlée à l'affaire, dit-il d'un ton ferme. Va-t'en, Ratlin.

— À demain, Spoon. Et prends garde que personne ne te suive.

Dès que Ratlin eut disparu, Jake éteignit la lampe et se dépêcha de rejoindre la cabane. Il se jeta dans un fauteuil tandis que les voix d'Emily, Pete et Lester résonnaient devant la porte.

Les paroles de Ratlin se répétaient en boucle dans sa tête.

Tous les passagers devront être morts…

Emily se précipita dans la cabane, Pete et Lester sur les talons. Elle éprouva un soulagement intense en voyant son oncle assoupi dans le fauteuil.

— Oncle Jake, est-ce que Joey va bien ? Il n'y a pas eu de problème ?

— Quel genre de problème ?

Lorsqu'elle lui expliqua, Jake bondit de son fauteuil.

— Ce monstre serait ici, à Lonesome ?

— Il a dû venir en ville pour le tournoi de poker, expliqua Pete qui arpentait la pièce, furieux. Si seulement j'avais su. Je payerais cher pour lui mettre la main dessus.

— Moi aussi, ajouta Lester en jetant son chapeau sur la desserte. Emily, tu en trembles encore… Ne t'inquiète pas. Ce vaurien ne t'a pas remarquée, n'est-ce pas ?

— Non, je suis sûre que non, fit-elle en rougissant, ce qui ne manqua pas d'étonner son frère et son cousin.

— Calme-toi, petite sœur, dit Pete en lui tapotant l'épaule. Tu es plus sereine, d'habitude. Après tout, il ne s'est rien passé.

Il ne s'est rien passé… *Il ne s'est rien passé…* Elle avait vu John Armstrong et elle avait embrassé Clint Barclay.

— Je vais jeter un coup d'œil à Joey, murmura-t-elle.

— Je sais que nous sommes censés rassembler le bétail pour le marquer demain, oncle Jake, commença Pete. Mais à la première heure, je retourne en ville pour voir si Armstrong est encore dans les parages. Le cas échéant, il faudra prendre une décision…

Elle n'entendit plus rien. La vision de Joey paisiblement endormi l'absorba tout entière. Il est en sécurité, Lissa, songea-t-elle en lui caressant les cheveux.

Son cœur frémit de le voir si vulnérable, roulé en boule au milieu du lit.

— Je te protégerai, chuchota-t-elle. Quoi qu'il arrive.

Ce soir, elle avait dû embrasser un homme de loi. Et pas n'importe lequel… Elle frissonna en retournant vers la porte. L'expérience n'avait pas été désagréable. Au contraire. Brusquement, elle eut chaud et sa respiration s'accéléra. Que lui arrivait-il ?

C'est seulement parce que tu n'as pas souvent embrassé un homme, se raisonna-t-elle. Et jamais comme ça !

Elle se réfugia dans sa chambre et referma la

porte. Elle s'observa dans le miroir : elle avait l'air aussi parfaite qu'avant son départ pour la fête. Pas une boucle ne s'était échappée de son chignon. Clint Barclay n'avait pas non plus froissé sa belle robe.

Ce n'était qu'un baiser... se dit-elle, désemparée, comme pour en atténuer la portée.

Plus tard, elle éteignit la lampe, se glissa entre les draps frais et contempla les ombres au plafond.

— Ça ne veut rien dire, murmura-t-elle. Et ça ne se reproduira pas.

Toute la nuit, elle ne cessa de se retourner dans son lit, perturbée que ce shérif eût réussi à bouleverser son esprit, ses sens, et son cœur.

10

L'aube apporta une fine pluie grise et des grondements de tonnerre.

— On va avoir droit à un mauvais orage, marmonna oncle Jake, alors que Lester recouvrait soigneusement sa dernière crêpe de sirop d'érable. Nous ferions bien de nous dépêcher de rassembler les bêtes avant qu'il n'éclate. Mais nous allons attendre le retour de Pete.

Emily lui adressa un sourire reconnaissant, soulagée que Jake et Lester restent au ranch jusqu'à ce qu'ils en sachent davantage sur les agissements de John Armstrong. Du coin de l'œil, elle vérifia que Joey dévorait ses crêpes, suspendu aux lèvres d'oncle Jake, sans comprendre les sous-entendus.

Il ne saisit pas la menace, songea-t-elle.

Elle posa les assiettes sales près de l'évier et regarda par la fenêtre. Aucun signe de Pete. On ne voyait que le ciel gris et les collines, où les trembles s'agitaient dans le vent. S'il ne se dépêchait pas, elle allait éclater ! Elle voulait en avoir le cœur net : John Armstrong était-il toujours à Lonesome, ou était-il reparti après le tournoi de poker ?

Elle sourit à Joey, essayant de paraître détendue. Il ne fallait surtout pas que l'enfant sache que l'homme qui avait failli tuer sa mère se trouvait dans les environs.

— Quand Pete sera revenu, j'irai vers Beaver Rock, annonça Jake. Je dois déposer des provisions à la cabane de trappeurs. Pendant ce temps, Lester, tu vas rassembler les bêtes égarées autour de Pine Canyon.

— Et Pete ? s'enquit Lester en repoussant sa chaise.

— Il remontera le long de la rivière jusqu'à Lizard Butte.

— Puis-je t'accompagner, oncle Jake ? demanda Joey, les yeux brillants.

Emily, Lester et Jake le contemplèrent d'un air surpris. Cela faisait longtemps que la jeune fille ne l'avait pas vu aussi animé. Elle en éprouva une joie profonde, oubliant presque ses craintes. Peu à peu, Joey se libérait de la prison de peur dans laquelle Armstrong l'avait enfermé. Ces derniers jours, il l'avait aidée à planter les légumes dans le potager, il était allé nourrir les poules tout seul, et voilà qu'il voulait monter à cheval avec oncle Jake. Si seulement Lissa était là pour admirer ses progrès.

— Petit, j'aimerais beaucoup que tu m'accompagnes, mais pas aujourd'hui.

Jake ébouriffa les cheveux du garçon pour le consoler.

— Il faut d'abord que tu apprennes à bien monter à cheval. Le bétail peut être assez retors. Mais un de ces jours, tu viendras m'aider, je te le promets.

118

Emily vit la déception assombrir le visage de l'enfant.

— Joey, j'ai besoin de ton aide aujourd'hui, s'empressa-t-elle d'ajouter.

— Vraiment ? fit-il en reprenant espoir.

— Absolument. Je dois rentrer le bois avant l'orage. Pourras-tu m'aider à le porter ? Je ne suis pas assez forte pour le faire toute seule.

— Bien sûr, Em'ly. Mais tu m'apprendras bientôt à monter à cheval, oncle Jake ?

— Promis, mon garçon. S'il fait beau, on commencera demain après le repas du soir. J'ai une petite jument idéale pour toi...

— Pete est de retour ! s'exclama Lester.

Emily pivota vers la fenêtre. Son frère approchait au galop. Elle se précipita dehors pour l'accueillir.

— Les choses sont très paisibles en ville après le tournoi, dit-il avec un large sourire, en mettant pied à terre.

Quand Joey courut vers lui, il le souleva et l'assit sur la selle.

— La plupart des gens sont déjà repartis, poursuivit-il, ses mèches brunes lui tombant sur le front. Je n'ai vu aucun étranger.

Emily ressentit un soulagement intense. Ainsi, Armstrong avait quitté la ville.

— Tant mieux, fit-elle avec un sourire. La vie reprend son cours normal.

— On dirait, en effet. Je peux rester dans les parages aujourd'hui pour t'aider, si tu veux.

Elle secoua la tête.

— C'est inutile. Joey va m'aider. N'est-ce pas, Joey ?

— Pour sûr, Em'ly !

— Allez vite travailler, vous autres ! lança-t-elle. Et dépêchez-vous de rentrer avant l'orage. Ces nuages ont l'air de plus en plus menaçants.

Tandis que Jake, Lester et Pete s'éloignaient dans des directions différentes, elle remercia le ciel d'avoir évité John Armstrong. Le danger était passé. Son cœur aurait dû être léger, mais une légère angoisse continuait à l'oppresser.

C'était peut-être à cause des épais nuages gris qui approchaient, ou parce que la rencontre avec Armstrong aurait pu se passer très différemment.

Par ailleurs, le souvenir du baiser restait aussi vif que la veille. Elle revoyait sans cesse le visage de Clint, se rappelait ses lèvres excitantes, ses mains fermes qui lui caressaient le dos…

Si quelqu'un de sa famille apprenait qu'elle avait embrassé Barclay… Elle frémit. Mieux valait ne pas y penser. Cela ne se reproduira jamais ! se promit-elle pour la énième fois.

Elle se força à penser à des choses plus agréables. Après le succès de sa robe, elle avait du pain sur la planche. Le pique-nique était dans quinze jours, et on lui avait commandé trois robes et deux châles. Les femmes viendraient au ranch pour faire prendre leurs mesures et choisir les couleurs, les tissus et les patrons. Elle devait acheter du tissu, des boutons, des rubans de satin. Sans oublier d'accomplir ses tâches quotidiennes et de veiller sur Joey.

Lorsqu'elle entendit approcher un cheval, elle cessa de balayer le sol. Les garçons revenaient-ils déjà ? Il ne fallait surtout pas courir de risque. Le cœur battant, elle se précipita à la cuisine, saisit la carabine sur l'étagère et sortit sous le porche.

Au même moment, Joey émergea de l'étable, le visage blême.

— Qui est-ce? demanda-t-il en courant s'abriter derrière elle. Em'ly, est-ce que c'est *lui*?

— Non, bien sûr que non.

Pourtant, un doute affreux lui serrait la gorge. Elle n'arrivait pas à distinguer les traits du cavalier.

— Si tu préfères, Joey, tu peux aller m'attendre à l'intérieur. Je vais parler à notre visiteur.

— Tu n'as pas peur?

— Non. Rentre, Joey, ordonna-t-elle d'un ton calme.

Elle n'eut pas besoin de le dire deux fois. Le garçon se réfugia dans la maison et claqua la porte derrière lui.

Emily posa un doigt sur la détente. Si jamais Pete s'était trompé, et si Armstrong avait appris qu'une fille appelée Emily Spoon habitait l'ancien ranch des Sutter…

Quand le cavalier fut assez proche pour qu'elle pût discerner son visage, elle faillit lâcher la carabine. Clint Barclay arrêta son cheval à quelques mètres devant elle.

— Bonjour, mademoiselle Spoon, la salua-t-il en portant une main à son chapeau.

Était-ce ainsi que l'on saluait une femme qu'on avait embrassée avec passion la veille? Elle faillit éclater de rire.

— Shérif, dit-elle d'un ton aussi détaché que possible.

Il mit pied à terre.

— Nous devons parler. J'ai appris le nom de l'homme qui vous a effrayée hier. Il s'appelle…

— Ça suffit, shérif! l'interrompit-elle, horrifiée, car Joey devait certainement les écouter. Je vous en prie, taisez-vous.

— Pourquoi?

Il gravit les quelques marches et contempla la carabine.

— Avez-vous l'intention de me descendre? plaisanta-t-il, mais ses yeux bleus étaient déterminés.

— Joey, appela-t-elle soudain. Veux-tu sortir un instant, s'il te plaît? J'aimerais te présenter quelqu'un.

La porte s'ouvrit lentement. Joey vint glisser sa main dans celle d'Emily, sans quitter des yeux le shérif et l'étoile d'argent qui scintillait sur sa veste.

— Voici le shérif Barclay, expliqua-t-elle. Shérif, je vous présente Joey.

Il ne sembla pas étonné.

— Bonjour, Joey, dit-il doucement.

— Il... il est déjà venu ici, n'est-ce pas, Em'ly?

— C'est exact, acquiesça-t-elle en se baissant pour être à sa hauteur. C'est quelqu'un de gentil, Joey. Son rôle est de protéger les gens. Tu ne dois pas avoir peur de lui.

Le petit garçon acquiesça.

— Si John Armstrong venait ici, le shérif Barclay le tuerait, n'est-ce pas? murmura-t-il.

Elle se raidit. D'après le visage de Clint, il avait entendu.

— Il nous aiderait, admit-elle, la gorge nouée. C'est son métier.

Elle devait rassurer Joey, tout en évitant que Clint Barclay n'en sache trop.

— Emily a raison, ajouta celui-ci en se baissant à son tour.

Il eut un sourire si franc et chaleureux que le cœur d'Emily se serra, surtout lorsqu'elle vit Joey lui rendre son sourire.

— J'ai fait le serment de protéger tous les gens de cette région contre les méchants. Ce qui veut dire que je peux arrêter toute personne qui vous ennuie, Emily ou toi.

— Oncle Jake a promis qu'il arrêterait aussi John Armstrong, répliqua l'enfant. Et il ne rate jamais sa cible.

— Je n'en doute pas. On dirait que tu es bien protégé, petit.

Protégé contre quoi ? se demanda Clint en se relevant. Il ne voulait pas interroger l'enfant. Emily Spoon lui apprendrait tout ce qu'il désirait savoir.

Elle serra Joey dans ses bras.

— Va donc finir de nourrir les poules, pendant que je demande au shérif Barclay ce que je peux faire pour lui. Il faut avoir terminé nos corvées avant l'orage, n'est-ce pas ?

— Au revoir, shérif, dit le petit garçon.

— À bientôt, Joey.

Il partit en courant vers la grange, puis se retourna pour agiter le bras tandis que le tonnerre grondait au loin. Clint leva la main.

— Et maintenant, voulez-vous bien me dire qui est ce maudit John Armstrong ? marmonnat-il.

Emily posa la carabine.

— Cela ne vous regarde pas.

— Oh ! que si... Surtout après hier soir.

Elle rougit.

— Si vous étiez un gentleman, vous ne mentionneriez pas...

— Je suis un homme de loi, Emily. Je n'ai jamais prétendu être un gentleman. Et lorsque quelque chose ne tourne pas rond, cela me regarde toujours.

— Je peux me débrouiller. Nous pouvons nous débrouiller, corrigea-t-elle. Ma famille me soutient.

— Vous me détestez, mais hier soir, pour éviter Armstrong, vous avez failli me faire tomber à la renverse en vous jetant sur moi. Vous n'avez pas hésité à adopter un comportement extrêmement osé, précisa-t-il alors qu'elle rougissait comme une enfant. Je ne m'en plains pas, d'ailleurs...

Le bleu intense de ses yeux la fit frissonner.

— Shérif Barclay...

— Clint... Depuis hier soir, vous pouvez m'appeler Clint.

— Je vous en prie, cessez d'en parler, supplia-t-elle. Il vaudrait mieux pour tous les deux oublier cette mésaventure.

— Je ne crois pas que ce soit possible.

Le cœur de la jeune fille se mit à battre plus fort.

— Parlez-moi d'Armstrong.

Il mourait d'envie de caresser sa chevelure noire. Pourquoi diable était-elle si séduisante, ce matin ? Avec sa jupe et sa chemise blanche, elle était tout aussi attirante que dans sa robe de bal.

— Pourquoi vous fait-il si peur ?

— C'est une longue histoire.

— J'ai tout mon temps.

— Comment avez-vous appris son nom ? demanda-t-elle de mauvaise grâce.

— Je l'ai suivi hier soir. Il s'est rendu chez Opal, qui tient une maison close. Je ne connais que son nom, mais je sais qu'il se montre brutal avec les femmes.

Pétrifiée, Emily ne le quittait pas des yeux. Il poursuivit :

— Apparemment, Armstrong a été éliminé assez tôt dans le tournoi. Il était de mauvaise humeur. Vous n'avez pas besoin de connaître les détails, marmonna-t-il avec une pensée pour Lorelei et les bleus sur ses bras. Mais je veux savoir pourquoi il vous effraye. Et sa relation avec le petit garçon. Est-ce que Joey est votre fils ?

La question lui avait échappé. Si elle avait un mari ou un autre homme dans sa vie, il préférait le savoir.

Elle le dévisagea un long moment. Fasciné, Clint observa le jeu des émotions qui passaient sur son magnifique visage.

— Non, dit-elle enfin. Joey n'est pas mon fils.

Il se sentit étrangement soulagé. Ainsi, il n'y avait pas de mari. Lorsqu'elle se mit à arpenter le porche, il essaya de ne pas regarder onduler ses hanches.

— La mère de Joey est une amie très proche. Elle s'appelle Lissa McCoy.

Elle ne pouvait plus garder le secret. Clint Barclay ne quitterait pas le ranch avant d'avoir obtenu la vérité.

— Lissa est veuve. Elle habitait la même pension que ma tante et moi. Elle s'est fiancée à John Armstrong. Puis elle a découvert sa vraie personnalité, et elle a rompu.

La petite pluie fine se remit à tomber. Emily revoyait le visage strié de larmes de Lissa, le soir où elle avait renvoyé Armstrong. Elle se rappelait son angoisse après qu'il l'eut menacée.

Un éclair zébra le ciel au loin.

— Voulez-vous vraiment entendre cette histoire ? demanda-t-elle. L'orage…

— Racontez-moi, Emily, je souhaite vous aider, dit-il d'une voix si douce que l'anxiété de la jeune fille s'apaisa quelque peu.

Elle regarda en direction de l'étable. Aucun signe de Joey. Il devait bavarder avec les poules en jouant au solitaire, lui qui ne quittait jamais son jeu de cartes. Si Armstrong revenait à Lonesome, Clint pourrait la prévenir…

— Dans ce cas, vous feriez mieux d'entrer, dit-elle alors que la pluie tombait plus dru.

Elle n'aurait jamais pensé inviter un homme de loi – et encore moins celui-ci ! – sous son toit. Comment devait-elle l'accueillir : en invité ou en intrus ?

— Aimeriez-vous un café… ou une part de tarte ? s'enquit-elle d'un air hésitant, mais Clint secoua la tête.

Elle l'invita d'un geste à s'asseoir, et il choisit le fauteuil de l'oncle Jake.

Ce n'est pas normal, songea-t-elle. Il ne devrait pas être ici… Je vais lui raconter l'histoire en deux mots, lui demander de me prévenir si Armstrong revient, et le prier de s'en aller.

Elle s'assit sur le sofa et lissa sa jupe du plat de la main. Clint ressentait-il la même tension nerveuse ?

— Du jour où Lissa a rompu leurs fiançailles, sa vie est devenue un enfer, expliqua-t-elle, attristée. Armstrong a toujours été colérique. Nous autres, chez les Spoon, nous connaissons cela. Mais Lissa ne savait pas que sa colère pouvait devenir violente et cruelle. Il se présentait à la

126

porte, exigeait de la voir, et tabassait la personne qui essayait de s'interposer. Un jour, il m'a poussée contre le mur parce que je refusais de le laisser entrer.

Elle vit les yeux bleus de Clint se durcir, tels des morceaux de glace.

— Mais il était surtout violent avec Lissa. Il l'a frappée plus d'une fois. D'autres pensionnaires devaient lui venir en aide et contraindre Armstrong de s'en aller. Un jour, il l'a coincée dehors et l'a sévèrement battue. En rentrant, elle avait un œil au beurre noir et des bleus sur le cou, parce qu'il avait tenté de l'étrangler.

Emily frémit.

— Je l'ai suppliée d'aller voir les autorités, mais elle avait peur de le mettre encore plus en colère. Puis, juste avant que je parte rejoindre oncle Jake et les garçons, la situation a empiré. Armstrong a grimpé jusqu'à la fenêtre de sa chambre en pleine nuit, alors qu'elle dormait avec Joey. Il a commencé à la battre, et Joey s'est interposé.

Elle émit un soupir.

— Continuez, dit Clint d'un ton sévère.

— Joey voulait seulement aider sa mère, mais Armstrong lui a donné des coups de pied avant de le battre comme plâtre. Joey hurlait et pleurait. Lissa essayait de le protéger, mais Armstrong était devenu fou. Il voulait la tuer, et je suis sûre qu'il aurait tué Joey aussi. Heureusement, deux des pensionnaires ont été réveillés par le bruit et ont enfoncé la porte de la chambre.

Emily serra les poings.

— Dès que j'ai entendu le remue-ménage, j'ai su que c'était lui. J'ai pris le pistolet de tante Ida et je me suis précipitée vers la chambre, mais Armstrong était déjà parti. Lissa et moi avons compris qu'elle devait quitter Jefferson City avant qu'il ne revienne.

— Je regrette de ne pas avoir su tout cela hier soir, grommela Clint.

— Cela n'aurait servi à rien, protesta-t-elle d'un ton las. Lissa n'est pas là pour l'accuser.

— Je n'ai pas dit que je l'aurais arrêté, Emily. J'aurais aimé mettre la main sur lui.

Elle fut abasourdie de voir la fureur qui brillait dans ses yeux.

— Je n'apprécie guère les hommes qui maltraitent les femmes.

— C'est mieux ainsi.

Elle sursauta lorsqu'un éclair illumina le ciel, suivi d'un grondement de tonnerre. L'orage se rapprochait, venant des montagnes.

— C'est Joey qu'il faut protéger, désormais. Lissa est partie pour San Francisco, afin de leur trouver une nouvelle maison. Quand elle sera prête, elle l'enverra chercher ou viendra le trouver. En attendant, je veille sur lui. Je ne veux surtout pas qu'il revoie John Armstrong, ou qu'il apprenne qu'il était en ville hier soir. Depuis cette terrible nuit, il a peur de tout. Jusqu'à récemment, il parlait à peine, ne souriait jamais. Il commence seulement à reprendre courage. Grâce à oncle Jake, il veut apprendre à monter à cheval, il m'aide dans le potager, et nous avons même songé à piqueniquer près de la rivière. C'est la première fois qu'il envisage de s'éloigner de la maison.

Pendant qu'elle parlait, le ciel avait viré au gris-vert. Les nuages noirs étaient encore plus menaçants. Un éclair la fit bondir sur ses pieds.

— Je vais chercher Joey, dit-elle, soudain angoissée. Je ne comprends pas qu'il ne soit pas encore rentré. Le tonnerre aurait dû l'effrayer.

— Laissez-moi y aller. Il pleut déjà beaucoup.

Clint traversa la cour au pas de course. Emily regarda par la fenêtre. Elle le vit entrer dans la grange, mais il ne revint pas avec Joey.

Elle sortit sur le perron.

— Il n'est pas là ! appela Clint.

Emily se précipita sous la pluie vers la grange. Son cœur battait à tout rompre. Clint se mit à fouiller les alentours.

— Joey ! cria-t-elle.

La foudre éclaira le ciel et elle frissonna. Le grondement du tonnerre la transperça de la tête aux pieds.

— Joey, où es-tu ? hurla-t-elle.

— Joey ! appela Clint alors que le vent emportait leurs paroles.

Aucun signe du petit garçon. S'était-il faufilé en douce dans la maison par la porte de la cuisine ? Les avait-il entendus parler de John Armstrong ?

La gorge nouée, elle courut vers la porte de la cuisine. Affolée, elle la trouva entrouverte. Pire encore : des cartes à jouer étaient éparpillées près du potager.

— Seigneur… Joey, où es-tu ?

Il doit être dans la chambre, se raisonna-t-elle. Il a dû se cacher sous le lit, sanglotant de terreur, parce qu'il a entendu qu'Armstrong était en ville…

Mais l'enfant n'était nulle part dans la maison.

— Je vais vérifier dans l'étable, dit Clint.

Emily sortit à nouveau et agrippa la barrière du corral. Le vent et la pluie lui fouettaient le corps.

Clint vint la retrouver quelques minutes plus tard. Elle sursauta quand il la prit par les épaules.

— Il est parti, Clint. Il a sans doute surpris notre conversation... Mon Dieu, où a-t-il pu aller ?

— Le pauvre gamin a dû s'enfuir. Rentrez à l'intérieur. Je vais le trouver.

Pétrifiée, Emily jeta un regard autour d'elle, vers la nature sauvage du Colorado, les collines, les canyons, la rivière... *La rivière*. Elle voulut s'élancer, mais Clint l'en empêcha.

— Je vais y aller. Rentrez. S'il n'est pas là, je...

— Ne me dites pas ce que je dois faire ! s'écria-t-elle, folle de rage et d'angoisse. Je ne resterai pas ici pendant que vous le cherchez.

Elle s'éloigna en courant, mais il la rattrapa en quelques enjambées. Il la saisit aux épaules et la secoua légèrement.

— L'orage va empirer, Emily. Vous êtes déjà trempée. Le garçon sera sain et sauf. Je m'en occupe.

— Il faudra m'attacher pour m'empêcher de le chercher ! Il est sous ma responsabilité. J'ai promis à Lissa de le protéger.

Sa voix se brisa, et des larmes lui brouillèrent la vue.

La pluie dégoulinant des rebords de son chapeau, Clint étudiait la splendide jeune femme. Emily Spoon ne se contenterait jamais de rester à arpenter la cabane en attendant qu'il ramène le petit. Inutile d'essayer de la convaincre.

— Alors nous allons le chercher tous les deux, décréta-t-il en lui empoignant le bras.

Il n'y avait aucun signe de Joey le long de la

rivière. Emily contempla avec horreur les eaux fouettées par la pluie.

Pourvu qu'il ne soit pas venu par ici... pria-t-elle.

— Il faut prendre les chevaux, dit Clint. Il a pu partir dans n'importe quelle direction.

Elle se hâta vers l'écurie. L'enfant était sous l'orage, perdu dans la nature, persuadé que l'ogre de ses cauchemars le poursuivait. Pourquoi avait-elle prononcé le nom d'Armstrong alors qu'il se trouvait dans les parages ?

C'est parce que tu es obsédée par Clint Barclay, se dit-elle, se sentant coupable. Troublée par la présence du shérif, elle s'était montrée légère et idiote. C'était sa faute si Joey s'était enfui. Entièrement sa faute.

Seigneur, et si on ne le retrouve pas... que vais-je dire à Lissa ?

La pluie tombait à verse, le vent hurlait à ses oreilles tandis qu'Emily, désespérée, bataillait avec la porte de l'écurie.

11

L'orage s'était déchaîné au-dessus de Beaver Rock. Emily appelait Joey, mais les rafales de vent étouffaient ses paroles. Elle ne connaissait pas bien les environs – elle n'avait chevauché qu'une seule fois avec Pete dans cette direction – mais elle reconnaissait les pentes raides autour de Beaver Rock, ainsi que les sentiers rocailleux bordés de fleurs pourpres. Sous l'orage, les collines dégageaient une beauté farouche, mais elle n'avait pas le temps d'admirer les bleuets ou les roses sauvages, ni la majesté des conifères qui oscillaient dans la tempête. Elle était effrayée par la pluie impitoyable, le danger que représentaient les falaises, par l'image d'un petit garçon tapi parmi les rochers, seul et terrifié.

Elle se força à oublier la pluie et le vent qui menaçait de la désarçonner, chevaucha lentement, se tournant sur la selle pour examiner chaque crevasse, chaque recoin, tandis que sa jument choisissait son chemin sur le sentier escarpé qui descendait vers la vallée puis remontait vers Beaver Rock.

Avant de partir, Emily avait enfilé des vêtements secs, mais engoncée dans l'épais imperméable de pluie jaune, son cœur pesait de plus en plus lourd.

Aucun signe de Joey, ni d'oncle Jake, alors qu'elle avait dépassé la cabane de trappeurs dont il avait parlé le matin même. Elle avait pourtant espéré qu'il l'aiderait dans ses recherches.

Pourvu que Clint Barclay ait plus de succès ! Il s'était dirigé vers Pine Canyon, où devait se trouver Lester. Plus ils étaient nombreux à chercher Joey, plus ils augmenteraient leurs chances de le retrouver sain et sauf.

Des heures s'étaient écoulées. La foudre et le tonnerre ne s'apaisaient pas. Sa jument se cabrait de panique, chaque fois qu'un éclair zébrait le ciel. Si Nugget était aussi effrayée, que devait ressentir Joey ? La seule pensée de l'enfant perdu dans cette nature sauvage lui donnait envie de hurler.

— Doucement, murmura-t-elle tandis que la jument s'agitait à cause d'un grondement menaçant.

Elle fouilla du regard les alentours, cauchemar de rochers impénétrables, d'herbes sauvages et de pluie battante.

— Joey ! cria-t-elle. Joey !

Là, quelque chose avait bougé, dans le ravin ! Le cœur gonflé d'espoir, Emily força Nugget à s'approcher.

— Joey, c'est toi ?

Serrant les rênes, elle se mit à prier alors que la jument entamait la périlleuse descente vers le fond du ravin. Mais ce n'était qu'un blaireau, qui décampa au plus vite. Au même moment, la foudre frappa un arbre à quelques mètres d'elle.

Nugget se cabra en hennissant de terreur, et Emily lutta pour ne pas tomber en arrière.

— Doucement… !

Trop tard. La jument paniquée se cabra de plus belle. La jeune fille fut projetée à terre. Lorsqu'elle heurta le sol, une douleur fulgurante la traversa et elle vit des étoiles devant ses yeux. Le cheval s'enfuit au triple galop.

— Nugget ! appela-t-elle d'un air désespéré. Nugget !

Mon Dieu ! songea-t-elle, incrédule. Comment vais-je retrouver Joey ?

Elle eut un vertige, essaya de se relever, mais sa cheville lui faisait trop mal. Des larmes lui piquèrent les yeux. Incapable de supporter la douleur, elle se rassit.

La cabane n'était qu'à cinq ou six kilomètres, mais elle aurait pu aussi bien se trouver à quatre cents !

Elle devait s'abriter. Si la nuit tombait et si personne ne venait la chercher, il commencerait à faire très froid dans les collines. Et le sentier se remplissait d'eau.

Serrant les dents contre la douleur, Emily se mit à ramper.

— Que diable faites-vous ici, Barclay ? cria Lester Spoon. Vous mériteriez des coups de fouet.

Non loin de Pine Canyon, la pluie tambourinait sur les coupe-vent et les chapeaux des deux hommes.

— Vous lui avez fait une peur bleue, à ce pauvre enfant ! reprit Lester alors que le tonnerre grondait. À cause de vous, il est tombé dans une ravine et s'est blessé. Fichez-moi le camp, je le ramène à la maison.

Ignorant le géant aux taches de rousseur, Clint scruta Joey, recroquevillé sur la selle. Le visage sale de l'enfant était strié de larmes. Un bandana ensanglanté, qui devait appartenir à Lester, lui entourait la main droite. Clint était soulagé de le voir sain et sauf, mais il s'inquiétait pour Emily qui continuait à le chercher autour de Beaver Rock.

La tempête empirait de minute en minute. Le plus gros de l'orage n'allait pas tarder à frapper.

— Ça va, Joey ? cria Clint. On dirait que tu t'es fait mal à la main.

— J'suis tombé, shérif, répondit le garçon, pelotonné contre Lester. C'est à cause du méchant. Il me poursuit, n'est-ce pas ? s'affola-t-il. Je le sais... Je vous ai entendus en parler, Em'ly et vous.

— Tu te trompes, Joey, déclara Clint d'une voix forte mais sereine. Personne ne te pourchasse. Le méchant homme a quitté la ville. Grâce à Emily, il n'a même jamais su que tu habitais ici.

— C'est vrai, shérif ? Vous... vous êtes sûr ?

— Je te le jure, Joey. Emily t'expliquera tout lorsque vous serez à la maison.

— T'as entendu, Lester ? s'exclama Joey en esquissant un sourire. Je ne risque rien.

— Bien sûr ! répliqua Lester en lui posant une main sur l'épaule. Je te l'avais dit. Tant que tu restes avec nous, personne ne te fera du mal.

— Est-ce qu'Em'ly est furieuse contre moi ?

— Non, mais elle a eu très peur, répondit Clint. Je pars à sa recherche pour lui dire que tu es sain et sauf.

— Vous partez à sa recherche ? répéta Lester. Qu'est-ce que vous voulez dire ?

— Elle cherche Joey autour de Beaver Rock.

Une rafale de vent fouetta les crinières des chevaux et agita les branches des trembles.

Lester s'empourpra.

— Emily est toute seule en plein orage! hurlat-il. C'est votre faute, Barclay!

Clint s'inquiétait trop pour perdre du temps à se disputer avec lui.

— Elle espérait croiser votre père, rétorquat-il en faisant pivoter son cheval en direction de Beaver Rock. Je vais lui dire que Joey ne risque rien. Et je la ramènerai à la maison.

— Fichez-lui la paix, Barclay! Mon père s'en occupera. Ou alors j'enverrai Pete la chercher...

— Faites ce que vous voulez, Spoon, mais moi, je vais à Beaver Rock.

Il donna deux coups de talon à son cheval qui partit au galop.

Un éclair déchira le ciel. Effrayé, Joey rentra la tête dans les épaules.

— T'inquiète pas, Joey, marmonna Lester. Il n'arrivera rien à Emily. Le shérif la trouvera. Crois-moi, c'est un rudement bon pisteur, mais il ferait bien de ne pas toucher un seul de ses cheveux.

Tandis que ciel virait au vert sombre et que la pluie battante redoublait de violence, il poussa sa monture sur le chemin qui menait au ranch.

La pluie tambourinait sur les rochers et les montagnes, secouait les arbres et forçait les animaux à se mettre à l'abri. Les éclairs lacéraient le ciel et l'orage rugissait comme un lion.

Clint Barclay chevauchait à travers la tempête, à la recherche d'une femme aux cheveux de jais.

— Emily ? Où êtes-vous ?

Le vent emportait ses paroles. Il cria plus fort, maîtrisant son cheval nerveux tout en s'efforçant de ne pas paniquer.

— *Emily !*

Plissant les yeux à cause de la pluie, Clint fouilla la pénombre. Il n'avait ni retrouvé Emily, ni croisé Jake Spoon. Avait-elle trouvé son oncle ? Continuaient-ils à chercher Joey ? À moins qu'elle ne soit seule, en plein orage…

Mais où ?

Son ventre se noua. Et s'il lui était arrivé malheur ? Il avança, les dents serrées, essayant d'oublier la pluie impitoyable, les coups du tonnerre qui se répondaient en écho parmi les canyons et les ravins.

Son cheval se cabra quand des herbes folles s'agitèrent sur le sentier. Où diable est-elle ? se demanda-t-il, furieux.

Peut-être était-elle déjà rentrée à la maison ? Il en doutait. Tant qu'Emily pensait que Joey était encore sous l'orage, elle ne rentrerait pas au ranch. Elle était la femme la plus obstinée qu'il eût jamais rencontrée. Et sans aucun doute la plus loyale… Mais où diantre était-elle passée ?

Soudain retentit un coup de feu sur sa gauche. Aussitôt, Clint fit pivoter son cheval et partit au galop.

Heureusement, un éclair illumina le paysage. Il la découvrit, recroquevillée par terre, serrant un revolver entre ses doigts. Un reptile gisait à un mètre d'elle : c'était un serpent à sonnette, au poison mortel.

Elle leva vers lui un visage blême. Effrayé de la voir aussi terrorisée, il bondit de son cheval et se précipita vers elle.

— Est-ce que vous êtes blessée ? Vous a-t-il mordue ? s'enquit-il en s'accroupissant à son côté.

— Non… J'ai réussi à le tuer à temps. Mais je me suis tordu la cheville… Avez-vous trouvé Joey ?

— Lester l'a trouvé, dit Clint, inquiet de voir ses lèvres bleues et les frissons qui la parcouraient. Il va bien. Ils doivent déjà être au ranch.

Un instant, Emily oublia la tempête, la pluie battante, sa cheville douloureuse et le froid glacial qui s'insinuait entre ses os. Un soulagement intense l'envahit.

Il glissa ses bras autour d'elle et la souleva facilement. Une rafale de vent faillit arracher le chapeau de la jeune fille.

Emily se sentait merveilleusement bien dans les bras de Clint Barclay. Sa force et sa chaleur l'apaisaient.

— Qu'est-il arrivé à votre cheville ? Et à votre cheval ?

— La jument m'a désarçonnée et s'est enfuie. Elle a eu peur d'un éclair. J'essayais de trouver une grotte pour m'abriter. Je n'avais pas assez de force pour rejoindre la cabane de trappeurs.

Elle tremblait tellement que Clint la serra davantage. Le visage blême, elle claquait des dents. Elle avait besoin de couvertures chaudes et d'un bon feu de cheminée… Le plus vite possible.

— Nous allons nous y rendre tout de suite. Nous attendrons la fin de la tempête.

Il la déposa sur son cheval et grimpa derrière elle. Un éclair la fit sursauter, mais elle se détendit en sentant les bras puissants de Clint autour d'elle.

Épuisée, elle ferma les yeux. Ils quittèrent le ravin au galop. La nuit commençait à tomber. Elle était en sécurité. Son compagnon la tenait dans ses bras, la réchauffait, et l'emmenait à l'abri.

Quand ils atteignirent la petite cabane, Emily s'attendit à y trouver oncle Jake. Clint ouvrit la porte d'un coup de pied. La cabane était remplie de provisions, mais froide comme une tombe – et vide.

Où est-il passé? se demanda-t-elle, mal à l'aise. C'était curieux qu'elle ne l'ait pas aperçu, pendant qu'elle cherchait Joey.

— Je vais préparer un feu, annonça Clint en la déposant sur le lit.

Les mains d'Emily tremblaient si fort qu'elle n'arrivait pas à déboutonner son imperméable. Étouffant un juron, il l'aida à se défaire de l'épais manteau. Une couverture de selle était posée sur le lit. Il la déplia et la drapa sur ses épaules.

— Je n'aurais jamais dû vous laisser sortir dans cette tempête, bougonna-t-il.

— De toute façon, vous n'aviez pas votre mot à dire.

— Vraiment? En tout cas, maintenant, c'est moi qui commande. Restez assise et reposez-vous.

En dépit du froid, la proximité et le contact de Clint, qui ajustait la couverture sur ses épaules, l'envahirent d'une douce chaleur.

— Je vais bien, déclara-t-elle d'un air de défi, se demandant pourquoi cet homme produisait un tel effet sur elle. Je peux préparer du café pendant que vous…

— Si vous bougez de ce lit, je vous attache, menaça-t-il. Avant tout, il faut vous réchauffer, ajouta-t-il en se tournant vers la cheminée où se trouvaient déjà deux branches d'arbre.

Si quelqu'un avait déclaré qu'un jour, elle attendrait la fin d'un orage dans une cabane de trappeurs avec un shérif, elle l'aurait traité de fou. Mais la situation n'était pas si bizarre que cela. Malgré la fatigue et sa cheville douloureuse, c'était presque agréable de se trouver avec Clint Barclay.

Elle lui était reconnaissante d'être venu à sa recherche, et elle se sentait en sécurité avec lui.

Tu délires, murmura en elle une petite voix insidieuse, alors que la pluie tambourinait sur le toit. Vivement que cet orage passe et que tu rentres au ranch !

— Pensez-vous que la tempête va bientôt s'arrêter ?

— J'en doute. Il faudra probablement attendre l'aube.

— Je ne peux pas passer la nuit ici, protesta Emily tandis qu'il lui tendait une tasse de café.

Lorsqu'il lui effleura la main, elle ressentit une décharge électrique. Non, elle ne pouvait certainement pas passer la nuit avec lui…

— Pourquoi pas ? Je ne mords pas.

— Dès que l'orage se sera un peu calmé, j'aimerais que vous me rameniez à la maison.

Comme pour la narguer, un éclair illumina la fenêtre. Un claquement de tonnerre explosa au-dessus d'eux et la pluie redoubla de violence.

— Pas avant l'aube, répéta Clint avec un bref sourire. Allons, vous n'avez pas peur de moi à ce point, tout de même ?

Elle haussa les sourcils.

— Vous ne m'effrayez pas le moins du monde !
Les yeux rieurs, il s'assit sur une chaise.

— Alors pourquoi tremblez-vous ?

— J'ai froid.

Elle mentait. Une douce chaleur la parcourait.

— Parlez-moi de Joey, ordonna-t-elle.

C'était un sujet de conversation sans risque. Elle aurait tout donné pour échapper à son regard intense. Dans la semi-obscurité de la cabane, brillant dans un visage ombré d'une barbe de deux jours, ses yeux semblaient encore plus bleus.

Il lui raconta sa rencontre avec Lester et Joey.

— Le petit avait peur et il était trempé jusqu'aux os. Je lui ai expliqué que John Armstrong avait quitté la ville.

— Je n'aurais jamais dû parler de cet homme, alors que Joey était dans les parages...

— Ce n'était pas votre faute. Je vous y avais forcée.

— S'il n'avait pas croisé Lester, il serait peut-être encore dehors. Par ce temps affreux !

— Mais tout s'est bien terminé, Emily. Vous êtes tous les deux sains et saufs.

Or Clint se demandait s'il l'aurait jamais retrouvée, si elle n'avait pas tiré.

— Il a eu tellement peur, alors qu'il commençait à dominer son angoisse.

— Je sais. J'ai vu la terreur sur son visage aujourd'hui. Pauvre gamin... Il m'a rappelé...

Il s'interrompit.

— Que vous a-t-il rappelé ?

— Rien d'important, répliqua-t-il en se levant pour remplir sa tasse de fer-blanc.

— Racontez-moi, insista Emily.

Clint hésita un instant.

— Il m'a rappelé mon frère Nick. Son visage, après la mort de nos parents...

Elle frémit en le voyant se crisper. La douleur enflammait son regard.

— Je suis désolée, murmura-t-elle. Que s'est-il passé?

— Leur diligence a été attaquée. Nick était avec eux. Mon frère Wade et moi-même habitions chez des voisins, le temps que mes parents rendent visite à une tante à l'agonie. Comme Nick n'avait que sept ans, ils l'ont emmené avec eux. (Il serra si fort sa tasse que les jointures de ses doigts blanchirent.) Mais ils ne sont jamais arrivés à bon port.

Emily était pétrifiée, subjuguée par sa voix si calme et détachée.

— Les bandits ont tué tous les passagers, excepté Nick. Les hommes, les femmes et le conducteur. Mon père a essayé de les défendre, de sauver ma mère. Elle s'est placée devant Nick pour le protéger. Avec son dernier souffle, elle a supplié qu'on épargne son fils. C'est ce qu'il nous a raconté. Les salauds n'ont pas descendu Nick. Ils l'ont laissé vivre.

Les yeux de Clint étaient durs comme la pierre. Un frisson parcourut Emily qui ferma les yeux, imaginant le petit garçon, unique survivant d'un massacre...

— Il a été le seul à s'en sortir, murmura Clint. Quand il est revenu chez nous, il avait la même expression que Joey. Aucun enfant ne devrait subir une pareille terreur.

Le ventre noué, elle chercha ses mots.

— C'est affreux... Je suis désolée...

— C'était il y a longtemps, dit-il, le regard indéchiffrable.

— Mais la douleur ne s'en va jamais, ajouta-
t-elle d'une voix douce.

Elle pensait à ses parents, victimes de la fièvre,
qui continuaient à lui manquer.

— J'espère que Joey apprendra à oublier cette
peur, dit Clint.

— Quel âge aviez-vous, lors du drame ?

— Neuf ans. Wade en avait onze. D'un seul
coup, nous sommes devenus orphelins. Nous
n'étions sûrs que d'une seule chose : nous voulions
rester ensemble. Heureusement qu'il y a eu Reese
Summers.

— Qui est-ce ?

— Reese était le meilleur ami de mon père.
Après l'attaque de la diligence, il est venu nous
chercher et nous a emmenés à Cloud Ranch, son
ranch dans le Wyoming.

— J'en ai entendu parler, déclara Emily, car
Cloud Ranch était l'un des plus grands ranchs de
l'Ouest. C'est là que vous avez grandi ?

— Oui. Reese a commencé avec une cabane
pas plus grande que celle-ci. C'était son rêve, sa
vie. Et c'est devenu notre maison. Il a été comme
un père pour nous tous. Mais cela a pris du
temps. Ce n'était pas facile, surtout pour Nick.
C'est pourquoi je comprends la frayeur de Joey.
Après le drame, Nick n'a pas parlé pendant des
mois. Pas un seul mot. Puis, grâce à Reese, il a
dominé sa peur et son silence a pris fin.

— Où est-il maintenant ?

— Qui sait ? fit-il d'un air enjoué. Mon petit frère
bouge beaucoup. C'est un chasseur de primes.

— Un chasseur de primes !

144

— C'est sa façon de se venger des hommes qui ont tué nos parents. On n'a jamais retrouvé ces monstres, et ils n'ont jamais été punis. C'est cette vermine que mon frère pourchasse.

Son visage était redevenu sévère, et Emily frémit.

— Et vous, vous êtes shérif... C'est aussi une façon de vous venger.

Il y eut un silence, rythmé par la pluie et les sifflements du vent.

— C'est vrai.

La jeune fille ressentit un élan de compassion. Elle ne pouvait plus le détester. Autrefois, Clint Barclay avait été un petit garçon comme Joey, seul et effrayé, à qui l'on avait arraché ses parents. Il était devenu un homme déterminé, décidé à combattre la brutalité qui avait presque détruit sa famille.

— Et Wade ?

— Wade a pris en main Cloud Ranch, à la mort de Reese. Le ranch nous appartient à tous les trois, mais Wade en a hérité la plus grosse partie. Il éprouve le même amour pour cette vallée que Reese. Et il vient de se marier. Quand je vous ai rencontrée, je revenais justement de son mariage.

Emily repensa à cette nuit, à sa peur lorsque Clint Barclay était apparu. Désormais, en dépit de son physique impressionnant, elle n'avait plus peur de lui. Il embrassait avec une telle douceur...

— Je suppose que vous voulez également vous marier.

— D'où vous vient cette idée saugrenue ?

Elle éclata de rire.

— Presque toutes les femmes de Lonesome en âge de se marier m'ont demandé de leur coudre une nouvelle robe pour le pique-nique. Elles veulent vous séduire. Dieu sait pourquoi ! conclut-elle d'un air moqueur.

Il soupira.

— Je l'ignore, moi aussi.

— Vous avez bien dû faire quelque chose. Elles vous pourchassent avec l'avidité d'un essaim d'abeilles autour d'un pot de miel.

— Je suis parfaitement innocent, croyez-moi. Je n'ai pas l'intention de me marier avant longtemps. Le mariage ne m'intéresse pas. Comme la plupart des hommes, d'ailleurs.

— Ce n'était pas le cas de votre frère, dirait-on.

— Wade a eu de la chance. Il a rencontré la femme parfaite. Parfaite pour lui, précisa-t-il avec un sourire. Je ne renoncerais pas à ma liberté même pour une femme aussi splendide que Caitlin Summers – je veux dire, Caitlin Barclay.

— Comment est-elle ? demanda Emily, irritée de ressentir une pointe de jalousie.

— Blonde. Élégante. Elle est issue d'une excellente famille. Elle a grandi à Philadelphie, où elle a fréquenté les plus beaux salons, mais elle adore Cloud Ranch. En dépit de ses excellentes manières, c'est une sauvage. Un peu comme vous.

— Si vous cherchez quelqu'un comme elle, je doute que vous la trouviez à Lonesome. Je n'ai pas vu chez nous quelqu'un d'aussi… *parfait*.

Clint releva l'amertume dans sa voix.

— J'ai dit qu'elle était parfaite pour Wade.

— Et quel genre de fille serait parfaite pour vous, shérif Barclay ?

Elle vit ses yeux s'assombrir sous l'effet de la colère. Il se leva et approcha d'un pas. Puis d'un autre. Emily dut se forcer à rester immobile. Son cœur battait à tout rompre. Elle n'aimait pas le savoir si proche.

Il se dressa devant elle, emplissant la petite cabane de sa haute stature. La chemise en chambray était ouverte au col.

C'est un homme comme un autre, se dit-elle, essayant de reprendre ses esprits. Mais elle n'avait jamais ressenti cette attirance pour quelqu'un. Elle était fascinée par les cheveux foncés qui glissaient sur son front, et par sa voix douce et profonde.

Elle retint son souffle.

Les yeux de Clint la transpercèrent, tandis que les flammes dansantes du feu répondaient en écho aux battements effrénés de son cœur.

12

— Je ne pense pas qu'il existe une femme idéale pour moi, déclara Clint Barclay d'un air si péremptoire qu'Emily réprima un frisson. Comme je vous l'ai dit, je ne suis pas du genre à me marier. Je ne suis pas un romantique, et certainement pas le genre d'homme à s'asseoir au coin du feu pour regarder son épouse tricoter. Avant d'accepter ce travail à Lonesome, je voyageais beaucoup, presque autant que Nick.

— Pourquoi avoir choisi de vous établir à Lonesome ? s'enquit Emily, en s'adossant au mur afin de mettre plus de distance entre eux.

Il haussa les épaules. Éclairé par les flammes qui dansaient dans l'âtre, son visage tanné semblait sévère.

— Une fois que j'ai chassé les Duggan, on m'a demandé de rester et on m'a offert une jolie somme pour continuer à protéger la ville. Comme j'appréciais Lonesome et ses habitants, j'ai accepté. (Il retourna s'asseoir et étendit ses longues jambes.) Mais pas question de me marier et de demeurer coincé à jamais dans un seul endroit. Je resterai ici tant qu'on a besoin de moi, c'est la seule promesse que je puisse faire.

Pourquoi me raconte-t-il tout cela ? songea-t-elle.

— Mais je n'ai pas vraiment répondu à votre question, n'est-ce pas ? reprit-il. Comme je le disais, je ne crois pas à la femme parfaite. En tout cas, elle n'est pas de celles qui me harcèlent !

Un sourire aux lèvres, il étudia la jeune fille, ses cheveux ébouriffés encore humides, l'épaisse couverture sur ses frêles épaules.

— Mais si je devais décrire mon idéal féminin, je suppose que cette femme aurait des cheveux noirs, mademoiselle Spoon.

— Vraiment ? ironisa-t-elle.

Il se leva avec une grâce féline. À la consternation d'Emily, il vint s'asseoir à côté d'elle et glissa les doigts dans ses cheveux.

— Ils seraient noirs comme l'ébène, épais et doux comme du velours. Le genre de chevelure qu'un homme aime étendre sur un oreiller et respirer. (Emily aurait aimé qu'il cesse de la toucher, mais elle restait bouche bée.) Depuis peu, j'ai aussi découvert que j'aimais les femmes aux yeux gris. Ils sont différents. Mystérieux. Surtout ceux qui brillent comme des billes d'argent, puis deviennent vaporeux telle une brume matinale. Et si elle était douée pour tuer des serpents et cousait les plus jolies robes de ce côté des Rocheuses... alors, cette fille-là serait irrésistible.

Il se pencha vers elle, posa une main sur sa nuque et l'attira à lui.

— C'est tout ? demanda Emily d'un air faussement détaché, alors que leurs lèvres se frôlaient et qu'elle avait l'impression de se noyer dans son regard bleu.

— Si ses baisers étaient doux comme un nectar, si elle avait un tempérament ardent et fougueux...

— Et si elle savait reconnaître des flatteries qui ne sont que des balivernes ?

Le ton froid et ironique d'Emily lui fit l'effet d'une douche froide. Elle plaqua les deux mains sur son torse pour le repousser.

— Me prenez-vous pour une idiote ?

Clint rit doucement.

— Vous êtes loin d'être une idiote, Emily.

— Mlle Spoon.

— Mademoiselle Spoon, se corrigea-t-il. Je pensais que nous pourrions passer ces moments d'une manière agréable. Comme hier soir, sous le porche...

Il lui décocha un autre sourire ravageur.

— Quand les poules auront des dents, grommela-t-elle.

— Pourquoi dites-vous ça ? fit-il d'un air heurté. Alors que j'ai risqué ma peau dans cette tempête pour venir vous chercher.

— C'est votre métier, non ? Vous aidez les gens. Et maintenant écartez-vous, sinon...

— Sinon quoi ?

Sinon je vais tomber dans vos bras comme une idiote, pensa-t-elle, désespérée.

— Sinon je vais crier !

— Vous pouvez crier autant que vous voulez. Nous ne sommes pas en ville. Qui vous entendra ?

— Fichez-moi la paix ! maugréa-t-elle en se recroquevillant au bout du lit.

— Est-ce vraiment ce que vous souhaitez ?

À vrai dire, elle n'en savait rien, car la tête lui tournait. Désormais, elle comprenait pourquoi il lui avait parlé à cœur ouvert, lui expliquant qu'il était un vagabond dans l'âme. Ce shérif soi-disant honorable ne voulait pas qu'elle se méprenne sur ses intentions : il était prêt à l'embrasser, à la caresser, à lui faire l'amour dans cette misérable cabane, mais seulement si cela ne portait pas à conséquence. Elle ne devait rien attendre de lui. Jamais il ne la courtiserait, ni ne tomberait amoureux d'elle.

Qu'espérais-tu ? se demanda-t-elle, partagée entre la colère et le désarroi. Des roses et du champagne, un gâteau de mariage et une alliance en or ?

Ces choses-là n'étaient pas pour la nièce de Jake Spoon, une fille qui n'avait jamais posé le pied dans un salon huppé comme Caitlin Barclay, excepté pour en cirer le parquet...

— L'aube est encore loin, murmura Clint. Je pensais...

— Vous pensiez vous amuser en flirtant avec moi, parce que je suis la seule femme à cinquante kilomètres à la ronde qui n'essaye pas de vous traîner devant l'autel.

Il continua à sourire.

— Vous avez raison. Je suis en sécurité avec vous, car je sais que vous préféreriez sauter dans un précipice que d'épouser un shérif. Mais, vous aussi, vous ne risquez rien avec moi. Aucun shérif digne de ce nom ne s'allierait avec une famille de hors-la-loi.

— Je vous ai demandé de vous écarter.

— Quel mal y a-t-il à mieux nous connaître ? C'est vous qui avez commencé l'autre nuit. Peut-être qu'un ou deux baisers mettraient un point final à cette histoire. Vous le sentez aussi... n'est-ce pas ? ajouta-t-il d'une voix rauque.

152

— Je ne sais pas de quoi vous parlez.

Elle mentait. Elle sentait vraiment quelque chose – une attirance, une électricité. Elle l'avait ressenti d'emblée, mais encore davantage quand il l'avait embrassée.

— Je vais conclure un pacte avec vous. Nous ne nous ferons pas de promesses, et je n'en parlerai pas à votre famille si vous ne le faites pas non plus.

— Pourquoi voudrais-je vous embrasser à nouveau ? répliqua-t-elle d'un ton hautain, alors que son corps tremblait d'excitation. C'était uniquement pour éviter d'être reconnue par John Armstrong.

— Je crois deviner que cela vous a plu.

— Vous n'êtes qu'un arrogant et insolent petit...

— Venez ici, Emily.

— Mademoiselle...

— Spoon, je sais.

Il s'approcha d'elle. Emily se retrouva coincée entre le mur et Clint. Il se penchait vers elle, avec son sourire ravageur, et lui caressait les cheveux.

— D'habitude, je n'ai pas à supplier pour qu'on m'embrasse.

— D'habitude, je n'embrasse pas des hommes que je n'apprécie pas.

La lueur dans ses yeux bleus s'intensifia. Il abaissa la tête vers elle. Leurs lèvres se frôlaient. Emily avait du mal à respirer.

— Je crois que vous vous trompez. À mon avis, vous m'aimez bien. Et moi, je vous apprécie beaucoup. Cela n'a aucun sens, mais c'est ainsi.

Il avait raison. Pourquoi ? Comment ? Alors qu'elle aurait dû le détester, elle était subjuguée par son sourire, son regard pénétrant, sa gentillesse et son honnêteté qu'elle devinait sous la carapace de force et de courage.

— Bien, déclara-t-elle, étonnée par ses propres pensées et les pulsions qui la traversaient. Comme vous m'avez sauvée de l'orage, je vous accorde un baiser. Un seul.

Il allait la prendre pour une fille prude et compassée, mais elle ne supportait plus cette tension entre eux. Elle agrippa sa chemise et l'attira à elle.

Elle s'imaginait qu'ils échangeraient un baiser furtif, mais quand la bouche de Clint toucha la sienne, elle fut parcourue d'émotions intenses et mystérieuses. Effrayée, elle voulut s'écarter, mais il la serra contre lui et l'embrassa avec ferveur.

Un brasier s'alluma dans son corps. Elle eut le vertige et, d'un seul coup, eut l'impression de mourir de chaud. Avait-elle de la fièvre ?

Soudain, elle se retrouva allongée sur le lit, le corps de Clint au-dessus du sien, sans qu'il eût interrompu le baiser.

Un plaisir fou la transperça et elle glissa les bras autour de son cou. La bouche exigeante de Clint explorait la sienne, sa langue laissait une traînée de feu derrière elle. La jeune fille oublia l'orage et la nuit, obnubilée par les exquises sensations qui la parcouraient, tandis que les mains de Clint lui caressaient le visage, le cou, et que sa bouche la ravageait. Le temps s'était arrêté. Il n'y avait plus que cet instant de bonheur, cette passion partagée. Emily s'agrippa à lui avec une férocité qu'elle n'aurait jamais cru posséder. Elle le pressa contre elle comme si elle voulait accueillir cet homme dans son âme.

Alors qu'elle pensait manquer d'air, il releva soudain la tête. Égarée, elle ouvrit de grands yeux.

154

— C'était bien plus qu'un simple baiser… murmura-t-elle. Vous avez triché.

— Vous avez aimé.

— Comment avez-vous deviné ? plaisanta-t-elle.

Ils éclatèrent de rire. Elle ne s'était jamais sentie aussi proche de quelqu'un, aussi complice, aussi heureuse…

Puis il l'embrassa à nouveau. Elle s'abandonna au plaisir de sentir la langue de Clint danser avec la sienne.

Lorsqu'il entreprit de déboutonner son corsage, elle songea à le repousser, mais n'en eut pas le courage. Attendons encore un peu pour voir ce qui va se passer, se dit-elle, avant de frissonner de plaisir quand sa main se referma autour de son sein.

C'était à la fois délicieux et excitant. Une chaleur intense s'allumait aux endroits qu'il caressait. Clint Barclay lui coupait le souffle et brûlait ses lèvres, tout en effleurant son mamelon avec son pouce, jusqu'à ce que le monde ne soit plus qu'un tourbillon d'extase.

Elle entendit un roulement de tonnerre – à moins que ce ne fût son cœur ? D'une main timide, elle caressa le visage séduisant penché au-dessus du sien. Emportée par le désir, elle passa les doigts dans l'épaisse chevelure de Clint, puis trouva les boutons de sa chemise. Mais en se déplaçant pour lui faciliter la tâche, il effleura sa jambe, et elle poussa un cri de douleur.

— Qu'est-ce qu'il y a ?

— Ma cheville…

Clint se maudit intérieurement. Il avait oublié. Il aurait dû lui retirer sa botte dès leur arrivée à la cabane.

155

Il se redressa, tourmenté par le désir qui enflammait ses sens. Dieu, qu'elle était merveilleuse !

Emily, la chemise déboutonnée, se dressa tant bien que mal sur les coudes.

— Pardonnez-moi. Je vais essayer d'être rapide pour ne pas vous faire mal, mais si la cheville a enflé, il faudra découper la botte.

— Allez-y, dit-elle en frissonnant.

Son pied était douloureux, mais elle tremblait surtout à cause des sensations qui la parcouraient. Son cœur continuait à battre la chamade. Dès leur première rencontre, elle avait pressenti que cet homme était dangereux. Désormais, elle savait qu'il était redoutable.

Heureusement, la douleur dans sa cheville avait rompu le sort que Clint avait jeté sur elle.

Il tenait fermement la botte. Ses cheveux étaient emmêlés, sa chemise entrouverte. Elle admira son torse. Maintenant, elle savait ce qu'on ressentait à caresser ces muscles… Choquée, elle réalisa qu'elle n'était pas rassasiée.

— Prête ? demanda-t-il, puis il commença à tirer sur la botte.

Elle poussa un cri. Voyant son visage blême, Clint sortit un couteau de sa poche.

— Je vais devoir découper le cuir.

— Faites vite, je vous en prie, supplia-t-elle alors que la douleur remontait le long de sa jambe.

Or elle était reconnaissante à cette douleur : elle la distrayait de ce shérif au charme dévastateur qui l'avait ensorcelée, la convaincant de s'allonger sur un lit dans une cabane isolée en pleine montagne.

Alors qu'il finissait de la libérer de la botte, Emily serrait les poings et se mordait la lèvre.

— Merci… souffla-t-elle, blanche comme un linge.

Clint lui retira sa chaussette et fronça les sourcils en observant la cheville enflée.

— Vous avez besoin de whisky.

— Vous voulez me faire boire ? plaisanta-t-elle. Je comprends pourquoi mon oncle m'a dit de ne jamais faire confiance à un shérif.

Il lui sourit.

— D'habitude, je n'ai pas besoin de supplier pour qu'on m'embrasse, mademoiselle Spoon, ni d'enivrer les femmes.

Il retira son autre botte, essayant de faire abstraction des jambes fines qui se devinaient sous la jupe de cavalière. Il fouilla sa sacoche de selle, dont il sortit une flasque de whisky.

— Comme ça, vous aurez moins mal.

Emily ne discuta pas. Maintenant que sa cheville était libérée, elle faisait encore plus mal. Le whisky lui brûla la gorge, mais elle avala une bonne rasade avant de lui rendre la flasque.

Clint en avala une gorgée aussi. Pourquoi suis-je aussi bouleversé de la voir souffrir ? songea-t-il. Pourquoi diable est-elle aussi belle ? Il n'avait jamais connu de femme plus sensuelle. Même ses pieds étaient splendides. De plus, elle n'avait pas reboutonné sa chemise. Il distinguait la dentelle de la lingerie qui retenait ses seins. Il dut se faire violence pour ne pas lui retirer le tout. C'en est fini des baisers ! se réprimanda-t-il. Il n'aurait pas imaginé les apprécier autant.

Si elle n'avait pas été blessée, tous deux seraient peut-être allés beaucoup trop loin. Elle était la nièce de Jake Spoon, une femme qu'il n'épouserait jamais – une femme qui ne voudrait jamais l'épouser. La seule en ville qui ne souhaitait pas le mener devant l'autel. Il avait espéré une nuit de passion avec elle, sans aucune attache. Mais le baiser avait éveillé quelque chose de plus profond. Quelque chose qui l'effrayait.

Pourquoi diable cette femme lui faisait-elle peur ? Était-ce sa manière de l'écouter, quand il avait parlé de Nick et de ses parents ? Ou à cause de la compassion qu'il avait découverte dans son regard ? Elle touchait quelque chose en lui qui allait au-delà de la seule attirance physique, au-delà du désir. Emily Spoon n'était pas seulement une femme au corps splendide et au beau visage. Elle avait une âme, un tempérament et un courage qu'il avait devinés d'emblée.

Tu ferais bien de garder tes distances, se gronda-t-il. Elle n'est pas celle qu'il te faut.

— Vous devriez dormir, lança-t-il d'un ton sec. Le whisky vous y aidera.

Emily remarqua que le visage de Clint s'était assombri et que son regard s'était durci. Attristée, elle ressentit un étrange sentiment de solitude. La tendresse et l'humour de l'homme qui lui avait versé du café, lui avait caressé les cheveux et l'avait embrassée à perdre haleine, s'étaient envolés. Le shérif distant et intraitable était de retour.

— Parfait. À mon réveil, nous partirons d'ici. En attendant, vous pouvez vous allonger là-bas.

Elle lui indiqua un coin de la pièce, près de la cheminée.

Soudain, elle s'aperçut que sa chemise était encore déboutonnée. Les joues empourprées, elle batailla avec les boutons. Puis elle constata qu'il l'observait.

— Vous permettez ? grinça-t-elle.

Il se détourna avec un haussement d'épaules.

— Je voulais voir si vous aviez besoin d'aide.

— Pas de la vôtre, en tout cas, répliqua-t-elle, plus brusquement qu'elle ne l'aurait souhaité.

Un éclair illumina le paysage au-dehors, et un grondement de tonnerre éclata au-dessus de leurs têtes. Elle le regarda étendre son sac de couchage et avaler une dernière gorgée de whisky. Puis elle s'allongea, ramena la couverture sous son menton et essaya d'oublier l'orage, sa cheville douloureuse, et son maudit compagnon.

Mais elle ne pouvait s'empêcher de penser aux émotions et au désir que lui inspirait Clint Barclay. Elle ne resterait plus jamais seule avec lui, c'était promis !

Dieu, que l'aube serait longue à venir…

13

L'aube dévoila une journée radieuse, un ciel pourpre, une brise aux odeurs de terre et de fleurs – ainsi que Pete et Lester Spoon, qui galopaient ventre à terre vers la petite cabane, telles deux furies de l'enfer.

— Barclay ! cria Pete en ouvrant la porte d'un coup d'épaule. Où diable est *Emily* ?

Soulagé, il vit sa sœur s'asseoir sur le lit, les cheveux en bataille, un sourire aux lèvres.

— Dieu soit loué, te voilà ! s'écria Lester. On te cherche partout depuis l'aurore. Nugget est revenue à la maison...

— Quelle bonne nouvelle ! s'exclama Emily. Mais comment vont Joey et oncle Jake ?

— Ils sont en pleine forme tous les deux, la rassura Pete. Oncle Jake est revenu ce matin. Il a passé la nuit dans une grotte près de Beaver Rock, à cause de l'orage. Et toi ? On dirait que Barclay t'a trouvée.

Ils affichèrent soudain des mines sombres.

— Est-ce que tu as été coincée ici toute la nuit avec ce goujat ? demanda son cousin.

— Oui, mais...

— Je vais lui flanquer une raclée, s'emporta Pete, les poings serrés. Où est-il, Emily ?

— La ferme, Spoon. Laissez-moi passer.

Les deux garçons firent volte-face. Clint Barclay se dressait dans l'embrasure de la porte, tenant à la main une carabine et le lapin qu'il avait abattu pour le petit-déjeuner. Aussitôt, Pete Spoon se rua sur lui et le poussa hors de la cabane. Lester se jeta dans la mêlée.

Avec un gémissement de désarroi, Emily se leva. Sa cheville lui faisait un mal de chien. Elle boitilla jusqu'à la porte et le soleil lui fit cligner des yeux. La gorge nouée, elle vit son frère, son cousin et Clint Barclay rouler parmi la boue et les herbes, dans un imbroglio de coups de poing, de cris et de jurons.

— Arrêtez ! Pete… Lester ! Clint ! Arrêtez tout de suite !

Personne ne lui prêta attention. À deux contre un, les Spoon essayaient de flanquer une raclée à Clint, mais le shérif se défendait bec et ongles, aidé par son physique puissant. Pourtant, il avait déjà un bleu à la joue, et elle fut horrifiée quand Pete lui décocha un coup de pied dans l'estomac.

— Arrêtez ! ordonna-t-elle en se jetant à son tour dans la mêlée.

Elle saisit le bras de Lester, qui la repoussa comme si elle n'était qu'un moustique.

— Ne t'en mêle pas, Em !

— Ça suffit ! Vous êtes ridicules, tous les deux ! hurla-t-elle alors que Pete décochait un uppercut à la mâchoire de Clint. Écoutez-moi ! appela-t-elle, désespérée, en agrippant le bras de son frère. Il n'y a aucune raison pour…

Clint lâcha un coup de poing en représailles, et Pete chancela en poussant un grognement.

Emily tenta de se glisser entre eux, mais Lester choisit le même instant pour attaquer le shérif. Son coude heurta la mâchoire de sa cousine. Elle émit un cri et s'affala par terre, les larmes aux yeux.

— Emily !

Pete et Lester la contemplaient, horrifiés.

— Est-ce que ça va ? demanda Lester, effondré par sa maladresse.

— Imbécile ! Regardez ce que vous avez fait ! s'écria Clint, inquiet pour la jeune fille.

Il voulut s'approcher, mais Lester dégaina son revolver.

— Gardez vos distances, Barclay, siffla-t-il entre ses dents. Sinon, je vous descends.

— Lester… range ton arme, bafouilla Emily, le souffle coupé.

Elle fit un effort pour se relever, les larmes striant ses joues. Quand Pete voulut l'aider, elle le repoussa d'un geste brusque. Elle ne pleurait pas de douleur, mais parce qu'elle avait vu Clint se battre avec son frère et son cousin. Cette bagarre prouvait qu'un fossé infranchissable les séparait.

— J'ai honte de vous. Vous n'aviez aucune raison de…

— Il a passé la nuit avec toi, Emily ! protesta Pete. Ce n'est pas ta faute. Mais il a souillé ta réputation, et je ne laisserai pas un maudit shérif faire du mal à ma petite sœur.

— Tu plaisantes ? Il m'a cherchée en pleine tempête et il m'a conduite à l'abri. Je m'étais tordu la cheville, Nugget s'était enfuie : que voulais-tu qu'il fasse ? Qu'il m'abandonne à Beaver Rock ? Il a été très gentil avec moi…

— Je n'en doute pas ! grogna Lester, le doigt sur la détente.

Emily blêmit devant la colère de son cousin.

— Lester, range ce revolver tout de suite.

Elle boitilla jusqu'à lui et lui arracha l'arme de la main, avant de la jeter au loin parmi les herbes sauvages.

Quand elle se retourna vers Clint, son cœur se serra. Il se tenait très droit, en dépit de son visage tuméfié et de sa chemise déchirée, pleine de boue. Il haletait, comme Pete et Lester, mais il ne la quittait pas des yeux. Son regard était aussi froid qu'indéchiffrable.

— Il ne s'est rien passé entre nous, déclara-t-elle. Rien du tout. Nous avons attendu la fin de l'orage, c'est tout. (Sa voix trembla légèrement.) Maintenant, c'est terminé. Je vous en prie, je voudrais rentrer à la maison…

Bouleversé par les larmes d'Emily, Clint dut se maîtriser pour ne pas la prendre dans ses bras et la consoler.

Ce serait une mauvaise idée, songea-t-il. Garde tes distances. Emily Spoon ne te concerne pas. Elle a trois hommes dans sa famille pour veiller sur elle.

Désolés, Lester et Pete échangèrent un regard coupable. Ce dernier entoura d'un bras les épaules de la jeune fille.

— On y va, petite sœur. Je vais te porter jusqu'à mon cheval.

Les dents serrées, Clint le regarda soulever Emily. Il ne quitta pas des yeux son visage blême, jusqu'à ce qu'ils eussent disparu au détour du sentier…

Un peu plus tard, il s'assit tout seul à la table et mangea le lapin qu'il avait abattu. Il but le café qu'il avait partagé la veille avec Emily, et regretta que les choses ne se soient pas déroulées autrement.

Sans elle, la cabane était bien triste… Il n'oublierait jamais qu'elle avait pris sa défense contre son frère et son cousin. *Il ne s'est rien passé*, avait-elle dit. Ce n'était pas vrai, et il avait souhaité qu'il se passe quelque chose. Or si les Spoon pensaient que leurs menaces l'empêcheraient de la voir, ils se trompaient. Il avait certes l'intention de garder ses distances, mais pour ses propres raisons.

Clint vida sa tasse de café, la rinça, puis jeta un dernier regard au lit où la jeune fille avait dormi. Il roula sa couverture, boucla sa sacoche de selle, entendant encore résonner ses paroles à ses oreilles.

Il ne s'est rien passé.

Elle avait menti pour le protéger. Elle avait menti à son frère et à son cousin, peut-être à elle-même. Tout comme il s'était menti à lui-même, jusqu'à ce qu'elle reçoive ce coup de coude à la mâchoire.

Il s'était passé quelque chose entre eux. Il ne le comprenait pas, mais c'était inutile de persister à le nier.

Qu'ils le veuillent ou non, rien n'était terminé entre eux.

Lorsque Emily arriva au ranch, elle serra Joey et oncle Jake dans ses bras. On l'aida à se coucher. Elle écouta Jake raconter comment il s'était réfugié dans une grotte en attendant la fin de l'orage, et elle expliqua à Joey, les yeux dans les yeux, que John Armstrong était reparti de Lonesome sans savoir que l'enfant se trouvait dans les parages.

Elle soigna sa cheville, puis vérifia ses réserves en aiguilles, tissus et rubans, au cas où les dames de Lonesome viendraient lui demander de créer de belles robes pour séduire le shérif…

Elle semblait sereine. Silencieuse, certes, après la mésaventure de la veille, mais parfaitement sereine.

Or elle vivait un véritable tumulte intérieur.

D'abord, il y avait le mystère d'oncle Jake. Il prétendait s'être trouvé à Beaver Rock, quand l'orage l'avait surpris par sa virulence. Mais c'était au même moment où elle fouillait les environs à la recherche de Joey, et elle n'avait vu aucune trace de son oncle. Pourquoi ne s'était-il pas réfugié à la cabane de trappeurs ? Elle avait peur. Et si son oncle avait menti ? S'il n'était pas la veille à Beaver Rock, que faisait-il ?

Clint Barclay était un autre sujet de désarroi. Pourquoi l'avait-elle embrassé dans la cabane, et pourquoi avait-elle été prête à faire l'amour avec un shérif qu'elle s'était juré de haïr ?

Elle ne comprenait pas ce qu'elle éprouvait pour lui. Il l'avait aidée à chercher Joey et l'avait sauvée de l'orage, mais il s'était aussi battu avec son frère et son cousin, qu'il n'hésiterait pas à enfermer derrière les barreaux à la moindre occasion.

Par loyauté envers les siens, elle devait garder ses distances. Mais que faire, quand son cœur s'arrêtait de battre à sa vue ou quand son corps se liquéfiait sous ses baisers ?

Elle avait toujours été une fille raisonnable et intelligente. Même lorsqu'elle se mettait en colère, elle n'oubliait jamais ses valeurs ou la fidélité à ses principes. Jusqu'à maintenant. Les baisers tendres et ravageurs de Clint Barclay avaient balayé toutes ses certitudes…

Ce soir-là, alors qu'elle se brossait les cheveux, perdue dans ses pensées, Pete et Lester vinrent frapper à sa porte.

— Entrez.

La bougie posée sur la table de chevet éclaira leurs visages tuméfiés. Clint avait touché sa cible plusieurs fois, songea-t-elle, dépitée.

— Pardon de t'ennuyer, Em, dit son frère. Mais on voulait te parler de Barclay. Je sais que tu ne voulais pas prendre sa défense contre nous, mais c'est ce qu'on a ressenti, Lester et moi. Tu n'aurais pas dû te mêler de nos histoires. On voulait seulement lui donner une leçon.

— Pete, vous l'avez attaqué alors qu'il m'avait sauvée en m'évitant de passer une nuit sous l'orage.

— Il n'a rien fait de plus, tu es sûre ? demanda Lester, embarrassé. Pardon d'être aussi franc, Em, mais c'est trop grave pour tourner autour du pot. Il n'a pas essayé de profiter de toi, quand vous étiez seuls dans cette cabane ?

— Bien sûr que non ! Ne sois pas ridicule !

Elle sentit ses joues s'enflammer.

— Pourtant, je vois bien comment il te regarde, insista Lester d'un air bougon. Des hommes comme Barclay ne veulent qu'une chose de filles comme toi. Je veux dire, tu es aussi bien qu'une autre, évidemment, s'empressa-t-il de préciser. Tu es la plus jolie, la plus merveilleuse des filles, mais…

— C'est nous qui sommes le problème, compléta Pete, désolé. Admets-le, Emily. Nous appartenons à la même famille, ce qui signifie qu'un type comme Barclay ne te respectera jamais. Il se servira de toi, c'est tout.

— Inutile de me prévenir. Je ne suis pas idiote. Croyez-vous que j'ignore comment est fait le monde ? Vous cherchez à me protéger et je vous en remercie, mais ce n'est pas nécessaire. Clint Barclay ne s'intéresse nullement à moi.

Bien qu'elle eût le cœur serré, elle réussit à garder un ton détaché.

— Et il ne m'intéresse pas non plus ! conclut-elle.

— Tant mieux, Em, dit Pete en se dandinant d'un pied sur l'autre. Comme tu n'as pas beaucoup d'expérience avec les hommes…

— J'en ai suffisamment pour savoir que je ne deviendrai jamais un jouet ou un passe-temps pour qui que ce soit. À présent, soyez gentils de me laisser tranquille. Je suis fatiguée, j'aimerais dormir.

Elle reposa sa brosse à cheveux d'une main tremblante.

— Nous voulons seulement veiller sur toi, Em, s'excusa son frère. Tu as déjà tellement souffert, à cause de la maladie de tante Ida, de la ferme, et de tout le reste. Maintenant, nous sommes là. Si Barclay ou quelqu'un d'autre te crée des ennuis, on s'en occupera.

Elle pensa à Slim Jenks. Elle ne leur en avait pas parlé, afin d'éviter un désastre. Et elle préférait encore manger du lézard jusqu'à la fin de ses jours, plutôt que de leur parler de Clint !

Lorsqu'ils eurent refermé la porte derrière eux, elle souffla la bougie. L'obscurité envahit la chambre, à l'image de la pénombre dans son cœur.

Les paroles de Pete et de Lester l'avaient profondément marquée. Ils avaient dit la vérité : Clint Barclay était plus séduisant, plus honorable et plus attentionné que Slim Jenks, il utilisait la persuasion et le charme plutôt que les insultes et la force, mais il espérait d'elle la même chose que Jenks. Il ne la voulait pas comme épouse ou petite amie, il ne voulait pas la courtiser ou la traiter avec respect. Il ne s'intéressait à elle que parce qu'elle était la seule femme en ville qui ne cherchait pas le mariage, et la seule qui fût indigne de devenir son épouse. Ainsi, il pensait pouvoir prendre du bon temps avec elle en toute impunité.

À une époque, Hobart Wainscott l'avait coincée dans la maison de sa mère où elle cirait le parquet, tout comme Clint l'avait coincée dans la cabane.

Quelle importance, si ses baisers lui tournaient la tête ? Quelle importance s'il la caressait avec une tendresse qui la rendait folle ? Ou si elle avait été attristée de voir arriver Lester et Pete à la cabane, car ils lui avaient gâché des moments d'intimité avec Clint ?

Ils étaient aussi différents que le jour et la nuit. Lui avait grandi à Cloud Ranch, l'un des plus somptueux ranchs de l'Ouest. Devenu shérif de Lonesome, il était l'un des piliers de la communauté et consacrait sa vie à faire respecter la loi.

Alors qu'elle n'était qu'Emily Spoon, de l'infâme famille des Spoon, une fille sans un sou, la nièce d'un homme qui avait fait de la prison, la sœur et la cousine de deux voleurs qui n'avaient échappé à la loi que par miracle.

Aux yeux de Clint, elle n'était qu'un divertissement éphémère. Lui qui possédait une maison dans le Wyoming, des frères et une belle-sœur de la meilleure société. Elle avait failli tout oublier à cause de son sourire ravageur, de ses baisers fougueux.

À présent qu'elle était revenue chez elle, que l'orage était passé, elle écoutait la voix de la raison. La veille, elle avait commis une erreur, mais c'était terminé. Désormais, elle ne s'approcherait plus de Clint. Même si elle le croisait par hasard en ville, elle ne se laisserait pas ridiculiser. Avec un peu de chance, il serait bientôt marié.

Le plus vite serait le mieux ! se dit-elle en s'allongeant.

Attristée, elle repensa à la veille, aux mains de Clint qui la caressaient, à sa bouche excitante, au son de sa voix. Que pouvait-on ressentir à dormir entre ses bras, puis à se réveiller le lendemain matin à son côté ?

Oublie-le ! s'ordonna-t-elle alors que le sommeil s'obstinait à la fuir. Oublie cette maudite cabane, ces baisers...

Mais la jeune fille savait, en se retournant dans le lit, que ces souvenirs resteraient à jamais gravés dans son cœur.

14

Les jours suivants défilèrent à toute allure. Les dames de Lonesome se rendirent en foule au ranch des Spoon. Elles vinrent en chariot, à cheval, en attelage, certaines avec du tissu qu'elles avaient acheté, d'autres avec d'anciennes robes qu'elles souhaitaient faire ajuster, d'autres encore pour entendre les suggestions d'Emily.

— J'aimerais beaucoup une robe du même genre que vous aviez à la fête, dit Carla Mangley.

— Il lui faut également une autre tenue, ajouta sa mère Agnès. Quelque chose d'élégant. Carla doit assister à un bal en l'honneur de feu mon mari. La soirée se tiendra à Denver, en présence du gouverneur.

Emily mesura la taille fine de Carla. En ville, chacun connaissait par cœur l'histoire des Mangley : ils étaient devenus la famille la plus riche de Lonesome quelques années auparavant, quand le père et l'oncle de Carla avaient découvert la mine d'argent la plus prospère de Leadville. À la mort de Richard Mangley, Agnès et Carla en avaient hérité la moitié. Pourtant, malgré leurs meubles achetés à Paris et à New York, leurs bijoux, robes, attelages et leurs fréquents voyages à l'étranger, Agnès ne manquait jamais une occasion pour rappeler leur fortune.

— Est-ce que tu vas rencontrer le gouverneur, Carla ? demanda Tammy Sue.

— Évidemment, répondit Agnès Mangley d'un ton tranchant. Son oncle Frank est l'un de ses proches et il nous présentera, Carla et moi.

Les autres dames étaient impressionnées. Emily écouta les suggestions pour la robe de Carla et prit des notes.

Les après-midi, pendant qu'oncle Jake, Pete et Lester marquaient le troupeau et que Joey vaquait à ses corvées, la jeune fille offrait aux femmes de Forlorn Valley du café et des gâteaux, prenait les mesures, épinglait les tissus. Parfois, elle se rendait en ville pour acheter de la dentelle, du satin, de la mousseline et de la soie, ainsi que des boutons et des paillettes. La nuit, elle veillait tard, cousant jusqu'à ce que ses yeux se mettent à larmoyer…

Le samedi, jour du pique-nique, il ne lui restait plus qu'à coudre l'ourlet de sa propre robe – une tenue en mousseline de couleur parme, agrémentée d'une jupe à volant et d'un décolleté sage, beaucoup plus sage que celui des robes de dentelle et de rubans qu'elle avait cousues pour les autres dames. Mais celle-ci lui convenait. Elle ne voulait surtout pas être plus élégante que ses clientes : ce serait mauvais pour les affaires.

— Ta robe est ravissante, la complimenta oncle Jake, tandis qu'elle attachait ses cheveux avec un ruban assorti. Qu'est-ce que tu as mis dans ton panier, petite ? Si cela me convient, je ferai peut-être grimper les enchères, la taquina-t-il.

— Personne n'est censé savoir qui a apporté

quel panier, rétorqua Emily, amusée. Mais Nettie m'a avoué que tout le monde est toujours au courant. Alors je vais te laisser jeter un coup d'œil, oncle Jake, car j'aimerais beaucoup déjeuner avec toi.

Joey se précipita dans la cuisine. Il avait lavé son visage à l'eau fraîche.

— Je peux voir ton panier, Em'ly ? Je garderai le secret, promis.

Jake et Emily éclatèrent de rire. Elle était heureuse de voir Joey aussi épanoui, alors qu'il se sentait à la fois excité et effrayé à l'idée de découvrir les autres enfants de Forlorn Valley.

Comme plusieurs dames venues pour les essayages l'avaient rencontré, sa présence n'était plus un secret. Emily avait expliqué qu'elle s'occupait provisoirement de lui afin d'aider une amie, et personne n'avait posé de questions indiscrètes.

Ainsi, elle avait décidé que toute la famille assisterait au pique-nique. Joey ferait la connaissance d'autres enfants, et chacun pourrait s'assurer qu'oncle Jake, Pete et Lester n'étaient pas des monstres effrayants prêts à dévaliser les honnêtes citoyens.

— Je te promets, Em'ly, je garderai le secret, insista Joey.

Les yeux brillants, il se pencha pour ouvrir le panier. Emily l'avait doublé de soie rose et décoré avec des nœuds multicolores et des fleurs en paille découpées d'un vieux chapeau. Ce ne serait pas le panier le plus chic, mais elle était fière de ses sandwichs au jambon et au poulet, de ses beignets, de sa confiture aux mûres, de sa belle tarte aux pêches, des biscuits aux amandes qui accompagnaient une carafe de limonade et les jolies serviettes en lin de tante Ida.

— Oh! Est-ce que je pourrais avoir ce panier, s'il te plaît, Em'ly?

Le cœur de la jeune fille se gonfla de tendresse. Grâce à l'oncle Jake, à leurs jeux de cartes, aux longues heures passées ensemble, Joey avait surmonté sa peur de John Armstrong. Il avait retrouvé l'appétit, et même s'il redoutait d'aller en classe, il n'était plus le petit garçon apeuré et solitaire qui était arrivé au ranch.

— Hélas, tu ne peux pas avoir celui-ci, Joey, mais voyons ce que j'ai là... dit-elle en prenant un autre panier sur une étagère de la cuisine, orné de coton bleu et d'un petit cheval en bois façonné par Jake. Regarde, ce panier est spécialement pour toi.

Joey détailla le petit cheval, les yeux écarquillés.

— C'est Jumper! s'écria-t-il. Je croyais que tu avais dit qu'il était pour Lester, oncle Jake.

— C'était un pieux mensonge, fiston, répondit-il avec un sourire.

Emily aida Joey à défaire le ruban jaune qui retenait le jouet, et il serra le cheval entre ses doigts.

— Jumper! fit-il en le basculant d'avant en arrière, comme pour lui faire sauter des arbres et des rochers imaginaires.

— N'oublie pas que le déjeuner dans le panier a été préparé par Emily, précisa Jake.

Joey ouvrit le panier : il contenait les mêmes choses que celui d'Emily. Il se jeta dans ses bras.

— Merci, Em'ly, merci, oncle Jake! C'est presque aussi bien que d'avoir maman à la maison, ajouta-t-il à l'oreille de la jeune fille.

174

— Ta maman reviendra bientôt, Joey. Et pour fêter son retour, je préparerai le plus gros gâteau au chocolat que tu aies jamais vu.

— C'est vrai ?

— Promis !

C'était une journée idéale pour un pique-nique. Le soleil brillait dans un ciel sans nuages. Oncle Jake conduisait le chariot, Emily assise à son côté, Joey installé à l'arrière, son cheval de bois glissé dans la poche de sa chemise. Lester et Pete chevauchaient près d'eux.

Chaque fois que Clint Barclay venait envahir son esprit, Emily se forçait à penser à autre chose.

Ils arrivèrent à la prairie où se dressait la petite école. Les gens s'étaient installés sur l'herbe ou sur des chaises. Certains se promenaient sous les saules qui bordaient la rivière. Clint avait l'air très séduisant dans une chemise grise et un pantalon sombre, son chapeau à larges bords abritant ses yeux, alors qu'il discutait avec Hamilton Smith, le Dr Calvin et Fred Baker, l'un des cowboys avec lesquels Emily avait dansé à la fête.

Son oncle rangea leur chariot sous des arbres.

En apercevant Carla Mangley, Berty Miller et Margaret Smith, ainsi que d'autres dames dont elle avait cousu les robes, Emily ressentit une certaine fierté. Ses toilettes étaient élégantes et flattaient ses clientes. Pourtant, elle eut aussi un pincement au cœur. Bien que son succès lui donnât de l'espoir pour l'avenir, ces femmes s'étaient habillées afin de séduire Clint Barclay… Elle eut le pressentiment qu'elle n'aurait pas d'appétit pour le déjeuner, quelle que fût la personne qui remporterait son panier.

Et Clint Barclay, pour quel panier et quelle dame fera-t-il monter les enchères ? se demanda-t-elle.

Oncle Jake l'aida à descendre, tandis que Joey sautait du chariot. Du coin de l'œil, elle vit que Clint les avait repérés.

— Clint, c'est inutile de lutter contre toutes les femmes de cette ville en même temps, déclara Hamilton Smith. Comme je le disais ce matin à Bessie, tu ferais bien de t'avouer vaincu et d'en choisir une pour épouse. Que tu le veuilles ou non, cela t'arrivera tôt ou tard.

— Pas question.

En dépit de son ton déterminé, Clint sentit la sueur perler sur son front, et ce n'était pas à cause de la chaleur. Il commençait à se sentir pris à la gorge, tel un malheureux veau encerclé par une dizaine de cow-boys.

— Pourquoi croient-elles que je souhaite me marier ? se plaignit-il. Je n'ai jamais dit que je voulais me passer la corde au cou.

À regret, il cessa de regarder la délicieuse Emily Spoon, vêtue d'une ravissante robe printanière, et se tourna vers Fred Baker qui eut un sourire compatissant.

— Je ne sais pas pourquoi les femmes ont cette idée fixe, admit le cow-boy. Mais je suis content qu'elles s'intéressent à toi, et non à moi.

— C'est à cause du mariage de ton frère, expliqua Hamilton. Il paraît que ce genre de cérémonie donne des idées à un homme. Ces dames estiment que tu es le prochain sur la liste, après ton frère Wade.

— Je crois que c'est plus profond que cela, intervint le Dr Calvin en ajustant ses lunettes. Les gens t'apprécient, Clint. Ils veulent que tu restes ici. Nous ne pouvons pas rêver d'un meilleur shérif. Les femmes pensent que lorsqu'un homme est heureux en ménage, il s'enracine dans un endroit. Elles espèrent que tu vas fonder une famille…

— Une famille !

Clint se retenait d'enfourcher son cheval et de s'enfuir au triple galop.

— Alors, pour quel panier vas-tu enchérir, Clint ? plaisanta Fred. Toute la ville attend de voir qui sera l'heureuse élue…

Les dents serrées, Clint partit en quête d'un verre de limonade. Si seulement il pouvait avoir un whisky !

Il n'était pas tranquille. Une belle prairie emplie de fleurs, d'enfants rieurs, de femmes qui essayaient de le prendre au lasso… quelle plaie ! Il préférait mourir de soif dans un désert, se faire attaquer par des bandits ou des renégats, se débattre dans une fosse à serpents, plutôt que d'arpenter une prairie ensoleillée où se déroulait un si charmant pique-nique.

Ce métier devenait trop paisible, trop civilisé. L'heure était peut-être venue de s'en aller…

Le maire Donahue, un homme rondouillard arborant une fière moustache, s'approcha d'une longue table où avaient été déposés les paniers.

— Mesdames et messieurs, nous allons commencer. L'argent récolté aujourd'hui permettra de rénover et d'agrandir notre école, afin que Mlle Crayden puisse accueillir les enfants dans de bonnes conditions. Soyez généreux, chers concitoyens. Les dames de notre ville ont travaillé dur pour fabriquer de beaux paniers, et nous voulons les en remercier. N'est-ce pas, messieurs ?

On applaudit à tout rompre.

— Pour commencer les enchères, fit-il en soulevant un panier décoré de dentelle rose, orné de plumes et d'un bouquet de lilas, voici un magnifique panier d'une des dames les plus influentes de notre ville. Qui aimerait partager un délicieux déjeuner avec la créatrice de ce panier ?

Assise entre Margaret Smith et Nettie Phillips, Emily regarda les paniers partir les uns après les autres. Oncle Jake se tenait à l'ombre des arbres, près de la rivière, surveillant Joey qui jouait avec Bobby et Sally Smith. Il devait être soulagé de rester à l'écart de la foule, de ne pas voir les hommes enchérir pour les paniers, puis les couples se former, les maris avec leurs épouses, les célibataires avec les jeunes femmes qu'ils courtisaient.

Tante Ida lui manquait encore affreusement. Une ou deux fois, en pleine nuit, elle l'avait entendu sangloter. Elle était sortie de sa chambre sur la pointe des pieds et l'avait vu affalé dans son fauteuil, une photo d'Ida sur la poitrine. S'il avait pu lui dire au revoir, peut-être souffrirait-il moins de son absence ? Mais Clint Barclay l'en avait empêché, se rappela-t-elle.

Elle sursauta en entendant la voix de son frère offrir trois dollars pour un panier. Tout le monde se tourna vers Pete Spoon, nonchalamment adossé à un arbre, les mains dans les poches. Un murmure parcourut la foule.

Intriguée, Emily observa le panier mis aux enchères. C'était un carton à chapeau orné d'un boa rose. D'autres enchères firent grimper le prix et les regards se portèrent sur une jolie jeune fille aux cheveux bouclés, vêtue d'une robe bleue et d'un chapeau à plumes.

— Qui est-ce ? demanda-t-elle.

— Florry Brown, murmura Nettie. Elle travaille au Coyote Saloon.

— Quatre dollars ! lança une voix gutturale qu'Emily reconnut aussitôt : celle de Slim Jenks.

Pour une fois, le cow-boy n'affichait pas un sourire narquois. Il semblait très sérieux. Florry, elle, blêmissait et se recroquevillait sur sa chaise chaque fois que Jenks montait les enchères.

— Six dollars et cinquante *cents* ! cria Pete.

— Huit dollars, renchérit Jenks avec un regard menaçant pour Pete.

Florry Brown était pétrifiée.

— Vingt dollars, dit calmement Pete.

Vingt dollars ! Emily retint son souffle. Soit son frère était amoureux de la jeune fille, soit sa haine envers Jenks l'incitait à dépenser son argent de manière inconsidérée. C'est typique de Pete, pensa-t-elle avec un soupir.

— On me propose vingt dollars, reprit le maire. Qui dit mieux ?

Après une courte pause, il conclut :

— Mesdames et messieurs, ce beau panier est vendu à M. Pete Spoon.

Florry Brown sourit, soulagée, tandis que Pete s'avançait pour prendre le panier. Puis il lui offrit son bras. Emily remarqua le visage sombre de Slim Jenks, qui les suivait des yeux. Elle eut peur qu'il ne leur emboîte le pas, mais un autre cow-boy donna une bourrade à Jenks et le fit rire. Aussitôt, son regard se posa sur Emily. On ne pouvait se méprendre sur la lueur de ses yeux cruels…

Elle eut un sentiment de malaise. Slim Jenks allait-il enchérir pour son panier? Serait-elle obligée de déjeuner avec lui? Mais non, se rassura-t-elle. D'abord, Jenks ne pouvait pas deviner quel était son panier, et Lester était là pour la sauver.

Elle se détendit et regarda discrètement autour d'elle. Aucun signe de Clint Barclay.

C'était étrange. Il avait disparu depuis le début des enchères. Berty Miller avait semblé très déçue qu'un autre emporte son panier. Tout le monde avait deviné que c'était le sien, car elle y avait épinglé l'un de ses mouchoirs en dentelle écru. Berty, ainsi que toute la ville, en avait déduit que le shérif Barclay ne souhaitait pas déjeuner avec elle.

Un frisson d'excitation parcourut l'assistance quand le maire souleva une boîte de satin blanc, décorée de cœurs en soie rouge et d'un bouquet de roses rouges.

— C'est celui de Carla Mangley, dit Margaret.

— Comment le savez-vous?

— Elle utilise toujours des roses et des cœurs rouges. Et vous voyez le double rang de perles qui entoure la boîte? Son père les lui a offertes pour ses dix-huit ans.

— Où diable est passé Clint? s'inquiéta Nettie. Alors que toutes ces dames se donnent un mal fou pour lui plaire, voilà qu'il disparaît!

Emily se posait la même question, mais elle oublia Clint Barclay lorsqu'elle eut sa seconde surprise de la journée. Lester se leva, le teint rouge écrevisse, et offrit deux dollars pour la boîte de Carla Mangley.

Les gens se redressèrent sur leurs chaises, et Carla s'empourpra. Sa mère pivotait comme une toupie sur sa chaise, fouillant les alentours de son regard acéré.

— Où est passé ce shérif ? siffla-t-elle, tandis que le jeune hors-la-loi Lester Spoon continuait à renchérir pour la boîte décorée de cœurs.

— Six dollars, lança Fred Baker.

— Sept, dit Lester.

Emily se demanda pourquoi son timide cousin voulait à tout prix déjeuner avec Carla Mangley. Effrayées, Agnès et Carla cherchaient Clint des yeux.

— On me propose sept dollars, appela le maire. Encore un effort, messieurs.

— Docteur, fit Agnès en lui donnant un coup de coude. Faites quelque chose. Carla ne peut pas déjeuner avec ce... ce criminel.

— Sept dollars et cinquante *cents*, déclara le vieux docteur à contrecœur.

— On me propose sept dollars et cinquante...

— Dix dollars ! cria Lester.

La foule se tut, tétanisée. Tout le monde regardait Lester et Carla Mangley. Emily retint son souffle.

— Vendu, abdiqua le maire. À... à M. Lester... euh... Spoon.

Carla et sa mère étaient figées comme des blocs de glace. La mâchoire tendue, Lester s'avança pour prendre le panier, le glissa sous son bras, et s'approcha de Carla.

— M... mademoiselle Mangley ?

— Maman ? fit-elle, paniquée.

— Dépêche-toi de déjeuner, ma chérie, dit sa mère, la voix étranglée.

Lester rougit encore davantage, mais il offrit son bras à Carla. Celle-ci se leva, tremblante. Il l'emmena un peu plus haut dans la prairie. Elle marchait comme une condamnée envoyée à l'échafaud.

La vente aux enchères continua. Le panier de Margaret fut acheté par Parnell. Rufus Doily acquit celui de Nettie et s'éloigna avec elle.

Emily n'en revenait pas de l'attitude étrange de Lester. Le pauvre, songea-t-elle, s'il éprouve quelque chose pour Carla Mangley, il va être déçu. Mais au moins il aura passé une belle journée...

Soudain, elle réalisa que le maire mettait le dernier panier aux enchères, et qu'il s'agissait du sien.

— Voici enfin ce ravissant panier, et croyez-moi, le repas a l'air aussi délicieux que cette charmante décoration. Je vous écoute, messieurs ?

— Deux dollars, dit un cow-boy avec lequel elle avait dansé.

— Cinq dollars, renchérit Slim Jenks.

Le ventre d'Emily se noua. Jenks la narguait. Ce qu'elle avait redouté se produisait. Pete et Lester s'étaient éloignés, et oncle Jake se trouvait trop loin pour lui venir en aide. Il n'y avait personne pour s'opposer à Jenks.

— Sept dollars, offrit un autre cow-boy, mais Jenks s'empressa de monter à dix dollars.

Le cœur d'Emily battait la chamade. Elle allait se retrouver seule avec cette brute ! Heureusement qu'elle avait son petit revolver. Elle pourrait lui tirer une balle dans la jambe ou l'épaule, si nécessaire.

— Est-ce que j'entends dix dollars et cinquante *cents* ? appela le maire. Non ? Alors, ce ravissant panier est vendu à Slim Jenks pour...

— Vingt-cinq dollars !

L'assistance retint son souffle. Tout le monde se retourna. Clint Barclay, les bras croisés, se tenait derrière le dernier rang de chaises. Son regard rencontra celui d'Emily. Le maire proposa une dernière fois le panier aux enchères. Personne ne se fit entendre.

— Vendu ! À notre bien-aimé shérif pour vingt-cinq dollars. Mesdames et messieurs, nous avons réuni une jolie somme pour notre école, aujourd'hui. Merci à tous, et bonne journée !

Clint vint chercher le panier et s'approcha d'Emily à longues enjambées.

Les gens n'en revenaient pas, et la colère sur le visage de Jenks fit frémir la jeune fille.

— Mademoiselle Spoon, dit Clint poliment.

On aurait dit un parfait étranger. Mais nous sommes des étrangers, se raisonna-t-elle. Excepté pour les baisers… et les caresses.

— Shérif Barclay.

Il lui offrit son bras, le regard sévère. Sans un mot, il l'entraîna loin des regards stupéfaits.

15

Oncle Jake et les garçons seront furieux, quand ils sauront qui a acheté mon panier, se dit Emily. Mais curieusement, cela lui était indifférent. Elle éprouvait une joie profonde à se promener au bras de Clint.

Ils pénétrèrent dans un petit bois.

— Tout le monde vous cherchait, pendant les enchères. Où étiez-vous passé ? demanda-t-elle, alors que les brindilles se brisaient sous leurs pas.

— J'étais dans les parages.

— Je parie que vous vous cachiez ! Clint Barclay, le courageux shérif, fuyait les dames de Lonesome !

Elle éclata de rire, et il rit à son tour.

— Je sais me mettre à l'abri quand le danger se fait trop pressant. Et ces femmes sont excessivement dangereuses.

Ils débouchèrent dans une clairière, suffisamment éloignée de l'école pour ne plus entendre les cris des enfants.

— Cela vous convient-il ?

Elle opina. C'était un endroit idéal, avec de l'herbe épaisse et des fleurs sauvages. On n'entendait que le bruissement du vent dans les trembles et le cri rauque d'un faucon qui planait dans le ciel.

Puis elle avisa une couverture de selle, posée sous un arbre.

— Tiens! J'ignore à qui elle appartient...

— À moi, dit Clint en la dépliant. Je l'ai déposée ici pour garder la place.

— Est-ce que vous planifiez toujours tout avec autant d'attention, shérif?

— J'essaye, mademoiselle Spoon, mais je découvre depuis peu qu'on ne peut pas toujours tout prévoir.

— Vraiment?

Il la regarda avec sérieux.

— Vraiment, mademoiselle Spoon.

Il y eut un silence. Emily se demanda s'il entendait battre son cœur. Elle baissa la tête et s'activa pour sortir les assiettes et les fourchettes du panier. Elle voulait éviter de le regarder dans les yeux, car il lui faisait tourner la tête.

— Joey semble s'être remis de ses émotions, remarqua Clint alors qu'elle lui tendait un sandwich et un beignet.

— Il va beaucoup mieux, grâce à l'oncle Jake.

— Il me semble que c'est surtout grâce à vous.

— Non, vraiment pas, répliqua-t-elle en mordant dans un sandwich. En dépit de ce que vous pensez de lui, oncle Jake a toujours aimé les enfants. Et depuis sa sortie de prison... (Sa voix trembla légèrement.) ... il est encore plus patient. Il a appris beaucoup de choses à Joey. Il joue aux cartes avec lui, et il a même taillé un cheval dans un bout de bois.

— On a du mal à imaginer Jake Spoon en bon grand-père...

186

— Vous ne le connaissez pas. Vous ne savez rien de lui.

Je sais qu'il était rudement doué pour attaquer les diligences, pensa Clint, mais il se tut pour ne pas la mettre en colère. Il appréciait trop ce moment de sérénité entre eux.

— Parlez-moi de lui.

— Voulez-vous vraiment savoir ? fit-elle, étonnée.

Il hocha la tête.

— C'est un homme bien. Il a mal agi, certes, mais c'est un homme bien. Vous m'avez raconté comment Reese Summers vous avait accueillis, vos frères et vous. Eh bien, oncle Jake et tante Ida ont fait de même pour Pete et moi.

Un lapin se faufila parmi les broussailles.

— Nos parents sont morts alors que nous étions tout jeunes. Pete avait neuf ans, et moi six. Oncle Jake et tante Ida n'ont pas hésité une seconde. Ils nous ont élevés avec leur fils Lester. Leur ferme était petite, ils avaient du mal à joindre les deux bouts, mais ils nous ont traités avec amour, comme si nous étions leurs propres enfants, et ils ne se sont jamais plaints de la charge qu'on leur imposait. C'est tante Ida qui m'a appris à coudre.

— On raconte en ville que vous êtes très douée. Toute la semaine, je n'ai entendu parler que de vous. Il paraît que vous avez créé plusieurs robes pour le pique-nique, ainsi que celle que vous aviez à la fête.

Elle hocha la tête.

— Et celle-ci ? s'enquit-il.

— Oui...

Il lui effleura l'épaule et la manche.

— Elle est superbe.

Le ton de sa voix et la douceur de sa caresse émurent la jeune fille.

— Je dois toutes mes connaissances de couture à tante Ida, mais je dois bien davantage à oncle Jake. Comme Lester et Pete, j'ai appris à monter à cheval, à conduire un attelage, à tirer. Je sais pêcher et bluffer au poker. Il m'a également appris à deviner les mensonges des gens, précisa-t-elle.

— Ce n'est pas une éducation de jeune fille classique.

— Je suis allée à l'école, bien sûr. J'ai gagné des concours d'orthographe et de géographie, mais oncle Jake m'a appris quelque chose de plus important. Il m'a appris qu'une famille doit se serrer les coudes, rester fidèle envers elle-même, et qu'il faut veiller les uns sur les autres. Je suis certaine que Reese Summers a enseigné la même leçon à vous et à vos frères, n'est-ce pas ?

Ses paroles touchèrent une corde sensible chez Clint. Oui, Reese lui avait appris cette leçon essentielle. Il ne s'était jamais senti seul, dans la vie. Même s'il vivait éloigné de sa famille, il savait que ses frères seraient toujours là pour lui. Mais il trouvait étrange de comparer Jake Spoon à un homme comme Reese.

— Oncle Jake nous a aussi appris qu'on n'abandonne jamais, même dans les moments difficiles. Il faut rester déterminé et patient, en attendant l'accalmie. C'est comme ça qu'il a pu supporter sept années de prison...

Clint sentit ses épaules se nouer. Il venait de comprendre comment Emily avait survécu à ces sept années, avec son oncle en prison, son frère et son cousin fuyant la justice, sa tante malade et mourante... Il lui avait fallu de la détermination et du courage.

— Je n'avais jamais pensé à Jake de cette façon. Pour moi, les Spoon n'étaient qu'une bande de hors-la-loi. Mais ils sont votre famille.

— Je ne suis pas différente d'eux, Clint.

— Avez-vous déjà attaqué une diligence ? se moqua-t-il. Ou dérobé de l'argent qui ne vous appartenait pas ?

— Non, mais comme je vous l'ai dit, les Spoon ne se résument pas à cela. De même que la famille que vous avez fondée avec Reese Summers ne se résumait pas au travail sur le ranch, à rassembler le bétail et à le marquer. Une famille n'est pas seulement la somme de ses actes. C'est une communauté, composée de gens que vous aimez et sur lesquels vous pouvez compter.

Elle fut attristée par son regard sceptique.

— Oublions ça, grommela-t-elle en commençant à ranger les restes du pique-nique dans le panier.

Il ne comprendrait jamais, se dit-elle, non sans amertume.

Lorsqu'il posa une main sur la sienne, elle sursauta.

— Emily...

— Oubliez tout ça, Clint, s'énerva-t-elle en se levant. Je ne sais même pas pourquoi j'ai essayé de vous faire comprendre. Mais je vous remercie d'avoir acheté mon panier. J'espère que le déjeuner vous a plu.

Il se redressa à son tour et la saisit aux épaules.

— Ne voulez-vous pas savoir pourquoi j'ai acheté votre panier aujourd'hui ?

— Non. Nous ferions mieux de retourner...

— Ce n'était pas prévu. Je m'étais même juré de me tenir à l'écart. Mais quand j'ai vu Jenks, j'ai compris qu'il allait faire monter les enchères.

— Et vous avez souhaité l'en empêcher, conclut-elle froidement. Je vous en remercie.

— Cessez de parler à ma place, Emily. Je l'ai fait parce que je l'ai désiré. Je n'allais pas laisser Jenks ou un autre homme déjeuner avec vous.

— Mais... pourquoi ? s'étonna-t-elle.

Il l'attira à lui. La tension monta d'un cran. Emily ouvrit de grands yeux. Pour une fois, Clint Barclay semblait perdre le contrôle de lui-même. La mâchoire tendue, il paraissait nerveux.

— Vous savez parfaitement pourquoi. Mais je dois peut-être vous le prouver...

Elle demeura pétrifiée tandis qu'il abaissait ses lèvres vers les siennes. Ce ne fut pas un baiser tendre et doux, mais un baiser si ardent, si exigeant, qu'il lui brûla les lèvres et lui donna le vertige.

Puis il releva la tête et interrompit le baiser aussi soudainement qu'il l'avait commencé.

— Et maintenant, est-ce que vous comprenez, Emily ?

— Non, dit-elle en effleurant sa bouche, qui lui semblait aussi vulnérable que son cœur. Je ne comprends rien à tout cela... Et pour vous, je suis Mlle Spoon.

Il lui entoura la taille et l'attira brutalement à lui.

— Et puis quoi encore, *Emily*... Moi non plus, je n'y comprends rien, mais il est temps d'y voir plus clair.

Elle n'eut pas l'occasion de protester. La bouche

de Clint saisit la sienne en un baiser féroce. Le cœur d'Emily s'emballa. Il la serrait contre lui, ils ne faisaient plus qu'un, ses seins s'écrasaient contre son torse, et un feu la consumait des pieds à la tête.

Brusquement, elle se retrouva allongée sur la couverture, le corps de Clint au-dessus du sien.

— Vous me rendez fou, Emily Spoon…

La poitrine de la jeune fille se gonfla de bonheur, tandis qu'il déposait une traînée de baisers sur sa joue, son oreille, son cou. Elle frissonna de plaisir et lui entoura le cou de ses bras.

— Moi aussi, j'ai peur de ce que j'éprouve pour vous, murmura-t-elle.

Mais il n'y avait pas de peur dans sa voix, seulement un appétit inassouvi. Les mains de Clint exploraient son corps. Voyant le désir empourprer le visage d'Emily, il éprouva une pulsion irrésistible. Dieu, qu'elle était belle ! Son baiser se fit encore plus intense.

Toute la semaine, il l'avait évitée, alors qu'il mourait d'envie d'aller au ranch la retrouver, la serrer dans ses bras, l'embrasser… l'aimer.

— Est-ce que vous ne vous demandez jamais ce qui se passe entre nous, Emily ?

— Je… je ne veux pas le savoir.

Elle mentait. Elle se posait des questions sans trouver de réponses, ce qui la rendait nerveuse. En dépit de son bon sens, des conseils de prudence de Pete et Lester, elle éprouvait un bonheur coupable mais délicieux, allongée ainsi près de lui, à attendre ses baisers.

— C'est mal, je sais, murmura-t-elle.

— Qui prétend cela ?

— Pete et Lester. Et si oncle Jake savait, il dirait la même chose.

— C'est peut-être eux qui ont tort.

— Ils ont raison de me dire de me méfier de vous. Voilà qui a un sens, alors que ceci n'en a pas.

— C'est vrai, dit-il en léchant le coin de ses lèvres. Ceci n'a aucun sens.

Elle frémit et éclata de rire.

— Laissez-moi me relever. J'ai besoin de retrouver mes esprits.

— Allons, ce n'est pas drôle de trop réfléchir…

Subjuguée par son regard bleu, par les sensations qui la parcouraient, elle n'avait aucune envie de le repousser.

— Ce n'est pas bien, insista-t-elle.

— Pourquoi, Emily ? Nous ne faisons rien de mal.

— Vous êtes un shérif, et moi…

— Vous êtes belle. Diablement belle.

— Arrêtez avec vos flatteries ! C'est injuste. Vous voulez seulement me séduire.

Il rit doucement, lui lécha l'intérieur de l'oreille.

— Vous avez raison, chérie.

— Comme je ne suis pas digne d'être courtisée ni d'être épousée, vous savez que vous ne risquez rien.

Clint se dressa sur ses mains, plantées de chaque côté de sa tête.

— Pardon ? Vous ne seriez pas digne d'être courtisée ? Qui a prétendu une chose pareille ?

— Vous. D'une certaine manière. Parce que je suis une Spoon…

— J'ai dit que vous ne voudriez pas m'épouser parce que vous êtes fière et que vous détestez les hommes de loi. Je n'ai jamais dit que je ne vous respectais pas, Emily. Quant à croire que je ne risque rien avec vous, c'est absurde. En ce moment, je me sens en danger.

Elle caressa sa joue. Il avait besoin de se raser.

— Alors, nous sommes deux, répliqua-t-elle.

Soudain, une voix cristalline rompit le calme de la clairière.

— Em'ly ! Em'ly !

Joey. Puis la voix plus profonde de son oncle :

— Emily ! Où es-tu ?

Clint lâcha un chapelet de jurons et roula sur le côté. La jeune fille se redressa aussitôt.

— Oh, mon Dieu ! souffla-t-elle, affolée, en remarquant sa jupe froissée.

— Em'ly !

Clint l'aida à se relever. Elle s'efforçait de remettre de l'ordre dans ses cheveux, lorsque Jake et Joey apparurent.

— Qu'est-ce qui ne va pas ? lança-t-elle d'une voix qu'elle espérait normale.

— C'est la question que je voulais justement te poser, rétorqua Jake d'un air sombre. Je viens d'apprendre qui avait acheté ton panier, Emily. Je ne pensais pas que tu voulais rester seule avec lui...

— Tout va très bien, oncle Jake. Il faut récolter de l'argent pour l'école. Cela ne me dérange pas de...

— Moi non plus, cela ne me dérange pas, intervint Clint avec un regard sévère. Votre nièce est une excellente cuisinière. Nous avons profité du déjeuner, comme vous pouvez le constater, ajouta-t-il en montrant le panier dégarni. Et toi, Joey, est-ce que tu t'amuses ?

— Beaucoup, shérif Barclay ! s'écria l'enfant, les joues roses. C'est vous qui avez sauvé Emily de l'orage, n'est-ce pas ?

— On peut le dire.

— Heureusement que vous l'avez trouvée, ce soir-là. Elle aurait pu être mangée par un ours ou un puma. Mais c'est le rôle du shérif, d'aider les gens. C'est ce que dit Em'ly.

— Elle a raison, répondit Clint en mettant un genou à terre pour être à la hauteur de l'enfant. Je suis heureux d'avoir été là, quand elle a eu besoin de moi. Et je serai là aussi pour toi, Joey.

— Merci, shérif.

L'enfant souriait, mais il se renfrogna en voyant l'expression de Jake.

— Pourquoi es-tu furieux contre le shérif, oncle Jake ?

— Le shérif Barclay et moi, on n'a pas les mêmes opinions, bougonna-t-il, embarrassé.

— Nous devrions rejoindre les autres, décréta Emily en prenant la main de Joey. Je voulais demander une recette à Margaret...

— Allez-y, répondit Jake. J'aimerais dire un mot au shérif.

— Oncle Jake, je ne crois pas que ce soit une bonne idée, fit-elle d'un air hésitant en les regardant tour à tour.

— Emmène Joey. Je n'en ai pas pour longtemps.

— Non ! Je ne partirai pas sans toi.

Clint devina qu'elle s'inquiétait de la réaction de son oncle. Cette superbe jeune femme avait peur pour lui. Il hocha la tête, ému et amusé.

— Allez-y, Emily. Emmenez Joey. C'est bientôt l'heure des courses à pied. Nous vous rejoindrons.

194

Joey essaya de l'entraîner.

— Viens vite ! Bobby m'a dit que Mme Phillips distribue toujours des biscuits, après le déjeuner.

Songeant que Jake et Clint étaient aussi butés l'un que l'autre, Emily ramassa son panier.

— Ne faites pas les imbéciles, grommela-t-elle avant de s'éloigner avec Joey.

— Je vous écoute, Spoon, lança Clint d'un ton froid.

Jake esquissa un sourire mauvais. Une telle tension régnait entre les deux hommes, que le ciel semblait chargé d'électricité.

— Si vous êtes intelligent, Barclay, vous allez m'écouter avec la plus grande attention. Car ce que j'ai à dire, je ne le dirai qu'une seule fois.

16

Emily n'arrivait pas à dormir. Pourtant la cabane était silencieuse, et sa chambre rafraîchie par l'air de la montagne que laissait pénétrer la fenêtre ouverte. Dehors, l'obscurité baignée de clair de lune vibrait au bruissement des insectes. D'habitude, ces bruits l'aidaient à s'endormir. Pas ce soir. La veille non plus, elle n'avait pas fermé l'œil...

Le pique-nique s'était déroulé deux jours auparavant. Joey ne cessait de parler de son nouvel ami, Bobby Smith, de la maîtresse d'école qui lui avait donné une ardoise et un morceau de craie, ou encore des biscuits de Nettie Phillips et de la glissade qui avait failli le faire tomber dans la rivière.

Et Emily n'arrêtait pas de penser aux émotions qu'elle avait ressenties, allongée sur l'herbe dans les bras de Clint Barclay, tandis que ses baisers enflammaient son corps.

Elle se retourna dans son lit avec un soupir. Pete était parti en ville, après le repas. Probablement pour voir Florry Brown. Lester s'était retiré tôt, sans évoquer son déjeuner avec Carla Mangley. Quant à oncle Jake, il avait refusé de lui dire un mot de sa discussion avec Clint. Sans doute avait-il menacé le shérif, afin qu'il la laisse tranquille. Et puis il y avait Lissa dont, curieusement, elle n'avait reçu aucune nouvelle, ce qui commençait à l'inquiéter.

Exaspérée, elle bascula les jambes sur le côté. Elle ne pouvait plus supporter de rester enfermée dans cette chambre. Elle avait besoin d'air, d'espace.

Elle drapa un châle autour de ses épaules. Dehors, le vent frais la fit frissonner. Elle observa le croissant de lune, le cœur lourd d'interrogations. Jamais elle ne s'était sentie aussi seule.

Elle se dirigeait vers l'écurie quand soudain elle entendit du bruit. Le cœur battant, elle se figea sur place. Abasourdie, elle reconnut la silhouette de son oncle.

Jake Spoon enfourcha son cheval, qui se détachait tel un fantôme gris dans la nuit.

Clint avait laissé son cheval attaché loin derrière lui. Il se tenait sous les branches d'un tremble, les yeux fixés sur la cabane des Spoon. Son corps vibrait de tension nerveuse : il avait un mauvais pressentiment.

D'emblée, il avait deviné que les Spoon allaient au-devant d'ennuis, mais il n'avait pas pensé que ce serait aussi grave. Le lendemain, il devait rencontrer le marshal Hoot McClain à Denver, qui lui préciserait ce que manigançait Jake Spoon avec son vieux copain de cellule, Ben Ratlin.

Pour l'instant, il n'avait qu'une certitude : les choses allaient s'envenimer et devenir dangereuses. Et, bien que toute sa famille y fût mêlée,

Emily Spoon ne se doutait de rien. Pourvu que cela continue ainsi !

Lorsque Jake était allé chercher son cheval, Clint n'avait pas bougé d'un pouce. Puis la porte de la cabane s'était ouverte, et Emily était sortie sur le porche. Contrairement à Clint, Jake ne l'avait pas remarquée.

Le shérif observa le vent qui jouait dans ses cheveux, la vit serrer le châle autour de ses épaules, admira sa silhouette au clair de lune. Il étouffa un juron. Dieu, qu'elle était belle !

Le sang se figea dans ses veines à la pensée qu'elle se trouvait mêlée à une histoire sordide. Il se força à rester silencieux et immobile, alors qu'elle avançait dans la cour.

Que fait oncle Jake dehors à cette heure-ci ? se demanda Emily. Avant qu'elle pût l'appeler, il donna un coup de talon à son cheval et s'éloigna au galop, s'évanouissant telle une écharpe de brume dans la pénombre.

Elle ressentit un profond désarroi. Tout cela n'augurait rien de bon. N'avait-elle pas eu des indices ? Le jour où elle l'avait vu sortir du bureau du télégraphe à Lonesome – ainsi que la nuit de l'orage, quand il avait prétendu se trouver à Beaver Rock. Et maintenant, voilà qu'il partait en pleine nuit.

Il m'avait pourtant promis qu'il n'attaquerait plus de diligences, se dit-elle, désespérée.

Elle se mit à courir vers l'écurie, avec l'intention de seller sa jument pour le suivre, lorsque deux bras l'empoignèrent.

— Qu'avez-vous l'intention de faire ? grommela une voix familière à son oreille.

Elle pivota.

— Lâchez-moi ! s'écria-t-elle, si furieuse qu'elle en oublia d'être silencieuse.

Aussitôt, Clint plaqua une main sur sa bouche. Puis il l'entraîna vers l'écurie, tandis qu'elle tentait en vain de se libérer.

— Taisez-vous et restez tranquille, ordonna-t-il en la poussant à l'intérieur et en tirant la porte derrière eux.

Elle mit quelques instants à s'habituer à l'obscurité. Ses yeux arrivaient à peine à déceler le visage de Clint.

— Que faites-vous à nous espionner, ma famille et moi ? protesta-t-elle.

— Je fais mon travail. Je veille au calme des environs. Savez-vous où est parti votre oncle ?

— Non, et cela ne vous regarde pas. C'est un insomniaque. Il est allé se promener.

— C'est votre excuse, à vous aussi, pour être debout en pleine nuit ?

— Ni lui ni moi n'avons besoin d'excuse, shérif, répliqua-t-elle d'un air hautain. Vous n'avez pas le droit de venir la nuit sur notre propriété...

— Et si je tenais seulement à m'assurer que vous allez bien ? dit-il en posant les mains sur ses épaules. Au diable votre oncle, Emily. Je m'inquiétais pour vous...

Elle s'arracha à lui.

— Je n'en crois pas un mot.

L'air sombre, Clint songea que c'était pourtant la vérité, du moins partiellement. Elle ignorait l'effet qu'elle produisait sur lui. Il pensait à elle tous les jours, presque à chaque instant. Et elle hantait ses rêves.

Il distinguait sa pâleur, la panique dans ses yeux. Il ressentit une nouvelle fois cet élan puissant et protecteur envers la jeune fille, sentiment contre lequel il n'avait plus la force de lutter.

— Vous êtes difficile à convaincre, Emily. Vous continuez à penser du mal de moi.

Il l'attira à lui. D'une main, il lui enserra le menton. Puis il posa ses lèvres sur les siennes en un baiser ardent, plein de ferveur, sans retenue ni douceur, d'une intensité furieuse.

Leurs corps étaient plaqués l'un contre l'autre. Quand elle lui rendit son baiser, il sentit le désir l'enflammer. Dieu, qu'il avait besoin d'elle ! Il enfouit les doigts dans les boucles de sa chevelure. Comme elle était délicieuse, les yeux clos, les joues roses, la bouche offerte…

— Emily.

Elle vacilla, s'agrippa à sa chemise. La tête lui tournait. Elle n'était plus que chaleur et désir. La passion coulait tel un vin capiteux dans ses veines. Lorsqu'elle ouvrit les yeux et observa le beau visage de Clint, elle se retint de l'attirer à elle pour le dévorer de baisers.

Il y avait un précipice infranchissable entre eux. À la moindre occasion, il arrêterait son oncle Jake, ainsi que Pete et Lester. Et si ses soupçons se vérifiaient, Jake était sur le point de lui fournir l'occasion idéale…

En songeant à cette terrible barrière qui les séparait, quelque chose se brisa dans son cœur. Elle ne pouvait plus le regarder en face. Elle ne pouvait plus supporter d'être près de lui, car elle soupçonnait son oncle de préparer un mauvais coup.

— Non, murmura-t-elle. Je ne peux pas. Je ne veux pas. Fichez-moi la paix ! lança-t-elle.

Elle se rua vers l'échelle qui menait au grenier à foin, son refuge préféré depuis l'enfance. Elle entendit Clint qui la suivait. Elle essaya en vain de le repousser, mais il s'allongea dans le foin à son côté.

— Il y a une affaire non résolue entre nous. Ce soir, j'ai l'intention de la résoudre.

Elle se recroquevilla entre deux balles de foin.

— Comment cela ?

— Je ne partirai pas avant.

— Restez aussi longtemps que vous le voulez, mais ne me touchez pas.

Elle avait le souffle court. Trop tard, elle se rappela qu'elle ne portait qu'un châle et une chemise de nuit. Elle ajusta le châle autour de ses épaules, mais Clint se pencha et le lui arracha. Avec un sourire froid, il le roula en boule et le jeta par-delà l'échelle. Il tomba parmi les stalles des chevaux.

Elle était si outrée, si furieuse, que les mots lui manquaient.

— Allez le chercher, si vous pensez pouvoir passer devant moi. Mais je vous préviens, Emily, j'ai l'intention de vous toucher, de vous caresser. À moins que vous ne m'ordonniez le contraire.

— Je vous l'ai déjà dit ! Vous n'écoutez pas !

Elle voulut le contourner, posa un pied sur l'échelle, mais Clint la saisit et la lança sur un lit de foin. Il s'allongea sur elle et contempla son visage étonné.

— Vous ne le pensez pas, gronda-t-il en repoussant une mèche de cheveux noirs derrière son oreille. Si je vous embrasse et que vous ne réagissez pas à mon baiser, ce sera la preuve. Alors je vous laisserai descendre l'échelle, et je vous ouvrirai moi-même la porte de l'écurie.

— Quel gentleman! se moqua-t-elle. Je ne veux pas de vos baisers, et je ne répondrai pas...

— Vous répondez toujours à mes baisers.

Il baisa le bout de son nez.

— Celui-là ne compte pas, précisa-t-il avant de frôler sa joue de ses lèvres. Ni celui-là, murmura-t-il en léchant la coquille de son oreille.

Emily frissonna. Bien qu'elle se fût juré de rester insensible, de délicieuses sensations parcouraient son corps.

Elle se sentait incandescente, tremblante de fièvre. Quoiqu'elle fût furieuse d'être coincée dans ce grenier, inquiète pour oncle Jake et bien décidée à éviter un désastre pour sa famille, elle fondait littéralement dans les bras de Clint Barclay.

— Ça suffit, dit-elle, mais sa voix lui parut hésitante.

— Non, ma chérie.

— Que voulez-vous de moi?

La lueur inquiète dans ses yeux gris émut Clint.

— Je l'ignore. Mais je crois que nous devrions tous les deux découvrir ce que nous désirons l'un de l'autre. (Il lui caressa la joue.) Sinon, nous passerons le restant de nos jours à nous poser la question.

Elle scruta sa mâchoire déterminée, l'intensité de son regard bleu, et songea qu'il avait raison.

— Même si cela ne dure qu'une nuit, nous devons trouver la réponse, Emily.

Seulement une nuit... Pouvait-elle se permettre une chose pareille ? Lui faire l'amour le temps d'une nuit ?

— Je... ne... vous... embrasserai... pas, murmura-t-elle, le cœur battant.

Elle se débattit, mais il la retint. Puis il se pencha au-dessus d'elle et leurs lèvres se frôlèrent.

— Voyons voir.

Il l'embrassa. Ce fut un baiser riche, puissant, qui la fit chavirer. Le monde disparut. Il ne restait plus que l'odeur sucrée du foin, le goût de ses lèvres sur les siennes, la chaleur et la force de son corps...

Jamais elle n'avait ressenti une telle émotion. Elle l'enlaça, l'attira à elle, lui rendit son baiser avec une force qu'elle ne pouvait pas contrôler, lui insufflant une intensité et une ardeur plus grandes encore.

Leurs langues s'amusaient à un jeu qui la fit gémir. Il se passa un long moment avant que Clint ne relève la tête, les yeux brillants.

— Quel baiser... chuchota-t-il, avant de déposer une traînée de feu sur son cou.

Emily était perdue dans un monde de plaisir et de désir.

Lorsqu'il encercla un sein sous la fine chemise de nuit, elle frémit. Mais Clint ne s'en contenta pas : il lui retira la chemise de nuit et l'observa, nue et abandonnée, d'un air admiratif.

— Tellement belle, approuva-t-il en contemplant la peau nacrée de ce corps parfait.

Emily savait ce qui allait se passer. Jamais elle n'avait éprouvé une telle envie, un tel désir, mais la peur la tenaillait.

— Je n'ai jamais... Aucun homme...

Elle se tut, gênée. Clint, après un court silence étonné, lui sourit tendrement. Son doux baiser chassa son inquiétude.

— Je vais essayer de ne pas vous faire mal, Emily. Mon Dieu, c'est bien la dernière chose que je voudrais faire.

— Je sais... J'ai confiance en vous.

Et curieusement, dans ce grenier parfumé et obscur, elle avait vraiment confiance en lui.

Il aurait aimé la prendre là, tout de suite, pour apaiser le sang qui bouillonnait dans ses veines, mais il se força à dominer sa passion.

— Nous irons doucement, ma chérie, aussi doucement que vous le souhaiterez.

Il déboutonna sa chemise, qu'Emily l'aida à retirer. Puis il enleva ses bottes, son pantalon et se retrouva nu comme elle, son corps magnifique se découpant dans la semi-pénombre.

Elle tendit les mains vers lui, ce qui le fit sourire. Il lui baisa les lèvres, puis les seins. Un brasier dardait des flèches dans son corps de jeune fille. Lorsqu'il commença à jouer avec ses mamelons, elle tressaillit. Il les frotta et les caressa, jusqu'à ce qu'ils deviennent durs comme des diamants.

Un gémissement retentit dans la gorge d'Emily. Qui aurait dit que les grandes mains de Clint lui feraient des choses aussi merveilleuses? Il lui sourit avec un air si viril et triomphant qu'elle s'enflamma encore davantage.

Il continua à la caresser, à l'embrasser. Une tension grandissait en elle, entre ses cuisses, au creux de son ventre.

— Clint, qu'est-ce que vous me faites... Je ne peux plus réfléchir...

— Je vous l'ai déjà dit, Emily. C'est mauvais de trop réfléchir.

— Mais…

Il se raidit en percevant l'hésitation dans sa voix. La tension était si extrême qu'il avait du mal à respirer.

— Vous ne voulez pas que je m'arrête, n'est-ce pas ? demanda-t-il.

Elle marqua une pause.

— J'en mourrais, avoua-t-elle. Cette nuit, je veux oublier qui je suis et qui vous êtes. Je veux oublier tous les autres. Nous ne sommes que Clint et Emily, rien de plus… (Ses yeux se voilèrent.) Est-ce possible ?

— Bien sûr, et je vais vous montrer comment.

Il caressa et aima chaque centimètre de son corps. Elle répondit avec une fougue égale à la sienne. Elle palpa les muscles de Clint, partant à la découverte de ce corps magnifique, effleura le membre viril, flattée de l'entendre gémir à son tour, de voir la sueur perler sur son front. Étonnée de découvrir qu'elle détenait un pouvoir sur lui, elle était heureuse qu'ils aient besoin l'un de l'autre.

Alors qu'il lui baisait les lèvres et caressait ses cheveux, elle ondulait sous lui. Puis il glissa une main entre ses cuisses.

— Emily, je vous désire. Je vous désire tellement que c'est en train de me tuer.

Il se maîtrisait avec effort, enivré par le parfum de lilas de sa peau.

— Moi aussi, je vous désire, Clint. Je vous en prie…

Il prit une longue inspiration. D'emblée, le tempérament fougueux d'Emily Spoon lui avait fait deviner qu'elle était une passionnée. L'ardeur coulait telle une liqueur sauvage dans son cœur et son âme. À force d'admirer son visage, de respirer les parfums de son corps, il perdait la maîtrise de lui-même. Elle était prête à l'accueillir et, dans son regard égaré, il décelait une soif égale à la sienne.

Il lui écarta les cuisses et la pénétra doucement, sans cesser de la caresser. Lorsqu'elle poussa un cri de douleur, il se raidit. Leurs cœurs battaient à l'unisson.

— Emily, murmura-t-il.

Il prononça son nom avec une telle tendresse qu'elle oublia la douleur. Il lui donna un tendre baiser.

— Accrochez-vous, chérie, nous partons pour une chevauchée endiablée…

Il la pénétra davantage, imprimant à leurs corps un rythme régulier. Elle enfouit les doigts dans ses épais cheveux, puis lui caressa les épaules. Quand Clint accéléra le tempo, elle fut entraînée dans un tourbillon inconnu.

Ensemble, ils chevauchèrent la tempête, abandonnés au vent et au tonnerre qui les ravageaient. De plus en plus haut, de plus en plus vite. Jusqu'à ce que l'univers disparaisse et qu'ils touchent aux portes du paradis.

Après la jouissance vinrent une joie profonde et une douce plénitude. Dans les bras l'un de l'autre, ils revinrent sur terre, lentement, portés telles des plumes sur l'aile du vent.

Emily avait le sentiment de rêver. Mais aucun rêve n'avait jamais été aussi merveilleux. Elle se pelotonna contre Clint, la tête sur son torse, et tous deux fermèrent les yeux.

Elle ne voulait pas dormir. Elle voulait que cette nuit ne s'arrête jamais...

Soudain, il y eut un craquement. La porte de l'écurie s'ouvrit, et le clair de lune pénétra à l'intérieur. La jeune femme s'éveilla en sursaut dans les bras de Clint. Il la serra contre lui.

— Chut, murmura-t-il à son oreille tandis que Jake Spoon faisait entrer sa monture.

Emily crut que son cœur allait exploser. Elle pensa soudain à son châle. Paniquée, elle agrippa l'épaule de Clint. Mais Jake ne remarqua pas le châle dans l'obscurité. Il se dépêcha d'en finir avec son cheval, quitta l'écurie et referma la porte derrière lui.

Un long moment, ils restèrent silencieux, n'écoutant que le battement de leurs cœurs.

— On l'a échappé belle, dit Clint en esquissant un sourire.

Emily ne lui rendit pas son sourire. D'un seul coup, elle avait froid. La beauté de cette nuit céda la place à la triste réalité. En frémissant, elle se rassit, gênée par sa nudité.

Le retour de son oncle avait chassé les derniers vestiges de passion et de sérénité. Elle ignorait d'où il revenait, mais il agissait de manière étrange, et elle savait par expérience qu'il n'y avait pas de fumée sans feu.

Clint n'était pas un imbécile. Pourquoi ne lui posait-il pas de questions ? Pourquoi était-il resté avec elle, plutôt que de suivre son oncle ?

La réponse lui traversa l'esprit, cinglante. Parce qu'il savait déjà où allait oncle Jake, songea-t-elle. Il attend seulement le bon moment pour agir...

Elle prit peur. Clint Barclay n'agissait jamais sans une bonne raison.

Elle ne pouvait pas lui faire confiance, pas en ce qui concernait sa famille. Il méprisait les Spoon, tout comme ces derniers le méprisaient.

Et ses sentiments à elle ?

Elle se rappela, le cœur serré, qu'il avait parlé d'une nuit, une seule. Désormais, cette nuit était passée. L'aube arrivait. Elle avait vu poindre les premières lueurs quand Jake avait ouvert la porte.

Elle saisit sa chemise de nuit.

— Emily… restez encore un peu.

Il contempla ses seins, son cou admirable, les grands yeux qui mangeaient son magnifique visage.

— Je vous en prie, Clint. Il fait presque jour. Vous avez vu le ciel comme moi, n'est-ce pas ?

Elle enfila la chemise de nuit avec des mains tremblantes, mais sa bouche arborait un pli déterminé. Pendant ces moments de passion partagée, il n'avait pas dit une seule fois qu'il l'aimait. Il n'avait pas parlé d'avenir.

C'est parce que nous n'en avons pas, se dit-elle. Nous n'en avons jamais eu.

Clint avait la gorge nouée. Laisse-la partir, lui murmurait une petite voix. Tu as un travail à faire. L'amour et le devoir ne font pas bon ménage…

L'amour ? À quoi pensait-il ?

L'amour.

Bouleversé, il se dit qu'il ne pouvait être amoureux d'Emily Spoon. C'était impossible. Et pourtant, il aurait tout donné pour qu'elle reste avec lui. Mais il devait la laisser partir, avant de les entraîner tous les deux dans un piège dont ils ne pourraient pas s'échapper.

Des gouttes de sueur perlèrent à son front. La seule femme en ville qui le fuyait était la seule qu'il voulait garder à ses côtés. Dans ce grenier, dans ses bras. Dans sa vie.

Il commença à s'habiller. Elle se faufila vers l'échelle.

— Emily...

Il descendit à son tour, la chemise ouverte dévoilant son torse musclé.

— Quand puis-je vous revoir ?

Bon sang, on aurait dit un écolier malhabile !

Emily, l'air sombre, évoquait une fleur privée d'eau et de soleil.

— À quoi bon ? rétorqua-t-elle.

Elle faisait un immense effort pour ne pas s'effondrer. Ne lui montre pas ce que tu ressens, se disait-elle. Tu ne peux pas sauver ton cœur, mais tu peux conserver ta dignité.

Hélas, elle savait désormais qu'elle l'aimait. Elle aimait cet homme, pour qui l'honneur était un devoir. Un homme qui alliait force et douceur, qui avait dévoué sa vie à la loi. Un homme qui lui avait fait comprendre qu'il ne cherchait ni l'amour ni une épouse, ni un attachement d'aucune sorte.

Un homme solitaire, qui ne comptait que sur lui-même.

Elle aussi devait faire son devoir : elle parlerait à oncle Jake, exigerait de savoir ce qui se tramait. Elle l'empêcherait de commettre des bêtises, afin que Clint Barclay ne l'enferme pas à nouveau derrière les barreaux.

— Au revoir, Clint, dit-elle d'une voix ferme.

Une partie de son cœur espérait qu'il allait la retenir, lui dire... Quoi donc ? Qu'il l'aimait ? Qu'il allait essayer de s'entendre avec sa famille, qu'il ne les arrêterait pas ?

C'était absurde. Son sens de l'honneur et du devoir ne lui permettrait pas de fermer les yeux. Autrement, il ne pourrait plus se regarder en face. Et elle-même ne pourrait plus se regarder en face, si elle ne tentait pas de protéger oncle Jake.

Elle sortit dans l'aube pâle et referma la porte derrière elle.

17

— Ah, c'est vous, mademoiselle Spoon...

La voix d'Agnès Mangley était aussi glaciale qu'un torrent de montagne. Elle avait ouvert la porte de sa superbe maison blanche en bordure de la ville et dévisageait Emily d'un air contrarié.

— Voilà enfin nos robes ! Un jour de plus, et cela aurait été trop tard.

Emily lui tendit la boîte.

— Je ne veux pas vous retenir, madame Mangley. Je sais que Carla et vous partez pour Denver demain. Vous devez être très occupées.

— En effet. Veuillez attendre un instant. Je vais chercher votre argent.

Qu'espérais-tu ? Qu'elle t'invite à prendre une tasse de thé ? se demanda Emily en patientant sur la véranda spacieuse.

Quatre jours s'étaient écoulés depuis le pique-nique, et Mme Mangley n'avait visiblement pas oublié que Clint Barclay avait renchéri sur le panier d'Emily, et que sa fille Carla avait été obligée de déjeuner avec son cousin.

Agnès Mangley était très contrariée. Si seulement elle savait combien Emily regrettait d'avoir rencontré Clint Barclay ! Elle aurait préféré qu'il n'achète pas son panier, qu'il ne lui fasse pas l'amour dans le grenier à foin.

Mais c'était trop tard, désormais. Elle avait fait l'amour avec Clint deux jours auparavant, et depuis il ne lui avait pas donné signe de vie.

N'y pense pas…

Emily aurait souhaité oublier cette nuit-là, mais les souvenirs étaient gravés dans son cœur et son âme. Pire encore, elle mourait d'envie de le revoir, de l'embrasser, de recommencer…

Mais elle s'était juré d'éviter de se rendre à l'affreuse prison et au petit bureau qui semblait étriqué pour l'imposant shérif. Si Clint voulait la voir, il viendrait au ranch. Elle n'allait pas lui courir après, comme Carla Mangley ou Berty Miller ou les autres filles.

— Voici. Merci, et bonne journée.

Agnès lui fourra l'argent dans la main et lui claqua la porte au nez. Emily se détourna et s'avança sur le chemin bordé d'arbres, qui menait au centre de la ville.

— Mademoiselle Spoon ! Emily !

Carla Mangley sauta d'une balançoire tendue entre deux arbres et courut vers elle.

— Comment allez-vous ? Je ne savais pas que vous veniez nous voir…

Emily n'en revenait pas. Carla Mangley ne lui avait jamais adressé la parole auparavant, excepté pour lui donner des détails concernant sa robe, et voilà que la jeune fille la traitait comme une amie d'enfance.

— J'ai apporté vos robes. Je sais que vous les vouliez pour votre séjour à Denver. J'espère qu'elles vous plairont.

— Ah oui, les robes. J'avais oublié. De toute façon, il n'y aura personne d'important au dîner du gouverneur. Seulement mon oncle Frank, M. Sleech, le directeur de la mine, et quelques députés.

— Vous voulez dire qu'en l'absence de Clint Barclay, il n'y a personne d'important à vos yeux, déclara Emily avec franchise.

À sa grande surprise, Carla secoua si fort la tête qu'elle fit danser ses boucles blondes.

— Le shérif Barclay? Non, pas du tout, je pensais à...

Elle se tut. Emily faillit tomber à la renverse quand Carla ajouta :

— Est-ce que par hasard votre cousin est venu en ville avec vous?

— Lester? Non. Mon frère Pete m'a accompagnée. Lester répare notre grange, aujourd'hui.

— Vraiment? Quelle bonne idée! s'exclama la jeune fille avec un large sourire.

Emily était de plus en plus désorientée.

— Est-ce que vous avez apprécié votre déjeuner avec Lester, l'autre jour?

Carla rougit jusqu'à la racine des cheveux.

— Oui. Enfin, moi j'ai beaucoup apprécié. J'espère que Lester a ressenti la même chose... Vous en a-t-il parlé?

— Ces derniers temps, aucun des hommes de ma famille ne me parle beaucoup, déclara Emily d'un air pincé.

Elle avait interrogé oncle Jake pour savoir où il était parti en pleine nuit, mais il avait refusé de lui répondre :

— Je suis allé me promener. Ce n'est pas interdit par la loi.

Lorsqu'elle lui avait demandé s'il recommençait ses mauvaises actions, il l'avait regardée dans les yeux.

— Je t'ai fait une promesse sur la tombe de ta tante Ida, est-ce que tu l'aurais oubliée ?

— Non, avait-elle répliqué, mais il y a des choses que je ne comprends pas. Comme cette nuit d'orage que tu aurais passée dans une grotte...

— Mêle-toi de tes affaires et laisse-moi tranquille, avait-il rétorqué sèchement, avant de lui tourner le dos.

De son côté, Pete refusait d'évoquer Florry Brown. Quand elle lui avait avoué ses inquiétudes au sujet de Jake, il avait répété les paroles de leur oncle en lui disant de se mêler de ses affaires. Et Lester ne lui avait évidemment pas parlé de Carla.

— Je suis heureuse que vous ne soyez pas déçue par l'attitude du shérif Barclay au pique-nique, poursuivit Emily, alors que Carla lui emboîtait le pas pour se rendre en ville.

— Au début, j'étais ennuyée car maman aimerait tellement... (Elle prit une profonde inspiration.) Pour vous dire la vérité, Emily, le shérif me terrifie.

— Mais pourquoi ?

— Il est si... intimidant. Je ne sais jamais quoi lui raconter. J'ai toujours l'impression d'être sotte. (Sa voix trembla.) J'ai déçu maman, parce que le shérif n'est pas tombé amoureux de moi. Elle voudrait tellement que je l'épouse, mais je ne veux pas... Elle se fait des idées, conclut-elle avec un soupir.

— Vous ne souhaitez vraiment pas épouser le shérif Barclay ?

— En général, j'essaye de me conformer aux désirs de maman. C'est plus facile, vous comprenez. Mais je veux épouser un homme qui m'aime, et Clint Barclay ne m'aimera jamais.

Elles atteignirent les premières maisons de la ville et montèrent sur les planches de bois qui servaient de trottoir. Un chariot les dépassa en brinquebalant.

— J'espérais apercevoir Lester avant notre départ pour Denver, mais je suppose que je ne le verrai pas... Pourriez-vous lui transmettre un message? ajouta Carla en se mordillant la lèvre.

— Bien sûr, dit Emily.

— Au pique-nique, il m'a demandé quand je rentrerais de Denver. Je crois que ce sera par la diligence de mardi prochain. (Elle prit une profonde inspiration.) Peut-être aimerait-il venir me rendre visite à mon retour? Je serais heureuse de le voir. Et je me fiche de ce qu'en dira maman! décréta-t-elle soudain, ses yeux lançant des éclairs. Vous lui direz, n'est-ce pas?

— Oui, bien sûr.

— Merci, merci beaucoup, fit Carla en lui pressant la main. À bientôt, Emily.

Abasourdie, Emily la regarda retourner chez elle.

Carla Mangley espérait être courtisée par Lester... C'était incroyable! Perdue dans ses pensées, elle faillit renverser le Dr Calvin, murmura des excuses, et continua à marcher jusqu'à ce qu'elle se retrouve devant l'endroit qu'elle avait voulu éviter à tout prix : la prison.

La porte était fermée, les volets tirés. Aucun signe de Clint Barclay.

Elle posa la main sur la poignée de porte, puis la retira comme si elle s'était brûlée. Va-t'en, avant qu'il n'ouvre la porte et te trouve plantée devant lui comme une pauvre imbécile ! s'ordonna-t-elle.

Elle tourna les talons et heurta Nettie Phillips de plein fouet.

— Seigneur, mon enfant, soyez plus prudente !

— Pardonnez-moi, Nettie...

— Vous cherchez Clint Barclay, n'est-ce pas ? Comme c'est amusant. Je ne voudrais pas être indiscrète, Emily, mais tout le monde en parle en ville. On a beaucoup jasé au pique-nique. Quelques personnes ont été vexées, mais comme je le disais à Margaret : que la meilleure gagne !

— Nettie, je vous assure que je ne veux rien gagner, et certainement pas Clint Barclay...

— En êtes-vous persuadée, ma chère ?

— Absolument.

Nettie se contenta de sourire, nullement convaincue.

— Veuillez m'excuser, reprit Emily, indisposée par le regard trop perçant de la vieille dame. Je dois me rendre chez Doily.

— Au cas où vous vous poseriez la question, il a quitté la ville.

— Rufus Doily n'est plus en ville ? s'étonna Emily.

— Non. Clint Barclay. Il est parti depuis quelques jours. Pour Denver, je crois. Je ne sais pas quand il reviendra.

— Cela ne me regarde pas, Nettie, répliqua la jeune femme en essayant de cacher sa déception.

— Évidemment... Allons, ma chérie, moi aussi je dois aller chez Doily. Je dois préparer une tarte à la rhubarbe pour ce soir. Mon Lucas adorait les tartes à la rhubarbe, par les belles soirées de printemps.

Soulagée, Emily l'écouta parler des goûts culinaires de ses différents pensionnaires. Elle apprit que M. Taylor avait renversé du jus de viande sur le tapis, et que Nettie se démenait pour faire partir les taches.

Elle ne voulait plus parler de Clint Barclay avec qui que ce soit. Malheureusement, il l'obsédait. Pourquoi était-il parti pour Denver ? Qu'y faisait-il ? Quand reviendrait-il ?

Après avoir préparé sa commande de pommes, de café et de haricots, Rufus Doily annonça qu'il avait une lettre pour elle.

— Elle vient de San Francisco, en Californie, précisa-t-il en lui tendant l'enveloppe.

Emily reconnut l'écriture de son amie Lissa. Impatiente, elle déchira l'enveloppe et se mit à lire aussitôt.

Très chère Emily,
Je suis bien arrivée à San Francisco où j'habite chez mes grands-parents. Ils ont été très heureux d'oublier la dispute qui les avait si longtemps séparés de mon père, et nous sommes à nouveau une vraie famille. Ils veulent que je m'installe chez eux avec Joey. Je viendrai le chercher la dernière semaine de juin, et je meurs d'impatience de retrouver mon adorable petit garçon. Comment pourrais-je jamais te remercier ? Garde-le en bonne santé. Mon grand-père me fait accompagner par un homme de confiance pour me protéger. Désormais, je parviens enfin à croire que tout ira bien.
Merci, ma tendre amie. À très bientôt.
Ton amie reconnaissante, Lissa.

— De bonnes nouvelles ? s'enquit Nettie.

— Merveilleuses ! s'exclama Emily, les yeux brillants. Mon amie va bien et elle vient chercher Joey.

Pour la première fois depuis des jours, elle se sentit heureuse. Elle devait vite rentrer pour annoncer la nouvelle à Joey.

— Le petit vous manquera, commenta Nettie.

— Beaucoup, c'est vrai.

La maison ne serait pas la même sans Joey. Elle regretterait les parties de cartes enjouées avec oncle Jake, sa petite voix appelant « Em'ly », ses câlins lorsqu'elle le bordait dans son lit.

— Mais il sera avec sa maman. C'est sa place.

— Un jour, vous aussi aurez des enfants. Mais il faut d'abord trouver le mari, plaisanta Nettie.

Emily sentit sa gorge se nouer. Encore une allusion à Clint. La vieille dame se trompait. Elle ne savait pas qu'oncle Jake était probablement en train d'enfreindre à nouveau la loi, alors que Clint Barclay la ferait appliquer jusqu'à son dernier souffle.

Nettie ignorait également combien il détestait l'idée du mariage. Jamais il ne lui avait dit qu'il l'aimait.

Il n'éprouvait pour elle que du désir. Certes, il s'était montré tendre et attentionné. Grâce à lui, elle s'était sentie belle, désirable, aussi précieuse qu'une rose en hiver, mais une fois qu'elle s'était donnée à lui, il avait quitté la ville sans explication.

Il ne serait jamais son mari. Elle ne se réveillerait jamais à son côté le matin, elle ne goûterait pas ses baisers, ni ne bercerait leur bébé dans ses bras.

Une détresse immense menaça de l'engloutir. Seigneur, elle l'aimait. Elle aimait Clint Barclay... Quelle idiote ! La tête lui tourna, mais elle se ressaisit pour saluer ses amis sans trahir son désarroi.

Dehors, Pete était adossé au chariot, son chapeau enfoncé jusqu'aux sourcils.

— Qu'est-ce qui cloche, Em ?

— Je veux rentrer tout de suite.

— Très bien.

Il l'aida à ranger ses paquets dans le chariot et grimpa sur la banquette à côté d'elle.

— Tu veux m'expliquer ce qui t'arrive ?

— J'ai reçu une lettre de Lissa. Je dois en parler à Joey.

— C'est tout ?

— Oui.

S'il y avait une chose qu'elle ne pouvait pas expliquer à son frère, c'étaient bien ses sentiments envers Clint Barclay.

Elle eut un dernier regard pour la prison aux volets fermés, et regretta de ne pouvoir aussi aisément fermer son cœur à double tour.

18

La cloche de l'école se mit à sonner. Sous le grand peuplier, Emily ajusta le col de la chemise de Joey.

— N'oublie pas que tu vas chez Bobby après l'école pour voir ses chatons, lui rappela-t-elle. Mme Smith t'a invité à rester dîner. Son mari te ramènera après le repas. Ça te convient ?

— Oh oui ! J'aimerais jouer aussi longtemps que possible avec les chatons.

— Remercie Mme Smith pour le repas, recommanda Emily en le serrant dans ses bras.

— Quand je reviendrai, tu m'aideras à réviser pour le contrôle d'orthographe, Em'ly ?

— Bien sûr. Dépêche-toi, maintenant. Tu ne veux pas être en retard, n'est-ce pas ?

— Sûrement pas !

Il s'éloigna de quelques pas en courant, puis se ravisa, et se tourna pour lui faire face.

— Quand est-ce que maman va venir ?

— Dans neuf jours, Joey.

Il afficha un grand sourire.

— Génial ! Au revoir, Em'ly !

Il gravit les quelques marches en sautillant, et Mlle Crayden referma la porte derrière lui.

Emily reprit le chariot pour rentrer à la maison. Elle était heureuse de voir comme Joey s'était épanoui, ces dernières semaines. Il adorait Forlorn Valley, le ranch, les enfants Smith et ses autres camarades d'école, et depuis qu'elle lui avait montré la lettre de Lissa, tous ses soucis semblaient s'être envolés.

Cette dernière semaine, tout avait été paisible. Oncle Jake et Lester avaient presque fini de réparer la grange, et Pete sortait tous les jours s'occuper du troupeau. Margaret Smith était venue lui rendre visite, apportant du tissu pour une robe, et elle lui avait donné des nouvelles de la ville.

Ses beaux-parents, Bessie et Hamilton Smith, étaient encore à Denver où ils assistaient à une réunion de banquiers, ainsi que les Mangley, mais on attendait leur retour mardi. La femme du forgeron devait accoucher de son quatrième enfant, et Rufus Doily était tombé d'une échelle et avait dû être soigné par le Dr Calvin.

— Ah oui, le shérif Barclay n'est pas encore revenu de Denver, lui non plus, avait ajouté Margaret d'un air détaché, tout en scrutant le visage d'Emily.

Qu'il reste à Denver, je m'en fiche ! se dit la jeune femme, pinçant les lèvres, alors que le cheval trottait en direction du ranch. Comment réagirait-elle en revoyant Clint ? Il ne devait surtout pas deviner les sentiments qu'elle éprouvait pour lui, ni savoir qu'elle avait été heurtée qu'il quitte la ville sans la prévenir. Les Spoon n'avaient jamais possédé grand-chose dans la vie, mais ils avaient leur fierté et leur caractère…

Bien qu'elle fût plongée dans ses pensées, un mouvement entre les arbres attira son attention.

Elle aperçut un homme sur un cheval gris, qui gravissait la pente en direction des collines.

Oncle Jake.

Elle tira sur les rênes. Jake avait dit qu'il irait en ville chercher du bois et des clous, or Lonesome se trouvait dans la direction opposée...

L'autre soir, elle n'avait pas pu le suivre, mais elle ne raterait pas cette occasion. Le visage tendu, Emily fit obliquer sa jument. Elle serait obligée de rester en arrière, afin qu'il ne l'entende pas. Si elle le perdait de vue, elle suivrait les traces de son cheval. Le regard fixé sur l'imposant cavalier qui s'éloignait au galop le long du sentier, elle fit claquer les rênes sur la croupe de la jument.

Le soleil tapait fort, et l'air était étouffant. Au fur et à mesure, le terrain devenait plus escarpé et dangereux. La route se rétrécissait, le chariot commençait à avoir du mal à avancer. Elle finit par arrêter la jument et se hâta de la dételer. Elle reviendrait récupérer le chariot plus tard. Craignant de perdre oncle Jake de vue, elle grimpa sur un rocher et enfourcha la jument à cru. Au loin, elle repéra l'éclat de la chemise bleue. Les mains dans la crinière, elle encouragea sa jument à avancer.

Puisque Jake refusait de répondre à ses questions, elle découvrirait toute seule ce qu'il manigançait. Et s'il avait l'intention d'attaquer une diligence, elle trouverait les mots pour l'en dissuader.

Prenant soin de garder ses distances, elle le suivit le long d'un sentier rocailleux. Sur la gauche, un ours s'éloigna en direction de la forêt. Un aigle majestueux planait dans le ciel, mais

Emily ne voulait pas se laisser distraire par cette nature sauvage. Elle fixait le dos de son oncle, priant pour qu'il ne se retourne pas.

Une heure s'écoula. Ils se trouvaient en pleine montagne. Jake trottait sur un sentier escarpé. Emily, agrippée à la crinière de sa jument, le suivait. De temps à autre, elle le perdait de vue et devait accélérer pour retrouver sa trace.

Mais lorsqu'elle atteignit l'endroit où elle était persuadée de l'avoir vu passer, il n'y avait plus que le ciel dégagé, une pente vertigineuse vers une rivière qui scintillait en contrebas, et des formations de rochers. Le ventre noué, elle regarda autour d'elle.

Puis elle avisa un virage où le chemin bifurquait, disparaissant parmi les rochers. Elle entendit un cheval hennir. Et un autre lui répondre.

La gorge sèche, elle dirigea sa jument vers le petit sentier et avança avec prudence entre deux immenses pans de rochers. C'était un passage presque invisible, qui se faufilait à travers la montagne. Puis elle entendit des voix.

Elle glissa de la jument et la laissa brouter un peu d'herbe à côté du sentier. Elle s'avança sur la pointe des pieds, le cœur battant.

Oncle Jake se trouvait à une trentaine de mètres devant elle. Il n'était pas seul. Elle prit une profonde inspiration pour se calmer.

Deux cavaliers discutaient avec lui. Le premier était large comme un ours, vêtu d'un pantalon en peau et de bottes éculées. Ses épais cheveux noirs et sa barbe fournie ne cachaient pas son visage cruel. Il dominait oncle Jake d'une tête.

Derrière lui, l'autre homme se tenait près des chevaux et buvait à grandes gorgées d'une flasque. Lui, elle le reconnaissait : c'était Slim Jenks.

Emily s'adossa au rocher pour ne pas vaciller. Elle se dissimula afin que les hommes ne la voient pas et tendit l'oreille.

— La diligence atteindra Boulder Point à... disait Jenks, mais une rafale de vent emporta la suite de ses paroles.

— Tes garçons ont compris ce qu'ils ont à faire ? demanda le barbu à Jake. Les deux femmes doivent être tuées en premier, puis les autres passagers et le conducteur. Il faut qu'ils soient tous morts avant que Jenks, toi et tes garçons, vous ne vous empariez du butin.

— T'as compris, Spoon ? insista Jenks. Il n'y aura aucun survivant.

— Je ne suis pas idiot. Lester et Pete non plus, répliqua Jake d'un air irrité. Nous avons attaqué suffisamment de diligences pour savoir comment nous y prendre. N'est-ce pas pour cette raison que tu as fait appel à nous, Ratlin ?

— Mais tu n'as jamais tué personne, hein, Spoon ? lança Jenks en fourrant la flasque dans sa poche.

— Il m'est arrivé de tirer sur un homme qui dégainait devant moi, mais je n'ai jamais tué de femme, grogna Jake, avant de hausser les épaules. Pour une coquette somme, ça ne devrait pas être trop difficile.

— N'oublie pas qu'aucun de nous ne touchera un seul cent, si les deux femmes Mangley ne sont pas tuées, ajouta Ratlin.

Horrifiée, Emily s'agrippa au rocher. Les deux femmes Mangley... Ils parlaient de Carla et d'Agnès ! Elle eut le vertige. Surtout, ne pas s'évanouir ! Elle devait écouter, réfléchir, prendre une décision…

Mais elle était bouleversée. Son oncle Jake – celui qui l'avait recueillie, promenée sur son dos, qui lui avait appris à pêcher – avait l'intention d'assassiner les passagers d'une diligence. Et Pete et Lester étaient ses complices.

Pete ne tuerait jamais personne, se dit-elle, terrorisée. Et Lester… Seigneur, Lester avait acheté le panier de Carla. Cette fille était amoureuse de lui ! Non, ce n'est pas possible…

Pourtant, elle avait bien entendu.

— Nous garderons ce que nous prendrons aux passagers, n'est-ce pas ? En plus des mille dollars chacun que paiera Mangley ? déclara Jake.

Emily réprima un haut-le-cœur. *Mangley ?* Frank Mangley ? L'oncle de Carla ?

— Tout ce que vous leur prendrez sera à vous, acquiesça Ratlin. Vous vous partagerez le butin avec Jenks. Mais ne traînez pas trop. Une fois que Barclay se lancera à votre poursuite, vous serez…

Elle n'entendit plus rien à cause du vent, mais elle en savait assez. Dégoûtée, paniquée, elle rebroussa chemin. Elle devait rentrer à la maison et attendre oncle Jake de pied ferme pour le convaincre de laisser tomber. Il fallait à tout prix l'empêcher de commettre ce crime abominable. Puis elle devait convaincre Pete et Lester.

Un sanglot resta accroché dans sa gorge. Elle avait habité avec des étrangers. Ils lui avaient promis d'obéir à la loi, et voilà qu'ils s'apprêtaient à tuer les passagers d'une diligence, dont deux femmes qui habitaient leur propre ville !

Les Smith se trouveraient probablement aussi

dans cette diligence. Elle pensa à Bessie et Hamilton – des amis de Clint – et à Joey. Il dînait ce même soir avec Bobby Smith, le petit-fils de Bessie et de...

Soudain, la voix de Ratlin lui parvint, portée par le vent. La jeune femme se figea pour écouter.

— Tu vas directement à Denver d'ici, Spoon ?

— Ouais.

— Et ta nièce ?

— Je vais lui dire qu'on doit s'occuper d'une affaire de bétail... Pete et Lester seront là-bas ce soir... On te retrouvera avec Jenks au Oakey Saloon...

Ce soir. Emily retint son souffle. Elle devait parler à oncle Jake sans attendre. Mais si elle n'avait pas le temps de voir Pete ou Lester ? S'ils ne l'écoutaient pas ? Tous les trois mentaient depuis le début. Même s'ils promettaient de ne pas attaquer la diligence, comment leur faire confiance ?

Puis-je courir ce risque ? se demanda-t-elle.

La réponse lui parut évidente : non, elle ne le pouvait pas.

Clint. Je dois parler à Clint...

Des vies étaient en danger. Elle devait empêcher l'agression. Quel qu'en fût le prix...

Emily avait envie de sangloter, mais elle n'avait pas de temps à perdre. Elle devait s'en aller au plus vite.

Soudain, elle entendit quelqu'un qui chevauchait derrière elle. Affolée, elle chercha un recoin où se cacher et se faufila dans une crevasse.

Le cavalier passa au galop. C'était oncle Jake. Seul. Elle eut juste le temps d'apercevoir son visage renfrogné, avec la sensation atroce qu'elle découvrait un parfait inconnu. Les sabots de son cheval soulevèrent un petit nuage de poussière, et elle se retint de tousser.

Va-t'en vite d'ici!

En quittant la crevasse, elle délogea une pierre qui roula sur le sentier. L'écho du bruit se répercuta entre les rochers.

— Qu'est-ce que c'est? gronda Jenks.

— Va voir, lui ordonna Ratlin.

Un court instant, elle hésita entre se cacher et s'enfuir. Jamais elle n'aurait le temps de rejoindre son cheval. Ils la verraient sur le sentier. Elle s'enfonça à nouveau dans la crevasse, aussi loin que possible. La roche griffait son corps et elle étouffa un gémissement de douleur. Elle aurait aimé prendre son revolver dans sa poche, mais elle ne pouvait plus bouger. Elle baissa la tête. Slim Jenks apparut au détour du chemin, approchant avec prudence. Il s'arrêta à deux mètres d'elle, regarda à droite et à gauche.

Emily retint son souffle.

Jenks avança encore, dans la direction qu'avait prise oncle Jake. Il disparut au bout du sentier, mais elle resta cachée, sachant qu'il allait revenir. Son cœur battait si fort qu'elle était persuadée qu'il devait l'entendre.

Il revint sur ses pas.

— C'était seulement des…

Quand il se tut, Emily sentit un frisson lui glacer l'échine. Elle l'entendit faire un pas, puis un autre.

— Tiens, tiens…

Deux mains l'empoignèrent, et elle fut arrachée si violemment à sa cachette que le rocher lui érafla les épaules.

— Que diable fais-tu là, ma mignonne ? C'est ton oncle qui t'a envoyée pour nous espionner ?

— Bien sûr que non ! Lâchez-moi, espèce de goujat !

— Tu mens, fit Jenks, le visage sombre. Tu espionnes pour ton oncle, ou pour ce satané shérif.

Il la gifla si fort qu'Emily tomba à la renverse.

— On a un problème, Ratlin ! cria Jenks. La maudite nièce de Spoon !

Il empoigna la jeune femme et la traîna vers Ratlin. Abasourdie, elle se retrouva devant le géant barbu.

— Comment es-tu arrivée jusqu'ici ? demanda-t-il, furieux.

Emily était sonnée par la gifle, et des étincelles dansaient encore devant ses yeux.

— Laissez-moi partir.

— Qu'est-ce que t'a raconté ton oncle ? J'aurais dû savoir que ce vieil imbécile ne la fermerait pas.

— Il ne sait même pas que je suis là… Je l'ai suivi. Je voulais savoir où il allait…

Ratlin la saisit par les cheveux.

— C'est toi qui es si proche du shérif, hein ?

— Non… Je déteste le shérif Barclay. Je n'aime pas les hommes de loi, et encore moins Clint Barclay.

— Un jour, il s'est mêlé de mes affaires alors que je faisais la connaissance de mademoiselle, ironisa Jenks. Il lui a aussi acheté son panier au pique-nique. Pour vingt-cinq foutus dollars !

— Comme c'est mignon, ricana Ratlin. Qu'est-ce que t'as entendu de notre conversation ?

— Rien. Je venais d'arriver. Je pensais que mon oncle serait en colère, alors je me suis cachée. Qu'est-ce qu'il voulait vous dire ?

Elle s'efforçait de jouer la sotte, mais Jenks la scrutait d'un air perçant.

— Elle ment, Ratlin ! Je parie cent dollars qu'elle a tout entendu.

— Je pense que t'as raison, grommela l'autre. De toute façon, nous ne pouvons pas courir de risques.

Il tira brutalement sur les cheveux d'Emily et approcha son visage du sien. Avec un cri de douleur et de peur, elle essaya de se dégager, mais il la plaqua contre lui.

— Tu as fait une grosse erreur en venant ici. Je n'aime pas les erreurs. Tout comme je déteste les femmes trop curieuses... Va chercher une corde, ordonna-t-il à Jenks. On va l'attacher. Je sais exactement où l'emmener, quand toute cette histoire sera finie.

— Non ! hurla Emily en se débattant. Mon oncle vous tuera, si vous ne me relâchez pas tout de suite !

Elle tenta de dégainer son revolver, mais Ratlin le lui arracha et emprisonna ses poignets dans une main.

— On verra, s'amusa-t-il d'un air narquois, alors qu'elle lui donnait des coups de pied. Dépêche-toi avec la corde ! Faut qu'on la cache dans un endroit où les Spoon ne la trouveront pas.

— Elle a raison, tu sais, dit Jenks. Ils n'aimeront pas. Bien que je me fiche de ce qu'ils pensent.

— Nous ne leur dirons pas que nous l'avons capturée, à moins que nous n'ayons besoin de les menacer pour les faire obéir. (Ratlin la fit pivoter.) Cette fille, c'est notre joker. Si jamais les Spoon nous créent des ennuis, on leur dira qu'on a leur précieuse petite.

Jenks grimaça.

— Mais si les Spoon font leur boulot correctement, est-ce qu'on la laissera partir ? Elle pourrait nous dénoncer à Barclay...

— T'inquiète pas, assura Ratlin alors que son complice attachait les poignets de leur prisonnière.

Il étudia le nœud, puis tira sur la corde d'un coup sec qui arracha un cri à la jeune femme.

— Tu ne diras rien au shérif, ma jolie. Parce que je vais m'assurer, le moment venu, que tu n'en aies jamais l'occasion.

19

Ils chevauchèrent à travers les montagnes, sous un soleil de plomb. Emily perdit la notion du temps. La corde irritait ses poignets. Ratlin guidait sa jument par la bride, et Jenks fermait la marche.

Avant de partir, les deux hommes avaient nettoyé leur campement. Ils n'avaient pas besoin de se parler pour se comprendre, et elle était persuadée qu'ils étaient complices depuis longtemps.

Comment oncle Jake, Pete et Lester avaient-ils pu s'entendre avec ces bandits ? C'était un cauchemar : les personnes qui lui étaient les plus chères au monde préparaient un crime abominable, et elle n'avait aucun moyen de les en empêcher. À moins de s'échapper. Mais chaque heure qui passait lui rendait la tâche plus difficile. Elle n'aurait jamais le temps d'agir. Clint se trouvait quelque part à Denver. Jake, Pete et Lester se dirigeaient vers un mystérieux rendez-vous. Et elle ignorait le lieu prévu pour l'attaque.

Elle retenait ses larmes avec peine, mais s'efforçait de garder son sang-froid. À la moindre erreur de ses ravisseurs, elle devait fuir.

Heureusement que Joey allait dîner chez les Smith après l'école. Mais que se passerait-il ensuite ? D'après ce qu'elle avait compris, oncle Jake, Pete et Lester partaient tous pour le rendez-vous. Les Smith et Joey trouveraient la maison vide...

Elle se sentait impuissante. Si elle ne s'échappait pas pour donner l'alerte à Denver, tous les passagers de la diligence seraient massacrés.

Et toi aussi, pensa-t-elle. Elle avait parfaitement compris les intentions de Ratlin. Une fois l'attaque réussie, il n'aurait plus besoin d'elle comme joker à utiliser contre les Spoon, et il la tuerait.

Ayant débouché sur un plateau, les chevaux se mirent à galoper. Il faisait plus frais, et le soleil jouait à cache-cache entre les arbres. Emily était bel et bien perdue.

Ses ravisseurs s'accordèrent une pause pour avaler un peu de viande séchée, puis poursuivirent leur route vers l'ouest. Des nuages apparurent à l'horizon.

Quelques heures plus tard, ils établirent un campement dans une clairière. Derrière les arbres, un torrent dévalait les rochers.

— J'parie que tu as faim, déclara Ratlin en la poussant vers un arbre.

— Je n'ai pas faim.

Le corps de la jeune femme était rompu de fatigue, et sa gorge desséchée la brûlait, mais l'idée de la nourriture lui donnait la nausée.

— Pouvez-vous me libérer les mains, s'il vous plaît ? Juste un moment. Je ne sens plus mes doigts, et j'ai besoin de quelques instants d'intimité...

Elle était furieuse de devoir implorer ce monstre, mais elle était prête à tout pour s'enfuir.

— Je vous en prie, ajouta-t-elle, baissant les yeux.

Il lui retira ses bottes, défit le nœud, et lui permit d'avancer dans le bois.

— Tu serais idiote de t'enfuir pieds nus. Avant d'avoir franchi cinquante mètres, tes pieds seraient en sang. Et si tu ne te dépêches pas de revenir, j'irai te chercher et je te ramènerai par les cheveux, menaça Ratlin.

Emily savait qu'il lui était impossible de s'échapper en pleine montagne sans bottes ni cheval. Elle devrait patienter.

Ensuite, elle demanda à Ratlin de lui laisser les mains libres, car ses poignets lui faisaient mal, mais il jugea qu'il avait été assez tolérant et les lui attacha à nouveau.

— On n'a pas le temps de te surveiller, et nous n'allons pas courir le risque que tu nous tires dessus ou que tu nous prennes un cheval.

Il lui ordonna de s'asseoir à l'ombre d'un arbre, puis il prépara un feu de camp tandis que Jenks s'occupait des chevaux et allait chercher de l'eau dans le torrent.

Aucun des hommes ne parla pendant leur repas de viande et de haricots. Emily remarqua que Jenks buvait goulûment à sa flasque. Elle aurait dû manger pour conserver ses forces, mais elle en était incapable.

Jenks lui apporta de l'eau, avant de s'étendre à côté d'elle sur l'herbe.

— Je suppose que vous ne relâcherez pas un peu la corde, dit-elle en s'efforçant de prendre un ton suppliant. Je vous en prie. Je ne sens plus mes mains…

Le cow-boy fronça les sourcils et avala une autre gorgée. Ratlin avait disparu parmi les arbres.

— Montre-moi.

Elle frémit lorsqu'il la toucha, mais il desserra quelque peu le nœud. Puis il contempla ses seins d'un air avide.

— C'est dommage que tu sois venue à Cougar Pass. Vraiment dommage.

— Je le regrette, croyez-moi.

— Mais c'est encore plus dommage que tu te sois acoquinée avec ce shérif. Autrement, rien de tout cela ne serait arrivé.

Il but encore au goulot. Elle bougea les poignets : la corde s'était un peu relâchée. Désormais, il lui fallait un poignard ou un rocher pointu.

— Je déteste Barclay. Il a mis mon frère en prison car il s'était bagarré avec vous.

— C'est vrai, mais seulement parce que mes amis m'ont soutenu quand j'ai accusé Pete.

Il fourra la flasque dans sa poche et en tira un vieux morceau de bois, ainsi qu'un couteau.

Emily, silencieuse, le regarda tailler le bois en sifflotant.

— Je ne comprends pas, dit-elle sans quitter des yeux la lame acérée. Pourquoi avez-vous attaqué Pete, puisque vous êtes complices ?

— Ah ! Tu nous as entendus parler tout à l'heure, devina-t-il, les yeux aussi scintillants que la lame de son couteau.

— J'en ai entendu suffisamment pour savoir que vous allez attaquer une diligence.

— Eh bien, petite demoiselle, ni Pete ni moi n'étions au courant de rien à l'époque. Je savais seulement que Ratlin allait venir en ville et qu'il préparait un gros coup… (Il fronça les sourcils.) C'est Ratlin qui a embauché les Spoon. Il a connu ton oncle en prison.

— Alors vous vous êtes battu par hasard avec Pete, ce soir-là ? demanda-t-elle, le cœur serré.

— Ouais. Il s'était mêlé de mes affaires avec Florry.

Le visage empourpré de colère, Jenks planta le couteau dans l'herbe et tira la flasque de sa poche.

— Il fallait que je fasse peur à cette fille, parce qu'elle avait découvert certaines choses. Alors je l'ai un peu malmenée pour qu'elle la boucle. Nos histoires ne regardaient personne, mais ton frère n'était pas de cet avis.

Il continua à boire, jusqu'à ce que la flasque soit vide. Son regard d'ivrogne fit frissonner Emily.

— Après, j'ai voulu donner une leçon à ton frangin en me servant de toi. Dans la ruelle, puis à la fête, et enfin au pique-nique. Tu te souviens ?

Elle hocha la tête, effrayée.

— Je voulais rendre la pareille au vieux Pete et le mettre en colère. T'étais rudement jolie. J'ai pensé que tu irais te plaindre à ton frère, et qu'il saurait de quel bois je me chauffe quand on m'ennuie.

— Vous avez dû être déçu. Je ne lui ai parlé de rien.

— Je me suis dit que tu n'étais pas aussi farouche que t'en avais l'air. Peut-être même que t'avais envie de moi ?

— Pas du tout ! s'écria-t-elle, avant de se ressaisir car le poignard était toujours planté dans l'herbe à un mètre d'elle. Je veux dire… je ne voulais pas qu'il se batte avec vous. Je voulais éviter les ennuis.

Il eut un rire sardonique.

— Les ennuis, mam'zelle Spoon, tu vas en avoir à revendre, quand ces gentils passagers de Denver seront attaqués. Barclay est dangereux et il va soupçonner ta famille. Ratlin a préparé ses arrières, bien sûr : des hommes dans un saloon de Denver vont jurer que les trois Spoon étaient avec eux, pendant l'attaque de la diligence. Mais avec Barclay, on sait jamais. Quant à moi, il ne me connaît que comme Slim Jenks, le cow-boy du WW Ranch. Il me soupçonnera pas. Mais les Spoon devront vraiment faire attention…

Emily chuchota, sans pouvoir empêcher sa voix de trembler :

— Pourquoi faut-il tuer les passagers ? Le vol, c'est une chose, mais le meurtre…

— Alors comme ça, tu as tout entendu ! lança-t-il d'un air triomphant en posant une main sur le genou d'Emily. Je savais bien que tu mentais.

Elle s'en fichait. Il la tuerait de toute façon, mais elle voulait comprendre.

— Vous allez assassiner Carla et Agnès Mangley. Et tous les autres passagers. Pourquoi ?

— Ça te regarde pas.

Il lui caressa la cuisse. Lorsque la jeune femme voulut s'écarter, il l'empoigna aux épaules et l'attira à lui.

— Qu'est-ce qui cloche, ma jolie ? On parlait gentiment, et voilà que tu deviens soudain toute timide…

— Non… J'ai soif… Pourrais-je avoir un peu d'eau, s'il vous plaît ?

— « S'il vous plaît… » J'aime ça, dit Jenks,

enchanté. Peut-être que je t'en apporterai, tout à l'heure. Quand on aura fini notre petite conversation.

Il pressa ses lèvres contre les siennes. Emily leva ses poignets attachés, essayant de le repousser. Il se contenta de la serrer plus fortement, sa bouche collée à la sienne. Elle le mordit, mais lorsqu'il redressa la tête, il lui rit au nez.

— Petite sauvageonne, va ! Je m'en fiche, ma chérie. Tu as trop bon goût. Je l'avais bien deviné.

— Lâchez-moi !

— Pas question. Je parie que tu n'as pas repoussé Barclay. Pourquoi tu voudrais pas de moi ? Petite traînée, tu crois que tu vaux mieux que moi...

— Lâchez-moi ! Arrêtez ! hurla Emily alors qu'il la faisait basculer sur l'herbe et s'allongeait sur elle.

Une pierre aux arêtes aiguisées lui fit mal au dos.

Soudain, Ratlin se dressa derrière Jenks et l'empoigna par la peau du cou.

— Qu'est-ce que tu fabriques ? demanda-t-il d'un air furibond.

— Je m'amuse, Ratlin. Et alors ? En quoi ça te concerne ?

— On a un travail à faire, demain. La plus grosse affaire qu'on ait jamais eue, précisa Ratlin en lui donnant une bourrade pour l'éloigner d'Emily. On doit être prêts.

— Ça veut pas dire que je peux pas m'amuser un peu. Elle ne demande que ça, murmura-t-il en regardant la jeune femme allongée sur l'herbe, les cheveux en désordre, le visage poussiéreux.

— Quand on aura réussi, avant de la tuer, tu pourras en faire ce que tu veux, grommela Ratlin. Mais ce n'est pas le moment. Pas de femmes ni d'alcool ce soir. La diligence passera à dix heures demain matin par Boulder Point. Nous n'aurons pas le droit à l'erreur.

— Bon, d'accord, maugréa Jenks, un muscle tressaillant sur sa joue. T'entends, chérie ? Bientôt, ce sera toi et moi.

— Ma famille vous pourchassera, menaça-t-elle, furieuse. Ils vous tueront, si vous me faites du mal. Vous voulez compter Jake, Pete et Lester Spoon parmi vos ennemis ?

— Ils ne sauront jamais rien, rétorqua Ratlin en haussant les épaules. On se débrouillera pour qu'ils ne retrouvent pas ton corps. Rien de tout ça ne serait arrivé, si tu ne t'étais pas mêlée de ce qui ne te regarde pas. C'est entièrement ta faute.

Alors qu'Emily écoutait ces paroles cruelles, le soleil flamboyant disparut à l'horizon. Un vent frais lui fouetta les cheveux. Elle avait froid et se sentait désespérée.

— N'y pense pas, chérie, s'amusa Jenks. Avant ça, on se prendra du bon temps, toi et moi.

Plutôt mourir ! songea-t-elle.

Dès qu'ils se détournèrent, elle se glissa vers le couteau. Mais Jenks revint sur ses pas, un sourire aux lèvres.

— J'ai oublié quelque chose, fit-il en reprenant son couteau. T'avais tout de même pas l'intention de me le piquer, hein ?

— Seulement pour vous le planter dans le cœur, marmonna-t-elle.

Il rit. S'installant autour du feu, les deux hommes se mirent à vérifier leurs armes en discutant.

Prudemment, Emily regarda derrière elle. Elle s'empara du caillou aiguisé qui lui avait fait mal au dos. Puis, les dents serrées, elle entreprit de le frotter contre la corde.

Encore et encore. Avec rage et détermination.

20

Le lendemain matin, la diligence de neuf heures quitta Denver à neuf heures et deux minutes. Elle était bondée. Un gros commerçant de l'Iowa était assis entre Bessie et Hamilton Smith. En face d'eux se trouvaient Carla et Agnès Mangley, ainsi qu'un certain Simon Sylvester, qui recherchait des investisseurs pour sa compagnie de théâtre.

Alors que la diligence tressautait sur la route, Bessie et Agnès bavardaient gaiement. Agnès racontait le dîner du gouverneur, et Bessie se félicitait que la robe de Mlle Spoon eût remporté un franc succès à la réunion des banquiers.

Mais les conversations cessèrent brusquement quand, une heure après leur départ, ils entendirent des chevaux s'approcher au triple galop.

Ils regardèrent par la fenêtre et virent des hommes fondre sur eux des collines environnantes. Agnès Mangley poussa un cri effrayé.

— Des bandits ! On nous attaque ! Abattez-les !

Bessie blêmit. Ham tira un revolver de sa poche, tandis que les deux autres gentlemen se dévisageaient, pétrifiés.

— Tais-toi, maman ! s'exclama Carla. Ce ne sont pas des bandits. Ils ne portent pas de foulards sur le visage. On dirait le shérif Barclay...

— Le shérif ? s'écria Agnès.

— Conducteur ! appela une voix sévère. Arrêtez-vous, au nom de la loi !

Agnès pressa le nez contre la fenêtre. La diligence s'arrêta dans un crissement de roues. À son grand étonnement, le shérif Clint Barclay, vêtu de noir, son étoile argentée scintillant au soleil, mit pied à terre et ouvrit la portière.

— Pardon d'interrompre votre voyage, mais je dois vous demander à tous de descendre.

— Clint, que diable se passe-t-il ? s'inquiéta Ham. Qui sont ces hommes ?

— Je n'arrive pas à le croire ! s'exclama Agnès. Notre propre shérif arrête la diligence !

Clint la salua poliment.

— Pardon, madame, mais je n'ai pas le temps de m'expliquer. Nous avons préparé un attelage pour ces dames et des chevaux pour les messieurs. Le shérif Stills va vous ramener à Denver. Vous nous attendrez là-bas.

— Nous ? Qui cela, nous ? s'enquit le commerçant, les yeux écarquillés.

— Le marshal Hoot McClain et moi-même. Nous avons besoin de cette diligence.

Clint donna le bras à Bessie Smith pour l'aider à descendre. Un peu plus loin, le conducteur discutait avec le marshal et le jeune shérif.

— Dépêchons-nous, il n'y a pas de temps à perdre, ajouta Clint.

— Ça alors ! protesta Agnès.

— Je suis sûre que le shérif sait ce qu'il fait, maman, murmura Carla.

246

Les passagers obtempérèrent. Le conducteur regagna sa place, tandis que Hoot McClain et Clint Barclay montaient dans la diligence.

— On y va, ordonna le marshal. Suivez votre route habituelle. Ne changez rien à la routine.

— Et ne tirez pas, précisa Clint. On s'en occupe.

— Très bien, shérif, opina le conducteur.

Il fit claquer son fouet et la diligence s'ébranla.

— Pour l'instant, tout se déroule à merveille, dit le marshal aux cheveux gris d'un air satisfait.

Tendu, Clint regarda par la fenêtre, alors que la diligence continuait en direction de Lonesome… et de Boulder Point.

21

Perchés sur la colline appelée Boulder Point, quatre cavaliers patientaient en observant la route de Denver. Lorsque apparut au loin un nuage de poussière, ils surent que la diligence était à l'heure.

— Vous êtes prêts ? demanda Jake Spoon d'un ton sévère.

Slim Jenks hocha la tête.

— Il faut attendre qu'ils soient à deux cents mètres environ. Qu'ils aient contourné ce rocher.

— On connaît la routine, Jenks, s'irrita Pete Spoon. On a attaqué plus de diligences que toi.

— C'est sûr, mais Ratlin et moi, on a tué plus de gens que toi. Et c'est moi qui décide, aujourd'hui. Quand tous les passagers seront descendus de voiture, je tuerai en premier les femmes Mangley. Puis vous abattrez le conducteur. Après, chacun se débrouille.

— Bonne chasse, grommela Lester en vérifiant les balles dans son revolver.

Jenks ricana.

— C'est toujours une bonne chasse, mon garçon.

— Pourquoi Ratlin n'est-il pas venu ? s'enquit Jake en fronçant les sourcils. Je n'aime pas ça. On devait être cinq.

— Je te l'ai déjà dit. Il a eu un contretemps, répliqua Jenks sans préciser que c'était à cause de la nièce de Jake, venue fourrer son nez dans des affaires qui ne la concernaient pas.

En pleine nuit, la maudite fille avait réussi à se libérer de ses liens, avant d'essayer de s'enfuir. Ratlin ne voulait plus courir de risque : ils étaient sur le point d'empocher une somme d'argent trop importante.

— Ratlin nous retrouvera tout à l'heure à la cachette avec le fric. Ne t'inquiète pas.

— Tu es certain que Sleech, Frank Mangley et lui ne sont pas en train de nous doubler ? demanda Pete, soupçonneux. Si je risque la pendaison pour des clous, je serai sacrément en colère.

— Personne ne va se mettre en colère, Spoon, persista Jenks en crachant une chique de tabac. Moi, Sleech et Ratlin, on se connaît depuis longtemps. Y a pas de traître parmi nous. Ratlin a eu un contretemps ce matin, c'est tout. Mais il s'en occupe, soyez-en certains, ajouta-t-il avec un sourire narquois.

— Et nos alibis ? questionna Lester.

— Sleech et Mangley s'en sont occupés. Cinq hommes au Oakey Saloon de Denver jureront que vous y étiez pendant l'attaque. Et Florry Brown dira que j'étais ivre et que j'ai dormi dans sa chambre. Le WW me renverra, c'est sûr, mais la loi n'aura aucune preuve contre nous.

— Surtout qu'il n'y aura pas de témoins vivants, n'est-ce pas ? ajouta Jake.

— Évidemment, fit Jenks avec un large sourire.

— Les voilà qui arrivent, dit Pete.

Ils regardèrent approcher la diligence sur la route en contrebas, lancée telle une petite boîte à vive allure. Les quatre hommes s'engagèrent sur la pente, mais attendirent que le véhicule eût franchi le dernier tournant avant Boulder Point pour se mettre au galop.

Jenks, Pete et Lester tirèrent en l'air.

— Jetez vos armes! cria Jenks au conducteur.

La diligence s'immobilisa dans un nuage de poussière. Les quatre cavaliers l'entourèrent.

— Que tout le monde descende! hurla Slim Jenks.

Les portières s'ouvrirent. Mais à la place des passagers terrifiés, deux hommes sautèrent de la voiture, revolvers au poing.

— Lâche tes armes, Jenks! ordonna Clint Barclay, ses deux canons pointés sur le torse du cowboy.

— Que diable…! Barclay!

Un instant, Jenks regarda le shérif d'un air abasourdi, puis il remarqua l'autre homme de loi, un type mince aux cheveux argentés armé jusqu'aux dents.

Il blêmit en s'apercevant qu'ils ne visaient que lui. Les yeux écarquillés, il se tourna vers les Spoon. Tous les trois pointaient leurs revolvers sur lui.

— C'est un coup monté! vociféra-t-il, fou de rage.

— Nous ne tuons pas les femmes, espèce de salaud, dit Jake Spoon d'une voix acerbe. Lâche ton fusil, c'est terminé.

Paniqué, furieux, Jenks pointa son arme sur le vieux bandit.

— Salopard! Tu m'as doublé! hurla-t-il avant de tirer.

Il rata Jake de peu, puis se tourna vers Pete, mais Clint Barclay tira et l'atteignit à l'épaule. Jenks poussa un cri, sans toutefois perdre l'équilibre. Il fit pivoter son cheval et partit au galop.

Pete et Lester se lancèrent à sa poursuite. Jenks se retourna et fit feu à nouveau, atteignant Lester.

Clint et Hoot McClain tirèrent en même temps et, cette fois, le hors-la-loi tomba de cheval.

Il heurta le sol au moment même où Pete sautait à terre et courait vers lui. Celui-ci donna un coup de pied dans le revolver de Jenks. Clint et Hoot McClain arrivèrent à leur tour.

— Où est Ratlin ? interrogea Clint.

Tenant son épaule blessée, Jenks lui jeta un regard noir.

— Allez au diable !

— Pourquoi Ratlin n'est-il pas avec vous ? demanda Clint à Pete. On devait les prendre tous les deux en flagrant délit.

— On l'ignore. Jenks prétend qu'il a eu un contretemps.

Celui-ci eut un rire cruel.

— Et vous serez bien désolés quand vous saurez pourquoi !

Clint plissa les yeux. Il n'aimait pas ce ton triomphant. Un frisson d'appréhension lui parcourut l'échine.

— Si Lester est mort, tu le paieras cher ! prévint Pete, les poings serrés.

Derrière eux, Jake Spoon s'était agenouillé près de son fils.

— Ce n'est qu'une blessure superficielle, annonça-t-il en pliant son mouchoir pour l'appuyer sur la plaie au bras. Mais il lui faut un médecin.

— Ta nièce aura besoin de plus qu'un médecin, Spoon! se moqua Jenks.

Il y eut un terrible silence. La gorge nouée, Clint était partagé entre la peur et la colère.

— Qu'est-ce que tu veux dire? siffla-t-il entre ses dents.

— Vous m'avez entendu. La fille Spoon. Elle est avec Ratlin. Si vous ne me laissez pas partir, il va la tuer et vous ne le trouverez jamais – ni ce qui restera de mam'zelle Emily Spoon, d'ailleurs!

Pete se rua sur lui, le faisant tomber à la renverse. Clint et McClain luttèrent pour arracher le jeune homme au bandit.

— Attends! dit Clint à Pete en le retenant, tandis que McClain obligeait l'homme blessé à se relever. Si tu le tues, nous ne saurons jamais où ils la cachent, ajouta-t-il d'un ton désespéré.

— Il a raison. Si vous voulez le savoir, faudra me relâcher, dit Jenks.

Son épaule saignait, il grimaçait de douleur, mais son regard était triomphant.

— Si vous me laissez filer, je m'assurerai que Ratlin la libère. Mais si je ne retourne pas…

— Où ça? demanda Clint en le saisissant par le col de sa chemise.

Jenks le toisa en silence.

— Je vais lui faire cracher le morceau! cria Pete, hors de lui. Donnez-moi deux minutes, Barclay, et je vous dirai où se trouve ma sœur!

Clint parvenait à peine à respirer. Emily avec Ratlin… S'il touche à un seul cheveu de sa tête, songea-t-il, il ne connaîtra jamais la paix sur terre!

On a encore un peu de temps, se dit-il encore, glacé de peur. Ratlin ignore que les Spoon l'ont trahi. On a du temps. Mais pas trop.

— Ça va comme ça, décréta Hoot McClain. Nous allons le ramener à Denver et l'interroger.

— Mais il sera trop tard ! s'écria Jake Spoon en saisissant le marshal par l'épaule. J'ai coopéré avec vous depuis le début, McClain – bon sang, c'est moi qui ai fait appel à la loi pour éviter que ces femmes ne soient assassinées. Mais je ne laisserai pas ce salaud tuer ma nièce ! Vous pouvez m'enfermer pour vingt ans, si vous le voulez, mais personne ne partira d'ici à moins d'aller au secours d'Emily.

— Il a raison, marshal, dit Lester qui se relevait avec difficulté. Nous avons commencé cette histoire et nous allons la terminer, à notre manière.

— Pas question, Spoon ! s'emporta McClain. Ce n'est pas vous qui décidez. Si vous continuez, je vais vous mettre derrière les barreaux tous les trois et...

— Arrête, Hoot, intervint Clint, les yeux fixés sur le visage grimaçant du cow-boy. Jenks est à moi.

— Qu'est-ce qui te prend, Clint ? protesta McClain. Et s'il mentait ?

— Il ne ment pas.

— Bien vu, Barclay, lança Jenks en passant sa langue sur ses lèvres desséchées. Je suis le seul à pouvoir la sauver. Il ne reste pas beaucoup de temps, alors laissez-moi déguerpir...

Clint pointa son revolver et appuya le canon sur la tempe du bandit.

— Tu n'iras nulle part.

— Qu'est-ce qui vous prend ? Vous ne pouvez pas...

— Tu as dit qu'elle serait tuée, si tu ne revenais pas à temps. Alors, il faut se dépêcher. Si tu veux vivre et connaître un procès équitable, c'est maintenant que tu dois te décider. Sinon, on va régler l'affaire tout de suite. Et tu seras aussi mort qu'elle.

Il appuya plus fortement le canon sur sa tempe. Jenks grimaça de douleur.

— Où est-elle ?

— Eh ! Vous pouvez pas faire ça ! McClain, dites-lui d'arrêter !

Le marshal resta muet.

— Je vais compter jusqu'à trois, reprit Clint.

Les Spoon étaient silencieux, leurs regards fixés sur Jenks. Un aigle planait dans le ciel. Un cheval s'ébroua.

— Vous mentez, Barclay. Vous n'oserez pas…

— Un. Deux…

— Vous pouvez pas…

— Tr…

— Bitter Rock ! Elle se trouve à Bitter Rock.

Clint abaissa son arme. Jenks recula d'un pas, choqué, et Pete Spoon lui donna une bourrade qui le fit tomber par terre.

— McClain, faites ce que vous voulez avec cette vermine. Et emmenez Lester Spoon chez le docteur, dit Clint en courant vers le cheval de Jenks.

Jake et Pete le suivirent.

— Ramenez-la ! appela Lester.

— Nous n'y manquerons pas, promit Jake.

Je la ramènerai quoi qu'il arrive, se disait Clint. Mais il n'avait jamais été aussi effrayé de sa vie. Savoir Emily à la merci de Ratlin le rendait fou de douleur.

Il l'aimait, et il ne le lui avait jamais dit. Il y avait tellement de choses qu'il ne lui avait pas dites…

On a le temps, se répéta-t-il en tournant son cheval vers l'ouest. Il s'éloigna au triple galop, suivi par Pete et Jake Spoon.

Clint pensait à la femme aux cheveux couleur de jais, doux comme du velours, à son visage délicat, ses grands yeux gris lumineux. Il pensait à la tendresse avec laquelle elle s'occupait de Joey, à sa loyauté envers sa famille et ses amis. Il pensait à son expression, dans la clairière, quand il lui avait dit qu'il n'avait pas voulu qu'un autre homme lui achète son panier.

Il se rappelait la nuit passée avec elle, sa passion, sa douceur, son ardeur.

Le cheval galopait ventre à terre sur le sentier rocailleux qui menait à Bitter Rock.

J'aurai le temps de lui dire, de la tenir dans mes bras, de me faire pardonner…

Il espérait de tout cœur ne pas se tromper.

22

— À l'heure qu'il est, chérie, tout doit être fini. Jenks ne va pas tarder à revenir…

Ben Ratlin se tenait au bord de la falaise et surveillait la ravine remplie d'herbes sauvages. Derrière lui, le torrent cascadait sur les rochers.

Un poids pesait sur le cœur d'Emily. Ainsi, Agnès et Carla Mangley étaient mortes, tout comme les autres passagers de la diligence. Bessie et Ham. Alors que le soleil tapait fort, elle frissonna et s'adossa au tronc d'arbre, le cœur au bord des lèvres.

J'aurais dû aller trouver Clint dès que j'ai eu des soupçons, se dit-elle. Ils seraient toujours en vie…

Mais comment aurait-elle pu deviner qu'oncle Jake, Pete et Lester étaient mêlés à une histoire aussi sordide ? Elle avait voulu les croire, leur faire confiance, quand ils avaient affirmé qu'ils obéissaient à la loi, qu'ils voulaient former une vraie famille.

C'était de cette façon que les parents de Clint Barclay avaient été assassinés. À cette pensée, un poignard lui déchira le cœur.

— Pourquoi ces gens ont-ils dû mourir ? demanda-t-elle.

Ratlin avala sa dernière gorgée de café.

— Pour l'argent, mademoiselle Spoon. Tu es la nièce du vieux Jake Spoon, tu devrais comprendre. Moi, Jenks et Sleech, on est de vieux complices. Autrefois, on a dévalisé des banques et quelques trains. On a descendu des types. C'était de l'argent facile. Mais un jour, j'ai été imprudent et on m'a pris la main dans le sac. (Il haussa les épaules.) Je me suis retrouvé en prison, où j'ai rencontré ton oncle. Jenks, lui, ne s'est pas fait prendre et il a filé droit. Il a vagabondé, travaillant comme cow-boy. Sleech s'est mis à travailler dans une mine d'argent, à Leadville. Il en est devenu directeur. Cette mine appartenait à deux frères, Richard et Frank Mangley.

Frank Mangley. Elle éprouva un sentiment de dégoût, se rappelant ce qu'elle avait entendu à Cougar Pass.

— C'est Frank Mangley qui a tout manigancé ? Il veut tuer sa belle-sœur et sa nièce, mais pourquoi ? Parçe qu'il ne veut plus partager la mine avec elles ?

Ratlin eut un sourire diabolique.

— C'est ça. Toutes les familles ne s'entendent pas aussi bien que la vôtre. Surtout depuis que Mangley a découvert un nouveau filon qui vaut cinq fois le reste. La veuve Mangley n'en sait rien, je veux dire, elle n'en *savait* rien. Maintenant, elle ne le saura jamais, conclut-il en riant.

— Vous êtes méprisable. Quant à Mangley…

Ratlin se versa une nouvelle tasse de café.

— Mangley est un type intelligent. Il a monté ce coup avec Sleech. Sleech savait que je sortais bientôt de prison et il m'a contacté, ainsi que Jenks qui s'est fait employer comme cow-boy sur l'un des ranchs de Lonesome. J'en ai parlé à ton oncle, qui a déclaré qu'il ne travaillait pas sans son fils ni son neveu. On est un groupe d'hommes sérieux et expérimentés. À présent, tout ce qui reste à faire, c'est de se partager l'argent. Et de s'occuper de toi.

— Vous n'avez pas besoin de me tuer. Je ne parlerai à personne. Je ne vais pas trahir ma propre famille, mentit-elle.

Autrefois, avant les meurtres, c'eût été la vérité. Mais tout avait changé. L'idée de dénoncer oncle Jake, Pete et Lester la déchirait, pourtant elle le ferait sans hésiter. Elle ne pouvait pas tolérer qu'ils aient tué. Ils recommenceraient peut-être...

Ratlin secoua la tête.

— On ne peut pas courir ce risque. Tu irais trouver Clint Barclay. Jenks m'a dit que tu avais le béguin pour lui.

— Jenks se trompait.

— Peut-être que oui, peut-être que non. Mais je lui ai promis qu'il pourrait prendre du bon temps avec toi, à son retour. Alors... tu ne mourras pas tout de suite.

Emily refoula ses larmes. Elle ne pleurerait pas. Et elle ne baisserait pas les bras.

Elle ne parviendrait probablement pas à s'enfuir. Elle ne reverrait jamais Clint, elle ne lui dirait jamais qu'elle l'aimait et ne sentirait plus la force de son étreinte. Le feu de ses baisers ne l'enflammerait plus jamais...

Mais elle n'abandonnerait pas sans avoir tout tenté.

— Pourrais-je avoir un peu de café, s'il vous plaît ? gémit-elle, feignant d'être à bout de forces. Je... j'ai peur de m'évanouir.

— Jenks n'aimerait pas ça. Il voudra que tu sois bien éveillée. Il aime les femmes qui ont du caractère.

Ratlin l'étudia d'un œil soupçonneux, puis saisit une tasse en fer-blanc.

— Ne fais pas de bêtise. Tu as bien vu hier soir que tu ne pouvais pas t'échapper. Tu ne veux pas recevoir une autre raclée, hein ?

Emily secoua la tête. La veille, après s'être débarrassée de la corde, elle avait essayé d'enfourcher à cru le cheval de Ratlin. Il l'avait rattrapée, l'avait giflée, avant de lui attacher les poignets encore plus serré. Sa joue continuait à lui faire mal.

Le cœur battant, elle le regarda verser le café brûlant dans la tasse. Il s'accroupit près d'elle et défit la corde.

— Merci, murmura-t-elle en se frottant les poignets.

— Dépêche-toi de boire, parce que Jenks ne va pas tarder… Argghh !

Il hurla quand la jeune femme lui jeta le café à la figure. Elle le repoussa de toutes ses forces. Le bandit tomba à la renverse dans le feu de camp avec un cri de douleur.

Emily courut vers le cheval de Ratlin, qui était sellé. L'homme se roulait sur l'herbe, essayant d'éteindre les flammes. S'il l'attrapait, il la tuerait sans hésiter. Elle donna deux coups de talon et s'engagea sur le sentier.

Elle entendit le tonnerre des sabots qui approchait avant de voir le cavalier. *Jenks*… Effrayée, elle continua néanmoins à avancer. Soudain, un cheval surgit devant elle au détour du sentier. Elle hurla et chercha à l'éviter, mais le cavalier réagit avec la vitesse de l'éclair, lui barrant le passage. Le soleil scintilla sur le canon de son arme.

— Emily !

Clint avait l'air visiblement soulagé. Derrière lui, Jake et Pete arrêtèrent leurs chevaux.

— Ça va, petite sœur ?

— Où est Ratlin ? demanda Clint.

Elle n'eut pas le temps de répondre, ni de se remettre de sa surprise. Des coups de feu claquèrent derrière elle. Clint s'élança, se postant entre elle et le bandit. Pete et Jake firent de même.

Les détonations résonnèrent entre les rochers. L'odeur de la poudre lui piqua les narines. Un cri retentit, puis le silence tomba.

Un écureuil détala dans les broussailles. Elle eut du mal à calmer son cheval.

Clint et Pete mirent pied à terre et s'approchèrent de Ratlin, étendu près du feu. Il avait réussi à éteindre les flammes et à dégainer.

Il ne bougeait pas. Sa bouche était ouverte. Du sang imbibait l'herbe à son côté.

Tremblante, Emily contempla l'homme qui baignait dans son sang. Clint s'agenouilla près de lui, avant de dire quelque chose à Pete qui se tourna vers Jake d'un air satisfait. Tous deux s'éloignèrent du cadavre et vinrent vers elle.

Elle resta pétrifiée sur le cheval de Ratlin, serrant les rênes entre ses doigts ankylosés.

— Emily, est-ce que ça va ?

La voix de Clint. Douce. Tendre… Mais il y avait autre chose. De la peur ?

— C'est fini, Emily, assura son frère.

— Jenks… marmonna-t-elle, cherchant à les prévenir qu'il allait revenir.

— Il a été arrêté, expliqua Clint avant de tendre les bras et de l'aider à descendre de cheval. C'est fini, Emily…

Ses genoux flanchèrent. Le choc et l'émotion la firent vaciller. Elle sentit les bras réconfortants de Clint l'enserrer.

— La diligence… les passagers… Vous ne savez pas…

— Je sais tout. Tout le monde est sain et sauf. Grâce à votre oncle, à Pete et à Lester.

Elle les regarda tour à tour. Le visage d'oncle Jake était aussi gris que son cheval.

— Je ne comprends pas…

Clint déposa un baiser sur son front.

— Nous avons travaillé ensemble, pour empêcher l'attaque de la diligence et prendre Ratlin et Jenks sur le fait. Votre oncle a coopéré avec Hoot McClain, le marshal de Denver. Il m'en a parlé le jour du pique-nique, après que vous êtes partie avec Joey. Nous avons tendu un piège à Ratlin et à Jenks, et il ne nous reste plus qu'à arrêter Sleech et Mangley.

— Vous avez travaillé… ensemble ?

Jake se racla la gorge.

— Nous avons dû faire semblant d'être complices avec Ratlin, afin de découvrir qui se cachait derrière tout ça.

— Tu ne pensais tout de même pas qu'on serait prêts à tuer, Em ? s'offusqua Pete. On ne pouvait rien te dire, car on ne voulait pas te mêler…

— Me mêler ?

Est-ce qu'elle avait bien entendu ? Partagée entre l'envie de pleurer et de rire comme une hystérique, elle secoua la tête.

— Nous souhaitions vous protéger, expliqua

Clint en la regardant avec tendresse et inquiétude. Moins vous en saviez, plus vous étiez en sécurité…

— Vraiment ? rétorqua-t-elle, ses yeux lançant des éclairs. Comment avez-vous osé ?

Elle s'arracha à lui et regarda les trois hommes pétrifiés. Ses genoux tremblaient si fort qu'elle craignait de tomber, mais elle ne flancha pas, soutenue par sa détermination et sa colère.

— J'avais deviné que quelque chose se tramait. Je pensais que vous repreniez vos mauvaises habitudes, dit-elle à son oncle et à son frère. Et je croyais que vous vouliez les arrêter, ajouta-t-elle en se tournant vers Clint. J'étais prise entre deux feux. Est-ce que vous pouvez imaginer ce que j'ai ressenti ?

— Cela n'aurait pas dû se passer ainsi, dit Clint, le visage blême. Écoutez-moi, Emily, je…

— Cette nuit-là, quand oncle Jake est parti, vous saviez déjà tout, mais vous m'avez laissée imaginer le pire, en sachant que je souffrais le martyre…

— Je cherchais à vous protéger. Nous avions pris la décision de vous tenir à l'écart. Ratlin était un tueur, nous ne voulions pas que vous soyez mêlée à ses histoires. Et Jenks…

— Je sais tout sur eux. À moins que vous n'ayez pas remarqué, fit-elle en montrant ses poignets.

Lorsque Clint remarqua aussi le bleu sur sa joue, il retint son souffle. Il était désolé de voir la colère et le chagrin dans les yeux d'Emily, mais plus encore d'imaginer comme elle avait souffert entre les mains de ces bandits. Il arrivait à peine à réfléchir, tant son cœur était vrillé de détresse.

— Emily, je suis navré… (Il lui effleura tendrement le visage.) Je vous jure que je n'ai jamais voulu vous infliger une douleur pareille. Aucun de nous, précisa-t-il en regardant le visage décomposé de Pete.

— C'est vrai, Em. On voulait te protéger.

— Pas un mot. Je ne veux plus vous entendre. Elle chancela, mais repoussa la main de Pete.

— Ne me touche pas ! Allez-vous-en.

Elle n'avait rien mangé depuis la veille, n'avait pas dormi, et le choc de tout ce qui s'était passé la frappait de plein fouet. Elle ne s'était jamais sentie aussi faible et furieuse, aussi perdue… et aussi seule.

Plus seule encore qu'après la mort de tante Ida.

Elle ne voulait plus les voir… excepté Joey.

— Où est Joey ? demanda-t-elle.

— Nous ne savons pas, répondit Jake. Nous ne sommes pas retournés à la maison depuis hier. Nous t'avions laissé un mot…

La gorge serrée par l'angoisse, Emily pivota vers son cheval.

— Vous n'êtes pas en état de repartir jusqu'au ranch, décréta Clint en la prenant par le bras.

— N'essayez surtout pas de m'en empêcher, ni de me *protéger*. Lâchez-moi, je vous dis !

Elle fit deux pas vers le cheval. Puis un grondement résonna dans ses oreilles, la terre bascula… et elle s'évanouit.

23

— Em'ly, dans combien de jours ma maman sera là ?

Joey gambadait autour de la table de la cuisine, Jumper à la main, faisant semblant que le cheval galopait à son côté. Emily retira les biscuits dorés du four.

— Dans quatre jours, Joey. Arrête de courir, je t'en prie, tu me donnes le tournis.

— Tu vas cuire le grand gâteau au chocolat, comme t'avais promis ?

— Oui, répliqua-t-elle en soufflant sur une mèche qui lui barrait le front. En ce qui me concerne, Joey, je dis toujours la vérité, ajouta-t-elle non sans ironie, regrettant qu'aucun des autres membres de sa famille ne fût présent pour l'entendre.

Une semaine s'était écoulée depuis qu'elle avait été enlevée par Ratlin et Jenks. Une semaine interminable et solitaire. Ses douleurs physiques s'estompaient, mais pas sa détresse morale.

— Ils vont bientôt rentrer. Va te laver les mains.

Elle surveilla le ragoût au bœuf qui mijotait sur le feu.

— Vas-tu parler à oncle Jake et aux garçons ce soir, Em'ly ?

— Comment cela ? Je leur parle toujours.

— Tu leur dis « passe moi ci ou ça » et « merci », c'est tout. Mais tu ne leur parles pas comme avant. Tu es toujours en colère contre eux, n'est-ce pas, Em'ly ? J'ai bien aimé passer la nuit chez les Smith, tu sais. Ne sois pas en colère contre eux à cause de moi.

— Ce n'est pas à cause de toi, Joey. Je suis triste parce qu'ils ne m'ont pas dit la vérité. Ils ne m'ont pas prévenue qu'ils allaient aider le shérif Barclay à arrêter ces bandits. Et lui aussi me l'a caché.

— Alors tu es furieuse contre le shérif aussi ?

— Je n'ai rien dit de la sorte.

— Je le vois bien. Le shérif est venu te voir trois fois, et tu as refusé de sortir de ta chambre. Quand Pete et Lester t'ont félicitée pour la tarte à la citrouille hier soir, tu ne leur as même pas souri. Ces derniers temps, tu ne souris plus. Tu es triste…

— Tu te trompes. Allez ouste ! Sors d'ici, maintenant.

Lorsque la porte se referma derrière lui, Emily déposa les biscuits sur la table. Elle se sentait défaite. Elle avait essayé de se comporter aussi normalement que possible depuis l'enlèvement, mais c'était difficile. Sans Joey, elle aurait emménagé dans la pension de Nettie Phillips.

Autrefois, la cabane avait été sa maison adorée. Mais désormais elle ne supportait pas de vivre avec oncle Jake, Pete et Lester. Elle les aimait, mais rien n'était pareil. Ils s'étaient arrangés pour faire arrêter Ratlin et Jenks, sans jamais se confier à elle. Ils avaient exigé sa confiance, sans lui accorder la leur.

Quant à Clint Barclay… Elle ne voulait même pas y songer. Alors qu'il savait qu'elle se faisait un sang d'encre à cause de son oncle, il n'avait rien dit pour la rassurer. Sous prétexte de la protéger !

Des larmes lui piquèrent les yeux. La douleur s'intensifiait chaque jour. Peut-être ne s'en irait-elle jamais…

L'amour, c'est la confiance et la loyauté, se dit-elle en disposant les assiettes et les verres sur la table. Mais elle ne connaissait rien de cela. Ni sa famille ni l'homme qui lui avait fait l'amour ne lui avaient fait confiance.

De toute façon, je n'ai pas besoin d'eux… Je n'ai besoin de personne.

Ils avaient essayé de lui faire comprendre. Oncle Jake avait expliqué comment il avait connu Ben Ratlin, et comment celui-ci avait sympathisé avec lui en apprenant qu'il allait s'occuper d'un ranch à Forlorn Valley, à sa sortie de prison.

Ratlin savait qu'il serait libéré à peu près en même temps que Jake. Il cherchait d'anciens camarades pour un nouveau travail. Un travail qui concernait des habitants de Lonesome et des assassinats.

Oncle Jake avait tenté de garder ses distances avec Ratlin. L'homme était dangereux, il avait tué un gardien et accusé un autre prisonnier. Juste avant sa libération, Ratlin lui avait promis beaucoup d'argent en échange de sa collaboration. Jake n'avait jamais tué personne et, après la mort de tante Ida, il s'était juré de respecter la loi.

Cependant, même s'il refusait de devenir le complice de Ratlin, le bandit s'attaquerait à des innocents, il le savait. La vie de certaines personnes était menacée, à moins qu'il ne puisse intervenir.

À sa sortie de prison, malgré sa méfiance envers les hommes de loi, Jake était allé trouver le marshal et lui avait raconté ce qu'il savait. Mais ce dernier ne pouvait pas agir sans preuves.

McClain avait concocté un plan risqué, que Jake avait accepté à contrecœur. Lester, Pete et lui feraient semblant d'être les complices de Ratlin et de ses acolytes, alors qu'ils travailleraient pour les autorités.

Ils avaient mis du temps à comprendre qui seraient les victimes, et pourquoi. Frank Mangley avait souhaité le secret absolu, et ils n'avaient été prévenus des détails que quelques jours avant l'attaque. Au début, ils n'avaient pas su que Jenks était un complice de Ratlin.

La nuit de la bagarre au saloon, Jenks avait essayé d'intimider Florry Brown parce qu'il lui avait dit, dans un moment d'inattention, que Carla Mangley n'aurait jamais l'occasion d'épouser le shérif Barclay car elle serait morte. Horrifiée, Florry lui avait demandé de s'expliquer, et Jenks l'avait intimidée pour la faire taire. C'est alors que Pete s'en était mêlé, provoquant la colère de Jenks et la reconnaissance de Florry.

Pete était parvenu à lui faire avouer ce qu'elle savait, mais cela n'avait pas suffi. Pour les mettre derrière les barreaux, il fallait prendre Ratlin et ses camarades sur le fait.

Ainsi, les Spoon avaient continué à jouer le jeu. Ils avaient appris que Frank Mangley en avait assez de partager les bénéfices de la mine avec sa belle-sœur et sa nièce. Si Carla et Agnès disparaissaient, il hériterait de toute la mine.

Il avait donc décidé d'organiser une soi-disant attaque de diligence pour qu'elles soient des victimes parmi les autres. Personne ne devinerait que les deux femmes étaient les seules cibles, et personne ne soupçonnerait un homme d'affaires riche et estimé du Colorado d'être mêlé à cette tragédie...

Emily avait écouté le moindre détail. Même l'achat par Lester du panier de Carla faisait partie du plan. Au cours de la conversation, il devait tenter de savoir quand Carla et sa mère avaient l'intention de revenir de Denver, afin de transmettre l'information au marshal McClain.

Emily se souvenait que Carla lui avait demandé de donner sa date de retour à Lester. Son cousin avait trop bien joué son rôle. L'héritière était tombée amoureuse d'un hors-la-loi timide et maladroit, qui perdait tous ses moyens en présence d'une jolie fille.

J'espère qu'ils seront heureux ensemble, songea Emily d'un air sombre. Ainsi que Pete avec Florry...

Quant à elle, jamais plus elle ne ferait confiance à un homme. Surtout à un séduisant shérif qui embrassait une fille, tout en fomentant des plans derrière son dos – des plans qui concernaient sa famille.

Elle avait demandé à oncle Jake de lui expliquer l'origine du télégramme qu'il avait fourré dans sa poche. C'était un message du marshal McClain, le priant d'informer le shérif Clint Barclay de ce qui se tramait. Mais Jake avait attendu le dernier moment, le jour du pique-nique.

Clint avait donc été au courant depuis le pique-nique. Il avait su, quand il était venu au ranch, quand ils avaient fait l'amour. Il avait voulu l'empêcher de suivre Jake et de mettre leur plan en péril...

Si seulement elle pouvait revivre cette nuit sans commettre la même erreur... Si seulement elle avait repoussé Clint Barclay, si seulement elle s'était montrée intraitable, indifférente à ses caresses, sa voix, ses baisers...

Elle avait agi comme une imbécile, se livrant corps et âme à un homme qui ne lui faisait pas confiance, et qui ne la respectait pas suffisamment pour lui révéler la vérité.

Il ne l'aimait pas. Il lui avait expliqué qu'il n'avait pas l'intention de se marier.

Tant mieux : elle non plus ne se marierait jamais !

La jeune femme se raidit en entendant revenir oncle Jake, Pete et Lester. Lorsqu'ils entrèrent dans la cuisine, elle était prête, le dos droit, le menton assuré. Elle leur servit des assiettes de ragoût.

— Ça sent rudement bon, Emily, dit oncle Jake en s'asseyant.

Elle prit sa cuillère et commença à manger.

— Oui, m'dame, ça sent rudement bon, approuva Lester.

— Après une longue journée, on est contents de revenir à la maison et d'avoir un aussi bon repas, renchérit Pete avec un grand sourire.

Joey les regarda tour à tour, alors qu'un silence pesant envahissait la pièce.

— Est-ce que vous allez à la fête chez les Mangley demain, les garçons ? s'enquit Jake.

Pete et Lester acquiescèrent.

— Et toi, Emily ?

Elle continua à manger en silence.

— Emily ?

— Non.

— Allez, petite sœur, tu dois venir, déclara Pete. C'est en notre honneur. Mme Mangley pense qu'on est tous des héros pour les avoir sauvées, elle et sa fille. (Il éclata de rire.) Je parie que t'aurais jamais imaginé une chose pareille, n'est-ce pas, Em ?

— En effet.

— Je peux vous accompagner ? demanda Joey.

— Bien sûr, répondit Jake. Tu viendras avec Emily et moi.

— Je n'irai pas.

— Ce ne sera pas pareil sans toi, Emily, protesta tristement Lester. Carla m'a dit qu'elle tenait beaucoup à ta présence.

Tout le monde leva les yeux vers lui, même Emily. Il rougit jusqu'à la racine des cheveux.

— Qu'est-ce qui vous prend ? Je l'ai croisée par hasard ce matin. On a parlé une minute, c'est tout…

Il laissa tomber sa cuillère par terre, puis se cogna le coude en se penchant pour la ramasser.

— Une minute ? fit Pete, moqueur. Florry m'a dit qu'elle vous avait vus vous bécoter dans la ruelle derrière l'hôtel. Et ça a duré plus qu'une minute.

Jake éclata de rire. Lester était devenu rouge écrevisse.

— Florry, hein ? répliqua-t-il. Décidément, tu ne la quittes plus, en ce moment…

— Aucune loi n'interdit de fréquenter une jolie fille, plaisanta Pete.

— C'est pour ça que le shérif Barclay passe son temps à venir voir Emily ? intervint Joey. Lui aussi veut fréquenter une jolie fille ?

Emily faillit s'étouffer. Pete se leva et lui tapa dans le dos.

— Non, Joey, dit-elle en reprenant son souffle. Il vient m'ennuyer, c'est tout.

— Je croyais que tu aimais bien le shérif... Moi, je l'aime bien. L'autre jour, quand tu as refusé de lui parler, il m'a appris à siffler. Je sais siffler comme un oiseau, appeler un cheval, siffler si on a des ennuis...

Elle changea sèchement de sujet :

— Comment ça va à l'école, Joey ? As-tu appris de nouveaux mots, cette semaine ?

— Elle ne veut pas parler du shérif Barclay, mon vieux, expliqua Pete au petit garçon.

— Pourquoi pas ? Lui, il aime bien parler d'elle. Il m'a dit que... (Soudain, il plaqua la main sur sa bouche.) Mon Dieu, j'ai oublié de te donner un message, Emily !

— Aucune importance, Joey, fit-elle en se forçant à sourire. Mange ton ragoût.

— Mais il a dit que c'était important et j'ai complètement oublié... Il a dit qu'il était très, très désolé.

Emily sentit son ventre se nouer. Elle avait mangé trop vite. Elle allait être malade.

— Utiliser un enfant pour transmettre des messages stupides... C'est pitoyable ! grommela-t-elle, furieuse. Oncle Jake, je veux que tu lui dises d'arrêter de venir ici, et qu'il cesse d'utiliser un petit garçon innocent pour apaiser sa mauvaise conscience.

— Tu ferais mieux de le lui dire toi-même,

intervint Pete qui regardait par la fenêtre. Je crois bien que le shérif te rend une nouvelle visite...

— Tu veux que je lui fasse débarrasser le plancher, Emily ? proposa Lester en repoussant sa chaise.

La jeune femme se leva et secoua la tête.

— Non merci. Cette fois, je m'en charge.

Elle avait un visage blême, mais déterminé. Sous les yeux de sa famille et de Joey, elle empoigna la carabine et sortit sous le porche.

Lorsque Clint mit pied à terre, elle se figea. Élancé, les cheveux sombres, plus séduisant que jamais dans sa chemise bleue et son pantalon noir, il vint vers elle en tenant un bouquet de fleurs, attachées par un ruban rose.

Quelque chose s'envola dans le cœur d'Emily, mais elle se ressaisit aussitôt. Même un champ de fleurs ne suffirait pas à obtenir son pardon !

— Ne faites pas un pas de plus, dit-elle en le visant avec la carabine.

Clint s'immobilisa, les yeux plissés.

— C'est pour vous.

— Je n'en veux pas.

— Emily...

— Allez-vous-en. Vous êtes sur une propriété privée, et j'ai le droit de vous tirer dessus.

— Faites comme vous l'entendez, Emily, mais je ne partirai pas d'ici avant de vous avoir donné ces fleurs.

— Arrêtez ! s'écria-t-elle alors qu'il approchait.

— Croyez-vous qu'une carabine m'empêchera de vous parler ?

Emily tira devant ses pieds, soulevant un petit nuage de poussière. Il eut l'air surpris, mais continua d'avancer. Étouffant un juron, elle tira une nouvelle fois.

— Si je dois danser, ce sera avec vous, se moqua-t-il.

— Arrêtez! répéta-t-elle, mais il gravit d'un bond les quelques marches et lui retira l'arme.

Puis il lui prit tendrement une main et y fourra le bouquet de fleurs.

— Je veux que vous les acceptiez, Emily.

C'était la première fois que Clint la revoyait, depuis Bitter Rock. Elle était encore plus belle que dans son souvenir. Ses cheveux noirs, fouettés par le vent, étaient déployés sur ses épaules. La robe grise toute simple rehaussait son charme. Il mourait d'envie de la toucher, de la caresser, de sentir son corps contre le sien. Il voulait la soulever dans ses bras et lui faire l'amour dans le grenier, afin que la passion efface le chagrin et la colère.

Jake, Pete et Lester Spoon sortirent sous le porche, suivis par le petit Joey.

— Lâchez-moi! siffla Emily.

— Vous l'avez entendue, Barclay, déclara Jake.

— Pas question, répliqua Clint. Restez en dehors de cette histoire, vous autres.

— Vous allez laisser ma sœur tranquille, s'emporta Pete.

Clint serra les poings. Lester et Pete firent un pas vers lui, mais Emily s'interposa.

— Ça suffit, bon sang! Quel genre d'exemple donnez-vous à Joey?

Les hommes restèrent silencieux. Clint scruta son visage et, un instant, elle hésita. Elle avait envie de se jeter dans ses bras.

Mais elle redressa les épaules.

274

— Allez-vous-en, lui ordonna-t-elle, avant de jeter les fleurs aussi loin que possible.

Le bouquet atterrit dans la poussière. Clint pinça les lèvres.

— Et ne revenez pas, conclut-elle.

Puis elle entraîna Joey dans la maison. Dès que la porte fut refermée, elle s'y adossa. Le nœud dans sa gorge l'empêchait de respirer. Le désespoir et la solitude l'envahirent.

Elle ne pleurerait pas ! Elle prit une profonde inspiration... et éclata en sanglots.

— Em'ly ! s'écria Joey en lui enlaçant les jambes. Pleure pas !

Elle s'efforça de se reprendre, étouffant ses larmes. Elle ne voulait pas que les hommes sachent qu'ils l'avaient fait pleurer, surtout Clint Barclay.

Elle s'agenouilla et prit Joey dans ses bras.

— Ça va, dit-elle d'une voix tremblante. Ne t'inquiète pas. Tu veux bien m'aider à faire la vaisselle ?

Il s'accrocha à son cou.

— Dis-moi, Emily. Est-ce que tu pleures parce que tu es furieuse contre le shérif, ou parce qu'il t'a apporté les fleurs ?

Le cœur de la jeune femme se brisa.

— Les deux, murmura-t-elle, désespérée.

Clint Barclay s'éloigna au grand galop. Jake alluma un cigare, Lester s'effondra sur une chaise et Pete enfonça les mains dans ses poches, l'air furibond. Au loin, les hurlements des coyotes se répondaient.

— J'ai bien envie de lui donner une correction. Qu'il laisse ma sœur en paix.

— Tu veux un coup de main ? proposa Lester. Je suis prêt à tout pour rentrer dans les bonnes grâces d'Emily. C'est l'enfer ici, maintenant qu'elle est tout le temps en colère et qu'elle ne nous adresse plus la parole… Barclay s'est bien comporté pendant l'attaque. Il tire bien et il est intelligent, mais parce qu'il a forcé Jenks à avouer où se trouvait Emily, il croit qu'il peut venir nous ennuyer.

— J'aimerais bien savoir ce qu'il lui veut, ajouta Pete.

— À ton avis ? ironisa Lester.

— Il mériterait une raclée.

— Tu crois qu'Emily serait contente ? intervint Jake. C'est plutôt elle qui m'inquiète. Vous avez vu comment ils se regardent, tous les deux ?

— Non, répondirent les deux garçons à l'unisson.

— Moi si, dit Jake en lâchant un nuage de fumée. Ça me retourne l'estomac, croyez-moi. Vous ne l'avez pas entendue sangloter, ces dernières nuits ? Vous n'avez pas remarqué comme elle est pâle et triste ?

— Ouais, fit Pete, mais c'est parce qu'elle est en colère contre nous. Ça lui passera.

— Ça ne passera pas. J'ai été marié trente ans à Ida et elle n'a jamais changé, quoi que je fasse, même si je la décevais. Elle m'a aimé jusqu'à la fin, jusqu'au jour de sa mort, même si je ne le méritais pas.

— Que diable racontes-tu, oncle Jake ? grommela Pete. Tu ne parles tout de même pas d'Emily et de Barclay ? Tu ne crois pas qu'elle est amoureuse de ce… de ce *shérif* ?

Lester n'en revenait pas.

— C'est impossible, papa.

— Ouvrez les yeux. Inutile de se voiler la face.

Pete se mit à marcher de long en large.

— Dans ce cas, il faut la faire changer d'avis...

— Faire changer d'avis une femme amoureuse ? se moqua Jake. Vous ne connaissez décidément rien aux femmes. Et puis, est-ce que vous ne voulez pas son bonheur ? Un jour, il lui faudra son propre foyer, un mari, des enfants...

— Je n'y ai jamais réfléchi, gronda Pete.

Il avait envie de tabasser quelqu'un. Quelqu'un comme Barclay.

— Elle n'aura rien de tout cela avec Barclay, papa.

— Avez-vous remarqué comme elle lui a lancé les fleurs à la figure ? Il est si occupé à la dévorer des yeux qu'il n'arrive même plus à parler. L'imbécile. Est-ce qu'il ne comprend pas qu'elle est butée comme un âne ? Avant qu'il parvienne à lui faire accepter ses excuses, ils seront plus âgés que moi. Et moi, je serai mort. À moins que...

Il tira sur son cigare, tandis que les deux garçons le regardaient d'un air intrigué.

— À moins qu'on ne lui donne un coup de main, à ce pauvre crétin.

— Et pourquoi ferait-on ça ? s'emporta Pete. Qu'il souffre ! Qu'il aille au diable !

— Et Emily ? Veux-tu qu'elle continue aussi à souffrir ? demanda Lester d'une voix douce.

Pete pensa au visage tendu de sa sœur, à ses silences, à sa tristesse. Aux larmes qu'elle versait la nuit dans sa chambre. Emily qui avait soigné tante Ida, pendant que Lester et lui fuyaient la loi et que Jake était en prison. Emily qui avait tout fait pour transformer cette cabane en maison chaleureuse...

— Bah! s'exclama-t-il en passant une main dans ses cheveux. Si c'est pour la rendre heureuse, dites-moi ce que je dois faire!

24

— Clint Barclay, vous ne m'écoutez pas, se plaignit Nettie Phillips en lui tapotant le bras.

Autour d'eux, les gens plaisantaient en sirotant du vin ou de la limonade. Des invités dansaient dans le salon des Mangley illuminé aux chandelles.

— Pourquoi n'allez-vous pas demander à Emily Spoon de danser? reprit-elle.

Il cessa de regarder Fred Baker tournoyer avec la jeune femme et fronça les sourcils.

— Elle ne veut pas danser avec moi.

— Comment le savez-vous, puisque vous ne le lui avez pas demandé?

— Je le lui ai demandé deux fois. Elle a refusé. Puis elle a dansé avec Homer Riley et le Dr Calvin, avant d'aller discuter avec ses amies. Avant de danser avec Hank Peterson, puis Chance Russell… Elle refuse même de m'adresser la parole.

— C'est bien fait, décréta Nettie Phillips, tandis qu'Agnès Mangley se dirigeait vers Carla et Lester Spoon qui discutaient dans un coin, les yeux dans les yeux. Vous auriez pu lui épargner bien des tourments, si vous lui aviez dit la vérité. N'ayez pas l'air aussi surpris, mon cher. La pauvre m'a tout expliqué. Il fallait bien qu'elle se confie à quelqu'un.

Évidemment, Emily ne lui avait pas tout révélé. Elle ne lui avait pas révélé qu'elle était si amoureuse de Clint Barclay qu'elle en avait le tournis. Elle n'avait accepté de venir à la fête des Mangley que parce que Nettie lui avait fait remarquer que si elle ne venait pas, on penserait qu'elle cherchait à l'éviter, puisque la fête était donnée en l'honneur des Spoon et du shérif.

Désormais, c'était à Clint de jouer, se disait Nettie. Depuis l'arrivée des Spoon, le séduisant shérif ne faisait que boire du whisky et arpenter la maison tel un puma enragé.

— Ah, les hommes! s'exclama-t-elle. Vous croyez toujours tout savoir mieux qu'une femme, au lieu de la laisser décider par elle-même. C'est l'un de vos traits de caractère agaçants. Les plus intelligents comprennent leurs erreurs. Mon Lucas a compris, pendant notre première semaine de mariage…

Clint n'écoutait plus les bavardages de Nettie. Il regardait Cody Malone apporter un verre de limonade à Emily.

Il n'y avait pas un seul homme dans la salle avec qui elle n'ait pas dansé ou parlé, excepté lui. Il ne survivrait pas à cette nuit sans se bagarrer avec quelqu'un.

Elle ne lui offrait même pas l'occasion de s'expliquer et de s'excuser, de lui dire ce qu'il ressentait. Il devenait fou. Il était tourmenté par la jalousie, la solitude, le désespoir. À cause d'une femme.

La seule femme qu'il désirait dans sa vie ne voulait rien entendre. Eh bien, nous verrons…

songea-t-il, la mâchoire serrée. Lorsqu'il pour-
chassait des bandits, il n'abandonnait jamais.
Il ne lâcherait pas non plus la femme qu'il
aimait.

Clint ne pouvait plus nier son amour pour
Emily. Il la voulait dans ses bras, dans son lit et
dans son cœur pour le restant de sa vie. Mais
parviendrait-il à la conquérir ? Il n'avait jamais
rencontré quelqu'un d'aussi obstiné.

Comme si elle lisait dans ses pensées, Emily
leva la tête et croisa son regard. Il s'excusa
auprès de Nettie et se dirigea vers elle. Aussitôt,
elle tourna les talons et disparut. Il accéléra le
pas, la cherchant des yeux parmi la foule.

Hamilton Smith et Hoss Fleagle suivaient la
scène, bouche bée.

— C'est fou, non ? fit Hoss.

Ham poussa un soupir.

— C'est bien triste de voir ça. Toutes les
femmes de la ville lui courent après, mais la
seule fille qui l'intéresse ne lui accorde pas un
regard.

— Si jamais j'ai l'air aussi désespéré, tirez-moi
une balle dans la tête !

— Clint est mordu, ajouta le Dr Calvin.

D'autres citoyens de Lonesome avaient remarqué la fascination du shérif pour Emily Spoon,
mais la plupart étaient surtout intéressés par
un nouveau développement. Les garçons Spoon
avaient remplacé le shérif dans le cœur des
femmes. On ne les considérait plus comme
des bandits, mais comme des héros qui avaient
sauvé la vie des Mangley, de Bessie et Hamilton
Smith.

Même Jake Spoon, qui se tenait adossé au mur, les mains dans les poches, devait subir des toasts portés en son honneur. Agnès Mangley était intarissable sur son courage, et tous les hommes voulaient lui serrer la main.

Pete, Lester et Jake se retrouvèrent dans le vestibule, sous l'immense escalier en chêne.

— Avez-vous vu Emily ? demanda Jake.

— Elle est dans le jardin, répondit Pete.

— Assise sur la balançoire, précisa Lester. Elle pense probablement à Barclay. Elle est seule. C'est le moment ou jamais.

— Joey est à la cuisine, déclara Jake. Bobby Smith et lui se partagent une assiette de gâteaux. Je lui ai dit que j'avais quelque chose à lui confier… Vous êtes prêts, les garçons ?

— Absolument, acquiesça Pete. C'est la seule chose qui me fasse plaisir, dans cette histoire.

— Moi aussi, dit Lester. Mais je ne suis pas sûr que ce soit une bonne idée…

— Si ça marche, je ne serai pas plus heureux que vous, les garçons, grommela Jake. Mais c'est le bonheur d'Emily qui compte.

Lester poussa un soupir. Pete était tenaillé par des émotions contradictoires.

— Pour son bonheur, je suis prêt à tout. Allons-y !

Il remarqua Clint Barclay, un cigare entre les dents, qui cherchait Emily des yeux parmi la foule.

— À moi l'honneur : c'est ma sœur.

— On le joue à pile ou face, protesta Lester.

Jake sortit une pièce de sa poche.

— Pile, fit Pete.

Les deux cousins regardèrent Jake lancer la pièce, la rattraper et ouvrir sa paume.

— Pile, annonça Jake.

Lester grommela, mais Pete esquissa un sourire froid.

— Allons-y, répéta-t-il en se dirigeant vers Barclay.

25

— Clint est blessé ? s'écria Emily en sautant de la balançoire.

Le cœur battant, elle scruta le visage de Joey dans l'obscurité. Le petit garçon sautillait sur place en agitant les bras.

— Oncle Jake a dit que tu devais te dépêcher de venir à la prison. Le shérif est grièvement blessé ! Vite, Em'ly !

Aiguillonnée par la peur, elle se mit à courir en direction de la prison. Toute la soirée, Clint avait essayé de danser avec elle et de lui parler, mais elle l'avait évité. Et voilà qu'il était blessé… Et si on lui avait tiré dessus, s'il avait été poignardé, s'il allait mourir ?

Retenant sa jupe d'une main, elle remonta la rue principale où résonnaient les rires et les accords de piano en provenance du saloon. Elle ouvrit la porte de la prison, à bout de souffle.

La pièce était sombre, faiblement éclairée par une lampe à huile. Elle discerna le bureau de Clint, les étagères et les barreaux des cellules.

— Clint ! Oncle Jake ! appela-t-elle, effrayée.

Elle fit un pas en avant, buta contre une chaise. Clint était allongé dans une cellule, les bras écartés.

— Clint !

La gorge nouée, elle se précipita à son chevet. Et si c'était trop tard... S'il était *mort* ?

— Mon amour, qu'est-ce qui vous est arrivé ? murmura-t-elle en se penchant.

Au grand soulagement d'Emily, il gémit. Il était vivant !

Il n'y avait pas de traces de sang sur sa chemise blanche. S'agenouillant près de lui, elle prit son pouls. Puis elle entendit la porte de la cellule se refermer sur elle, et une clé tourner dans la serrure.

Elle reconnut Pete dans la pénombre, flanqué de Lester.

— Vite ! s'écria-t-elle. Il faut... Mais qu'est-ce que vous faites ? Pete, Lester, ouvrez immédiatement !

— Désolé, petite sœur.

— Ne te mets pas en colère, implora Lester, inquiet.

Elle se leva et agrippa les barreaux.

— Ouvrez-moi tout de suite. Il est souffrant, il a besoin d'aide. Allez chercher le Dr Calvin...

— Il n'a pas besoin de docteur, Em. Je l'ai mis K-O, c'est tout, dit Pete en s'efforçant de cacher sa satisfaction.

— Il ne va pas tarder à reprendre ses esprits, Em, conclut Lester en emboîtant le pas à son cousin qui se dirigeait vers la porte.

— Où allez-vous ? Vous ne pouvez pas nous laisser là !

— On reviendra demain matin, promit son frère.

— Mais… qu'est-ce qui vous prend?

Ils claquèrent la porte derrière eux, et elle entendit la clé tourner dans la serrure.

Emily secoua les barreaux de toutes ses forces et leur donna un coup de pied. Elle se retenait de hurler sa colère. Elle était prisonnière. Avec Clint!

Un grognement retentit derrière elle. Clint ouvrit les yeux. Allongé sur le dos, il la regarda sans comprendre.

— Qu'est-ce qui s'est passé? s'étonna-t-il.

— À vous de me le dire! lança-t-elle, outrée. Est-ce que vous êtes de mèche avec eux?

Il s'assit avec précaution.

— De quoi parlez-vous, Emily?

— Joey m'a dit que vous étiez blessé, qu'il n'y avait pas de temps à perdre…

Pourquoi me font-ils un coup pareil? se demanda-t-elle, bouleversée. Sa famille haïssait Clint Barclay. Pourquoi l'avaient-ils attirée dans un piège et enfermée avec lui?

— Je pense que Lester m'a joué un tour, grommela-t-il. Il est venu me trouver à la fête, pour me dire que le shérif Stills était arrivé de Denver car Jenks s'était échappé de prison. Il fallait organiser la poursuite… Oh, flûte!

Il gémit à nouveau, mais cette fois de dégoût.

Emily se carra dans le coin le plus éloigné de la cellule, à deux mètres de lui.

— Que s'est-il passé quand vous êtes arrivé à la prison?

— Je suis entré et quelqu'un m'a frappé à la tête. C'était probablement Pete. J'aurai leur peau à tous les deux! promit-il.

— Après moi. J'ai l'intention de les étrangler de mes mains. Pourquoi m'ont-ils fait un coup pareil?

Clint voyait bien qu'elle essayait de se fondre dans la pierre afin de le fuir, mais il lui suffisait de faire deux pas pour la saisir. D'un seul coup, son envie de vengeance s'évanouit.

La douleur dans son crâne s'apaisait, car Pete Spoon n'avait pas été trop méchant. Mais celle de son cœur était toujours aussi vive.

— J'ignore pourquoi ils ont agi ainsi, mais j'en suis heureux, déclara-t-il en se levant.

— N'approchez pas ! prévint-elle, effrayée.

— Emily…

— Je veux sortir d'ici.

— Pourtant, quand vous avez cru que j'étais blessé, vous n'avez pas hésité une seconde à venir me trouver.

— Je… je…

Emily se mordilla la lèvre. Son corps la brûlait, ses joues étaient empourprées. La proximité de Clint avait toujours cet effet étrange sur elle. Elle avait de la peine à respirer et à réfléchir, alors que la lumière de la lampe éclairait le visage séduisant du shérif, sa bouche et ses yeux bleus.

— Je croyais que vous étiez mort, lança-t-elle d'un air de défi. Je voulais m'en assurer pour m'en réjouir pleinement.

— Vraiment ? fit-il, arquant les sourcils.

La jeune femme se faufila de l'autre côté de la cellule, où des volets fermaient la haute fenêtre. Elle tenta de les ouvrir en se dressant sur la pointe des pieds.

— Je vais sortir d'ici. Quelqu'un va bien passer dans la rue. Ils m'entendront crier.

Clint la saisit par la taille.

— Oubliez ça, Emily. Vous êtes coincée, et c'est bien fait : vous m'avez empêché de vous parler toute la soirée.

— Bien fait! répéta-t-elle, outrée. Je n'ai commis aucun crime. J'exige d'être libérée.

— Si, vous avez commis un crime.

D'un bras, Clint lui enlaçait la taille. De l'autre main, il lui prit le menton et inclina son visage, si bien qu'elle fut forcée de le regarder dans les yeux.

— Vous êtes une voleuse, mademoiselle Spoon. La pire des voleuses.

— Je n'ai jamais rien volé de ma vie!

— Vous mentez, dit-il d'une voix rauque. Vous m'avez volé ma tranquillité d'esprit. Ma concentration. Mon cœur.

Un instant, Emily resta abasourdie. Combien de fois avait-elle rêvé d'entendre ces mots?

— Vous n'avez pas de cœur. N'essayez pas de m'amadouer par de jolies paroles. Après ce que vous avez fait…

— J'ai agi pour le mieux, Emily. Je ne voulais pas vous savoir mêlée à des gens comme Ratlin, Jenks et Frank Mangley. Nous avions un plan et vous n'en faisiez pas partie.

— Vous saviez ce que je ressentais! Cette nuit-là, quand oncle Jake est parti à cheval et que vous m'avez entraînée dans l'écurie… Vous saviez ce que je soupçonnais.

— Pour votre sécurité, on ne pouvait pas vous détromper.

— Imbécile! s'écria-t-elle, les larmes aux yeux, en le repoussant avec force. J'étais déchirée! Je voulais tellement leur faire confiance, à lui, Pete et Lester, mais toute ma loyauté envers eux était ébranlée. Je ne savais pas quoi faire. Et puis, il y avait mes sentiments pour vous...

— Je sais, Emily. Mais il m'a semblé plus judicieux de...

— De me laisser croire qu'ils recommençaient leurs bêtises ? En pire ? C'est ce que j'ai pensé, vous savez. Lorsque j'ai entendu oncle Jake parler avec Ratlin, j'ai pensé que les garçons et lui étaient complices d'un assassinat. Pouvez-vous imaginer ce que j'ai ressenti ? J'ai décidé de m'enfuir pour les dénoncer. J'allais dénoncer ma propre famille !

Un sanglot lui échappa, et elle prit une longue inspiration en essayant de se ressaisir. Devant une telle détresse, une profonde douleur s'éveilla chez Clint. Il venait seulement de réaliser la souffrance d'Emily. En voulant la protéger, il lui avait fait mal.

— Je suis désolé, Emily. Terriblement désolé...

Il détailla les cheveux de jais, la peau nacrée, les lèvres sensuelles au goût de mûres. Sa joue était encore marquée par les bleus que lui avaient infligés Ratlin et Jenks. S'il avait été honnête avec Emily, elle n'aurait pas suivi Jake Spoon ce jour funeste, elle n'aurait pas été capturée et terrorisée par deux meurtriers. Il serra les poings.

— Je ne commets pas beaucoup d'erreurs dans mon métier, mais cette fois-ci, j'en ai commis une immense. Si vous me donnez une chance, Emily, j'essayerai de me faire pardonner.

Il lui effleura la joue. Elle frémit ; elle ne supportait pas qu'il la touche.

— Ils vous ont fait mal, poursuivit-il d'une voix brisée, et je ne me le pardonnerai jamais.

Emily vit la détresse sincère dans ses yeux.

— Est-ce que… est-ce que Jenks vous a fait mal d'une autre manière ? demanda-t-il, le cœur battant.

— Il m'a embrassée, murmura-t-elle, réprimant un haut-le-cœur. C'était affreux… J'ai tenté de le repousser, mais ils m'avaient attaché les poignets. Puis Ratlin l'a empêché de continuer. Il lui a dit qu'il pourrait faire ce qu'il voudrait avec moi, mais seulement après l'attaque de la diligence. Avant de me tuer…

Elle chancela. Clint la serra contre lui, bouleversé de rage et de colère. Il aurait aimé chasser le souvenir de cette captivité de la mémoire d'Emily, la protéger de tout chagrin, de toute peur. Mais c'était trop tard. Elle n'oublierait jamais… et ne lui pardonnerait jamais.

— J'ai envie de le tuer. J'aimerais qu'il s'échappe de prison, pour que je puisse le pourchasser et le punir de vous avoir touchée.

La jeune femme posa la joue contre son épaule et éclata en sanglots. Elle avait déjà pleuré, seule, de colère et de chagrin, mais désormais elle pleurait de tout son cœur. Clint la pressa contre lui, comme pour absorber toute cette douleur et la lui enlever.

Lorsque les sanglots s'apaisèrent, il lui donna son mouchoir pour qu'elle essuie ses joues. Elle s'assit sur le banc de la cellule, épuisée, les cheveux emmêlés.

Il s'agenouilla et lui prit la main.

— Emily, je ne vous demande pas de me pardonner. Je sais que vous ne ressentirez jamais pour moi ce que j'éprouve pour vous. Après ce qui s'est passé, je comprends que vous me détestiez…

— Mais je ne vous déteste pas, voyons.

— Je croyais…

— Je suis furieuse, c'est tout. Du moins, je l'étais, avoua-t-elle, étonnée de ressentir soudain les choses autrement.

La colère qui l'avait envahie depuis Bitter Rock s'était évanouie. La douleur et les larmes s'étaient envolées, comme des feuilles mortes emportées par l'orage. Clint n'était plus l'homme qui lui avait caché la vérité, mais celui dont les caresses et les baisers lui donnaient vie. Celui qui avait séché ses larmes, acheté son panier devant toute la ville. Celui qui l'avait aimée dans un grenier, et trouvée à Bitter Rock quand elle avait eu besoin de lui.

Un homme qui essayait de faire ce qui était juste, et qui reconnaissait ses torts.

L'homme qu'elle aimait. À qui elle pardonnait.

— Qu'avez-vous dit, Clint ? Que je n'éprouverais jamais ce que vous ressentez pour moi ?

La main de Clint pressa la sienne.

— Que ressentez-vous pour moi ? murmura-t-elle, pleine d'espoir.

Les paroles lui vinrent aisément. C'était pourtant la première fois qu'il les disait à une femme, mais il n'éprouvait aucune gêne ni aucune honte.

— Je vous aime, Emily. Si seulement vous saviez à quel point… Je ne pensais pas qu'on pouvait aimer autant.

Il l'attira tendrement à lui.

— Je vous aime, répéta-t-il d'une voix rauque.

Une joie intense enflamma la jeune femme. L'amour et le désir qu'elle lisait dans ses yeux bleus répondaient en écho à son propre désir, à son propre amour.

— Oh, Clint… moi aussi, je vous aime !

Il l'embrassa avec une ferveur qui lui coupa le souffle.

— Épousez-moi, dit-il en déboutonnant la robe et en déposant une traînée de baisers sur sa joue et son cou.

— Je ne sais pas… Votre famille… la mienne… ils ne voudront pas…

— Nous n'épousons pas nos familles, Emily. Dites oui, bon sang !

— Oui !

— Quand ?

— Dès que j'aurai cousu ma robe de mariée…

Elle n'eut pas le temps de finir. La bouche de Clint saisit la sienne en un baiser fougueux.

Pendant les heures qui suivirent, ils parlèrent avec leurs mains, leurs lèvres, leurs corps et leurs cœurs, célébrant l'amour qui avait jailli entre eux en dépit de tous les obstacles. Seuls dans la cellule, coupés de la ville et du monde, ils s'aimèrent jusqu'aux premières lueurs de l'aube.

Et ce ne fut qu'au matin, lorsque Pete et Lester vinrent les délivrer, que Clint sortit une autre clé de sa botte.

— Un double, expliqua-t-il à Emily qui le contemplait, bouche bée. Je le garde toujours sur moi, au cas où.

— Et tu n'as pas jugé utile de m'en parler hier soir ?

— Non, répondit-il en riant. Je voulais passer une nuit entière avec toi.

Pour une fois, glissant sa main dans celle de Clint, la jeune femme ne protesta pas.

26

Lissa McCoy arriva en diligence par une matinée brumeuse qui sentait la pluie. Elle portait un charmant bonnet à plumes. Elle serra Joey dans ses bras, sous le regard enchanté d'Emily.

Le cœur léger, celle-ci embrassa son amie qui semblait reposée et heureuse, malgré sa robe bleue froissée, dont l'ourlet avait pris la poussière pendant le voyage.

— Comment pourrais-je jamais te remercier ? demanda Lissa, les larmes aux yeux, en la serrant sur son cœur.

Avec sa belle robe et son bonnet, elle n'avait rien de la jeune femme pauvre et désespérée qui avait fui Jefferson City. Ses grands-parents l'avaient visiblement accueillie à bras ouverts.

— Joey et toi êtes sains et saufs, c'est tout ce qui compte. J'ai tellement de choses à te raconter.

— J'en suis sûre, répondit Lissa en regardant l'homme séduisant qui se dressait à côté d'Emily et lui paraissait étrangement familier.

— J'aimerais te présenter… commença Emily en rougissant.

— C'est le shérif Clint ! lança Joey. Lui et Em'ly vont se marier, et ils m'ont invité au mariage.

— Vraiment ? intervint une voix grave à l'intérieur de la diligence. Est-ce que je peux venir aussi ?

Un homme au physique imposant sauta à terre. Il était vêtu de noir, excepté pour la boucle argentée de son ceinturon. Un chapeau était planté bas sur son front. Mais son visage…

Emily se figea, et Clint écarquilla les yeux.

— Mon grand-père a insisté pour que je sois accompagnée, dit Lissa. Voici mon protecteur, Nick Barclay.

Nick et Clint éclatèrent de rire. Puis les deux frères s'embrassèrent et se tapèrent dans le dos.

— Et voici mon fiancé, Clint Barclay, notre shérif, compléta Emily. Je crois comprendre que ton protecteur est son frère.

Nick expliqua d'un air malicieux qu'il n'avait pas avoué à Lissa que son frère était le shérif de Lonesome. Les grands-parents de Lissa étaient de vieux amis de Reese Summers. Clint et Nick les connaissaient depuis longtemps.

— C'est une joie, mademoiselle Spoon, dit Nick en lui baisant la main. Ainsi, vous épousez mon grand frère ? Vous êtes courageuse. Je ne comprends pas ce que vous lui trouvez, mais il a beaucoup de chance.

— J'ai l'intention de le lui prouver tous les jours, répliqua Emily avec un sourire.

— Croyez-moi, je mesure mon bonheur chaque fois que je la contemple, ajouta Clint en entourant d'un bras les épaules d'Emily.

Nick Barclay les étudia tous les deux, remarquant qu'ils se dévoraient des yeux.

— Tu es aussi raide dingue amoureux de Mlle Spoon que Wade de Caitlin, n'est-ce pas ? Je ne pensais pas voir le jour où mes frères... Pardonnez-moi, mademoiselle, mais j'ai besoin d'un remontant. C'est un véritable choc !

— Ne t'inquiète pas pour lui, Emily, dit Clint. La seule idée du mariage lui donne de l'urticaire.

La jeune femme éclata de rire. Visiblement, les frères Barclay s'aimaient beaucoup. Ils se ressemblaient aussi, même si les cheveux de Nick étaient plus sombres, et ses yeux d'un gris presque noir.

— Quand aura lieu le mariage ? s'enquit Lissa.

— La semaine prochaine. Clint a envoyé un télégramme à Wade et Caitlin, et il espérait vous prévenir aussi à temps, ajouta Emily en souriant à Nick. Quelle chance que vous soyez là !

— Comment es-tu devenu le protecteur de Lissa ? questionna Clint.

— Sam et Lila Parker m'ont contacté. Ils s'inquiétaient à cause de ce qui s'était passé à Jefferson City, et ils m'ont chargé de ramener Lissa et son fils sains et saufs à la maison.

— Joey, tu as compris ? demanda Emily en se penchant vers lui. Cet homme qui va vous raccompagner en Californie est le frère du shérif Clint, n'est-ce pas merveilleux ?

— Êtes-vous aussi un shérif ? s'enquit Joey en levant les yeux vers l'homme qui ressemblait tant à Clint.

— Non, mais je suis aussi bon pisteur et tireur que mon frère. Je peux vous protéger, ta maman et toi, Joey. Personne ne vous fera plus jamais peur.

— Tant mieux, mais je ne veux pas partir avant le mariage. C'est d'accord, maman ?

— Bien sûr.

— Tu sais quoi, maman, je n'ai plus peur, lança Joey avec fierté. J'ai appris plein de choses du shérif Clint, d'oncle Jake, de Pete et de Lester. John Armstrong est venu ici, mais il est reparti et il ne nous trouvera jamais...

— Il était ici ? s'exclama Lissa, le visage blême.

— Il n'a pas vu votre fils, assura Clint d'un ton apaisant. (Il souleva Joey et le posa sur ses épaules.) On va vous emmener au ranch des Spoon et tout vous raconter.

— Tu dormiras dans la chambre d'Em'ly, maman, expliqua Joey. Elle a fait un énorme gâteau au chocolat ! Tu auras droit à la première part.

— Si Lester et Pete n'ont pas déjà tout mangé ! plaisanta Emily.

Les jours suivants, les deux amies se racontèrent toutes leurs aventures depuis que Lissa avait fui Jefferson City.

Joey était très excité à l'idée de rencontrer ses arrière-grands-parents, mais il était attristé de devoir quitter Emily, Clint, oncle Jake, Lester et Pete, ainsi que ses camarades. Lissa lui promit qu'ils reviendraient leur rendre visite, et que tous seraient les bienvenus à San Francisco.

Emily lui raconta ce qui s'était passé. Elle s'attendait à ce que Lester épouse tôt ou tard Carla Mangley, et Pete semblait entiché de Florry Brown. Elle lui expliqua également comment elle était tombée amoureuse du séduisant shérif.

— Et ta famille l'a accepté ? C'est lui qui a mis ton oncle en prison.

— Ils nous ont même permis de nous réconcilier, révéla Emily. À force de travailler ensemble pour coincer Ratlin et sa bande, ils ont appris à se respecter. Mais les hommes de ma famille préféreraient sauter d'une falaise plutôt que de l'avouer. Ils admettent simplement qu'il me rend heureuse.

— N'importe qui peut le voir ! s'amusa Lissa. Sa manière de te regarder me donne des frissons. Tu as de la chance d'avoir trouvé un homme qui t'aime autant.

— Je sais. Mais moi, je l'aime encore davantage. Quand je suis arrivée ici, je voulais seulement un nouveau départ pour ma famille et ne plus être seule. Je ne pensais pas trouver quelqu'un d'aussi merveilleux que Clint. Il a forcé Jenks à lui avouer où Ratlin me retenait prisonnière. Pete m'a dit qu'il était prêt à le tuer. Il aurait perdu son étoile, il aurait peut-être été en prison, mais selon Pete, Clint était prêt à tout pour me sauver.

— Je suis heureuse pour toi, Emily. Il s'évanouira en te voyant dans ta robe de mariée.

— Je l'espère bien ! répliqua-t-elle en riant. Sinon, je serai très déçue...

Les journées avant le mariage passèrent vite. Emily se réveillait tous les matins en songeant qu'elle serait bientôt dans les bras de Clint. Et tous les soirs, ils discutaient, se tenaient la main et s'embrassaient sous le porche.

Ce furent des journées heureuses. Emily cousait sa robe du matin jusqu'au soir. Nettie, Margaret et Lissa l'aidaient à préparer la réception, qui se tiendrait dans le grand salon de Nettie. Wade et Caitlin Barclay arriveraient la veille du mariage.

Pour leur voyage de noces, Clint souhaitait l'emmener à Cloud Ranch, puis à San Francisco.

La veille du mariage, le ciel était d'un bleu éclatant. La diligence de Wade et Caitlin était attendue à trois heures, et Emily avait prévu un grand dîner pour les accueillir. Nettie lui avait donné une recette de tourte au homard; Lissa préparerait son poulet aux raisins. La maison brillait comme un sou neuf, et des tartes cuisaient dans le four.

Oncle Jake et les garçons vinrent déjeuner, suivis de Clint et Nick. Emily leur prépara des sandwichs au jambon, puis les chassa de la cuisine où les femmes s'affairaient pour le dîner.

— Ça sent rudement bon, commenta Joey à son retour de l'école.

— Je compte sur toi pour nous montrer tes plus belles manières à table, jeune homme, déclara Lissa en lui versant un verre de lait. Le frère du shérif Clint et son épouse sont des invités de marque.

— Joey a toujours d'excellentes manières, dit Emily en lui adressant un clin d'œil. Mais si tu joues aux cartes, rappelle-toi qu'il ne faut pas tricher.

— Tricher? s'exclama Lissa.

— Oncle Jake m'a appris comment faire pour que personne ne le remarque, se vanta le petit garçon.

— Seigneur, tu ferais bien d'oublier cela avant que nous arrivions à San Francisco.

— Tu n'iras pas à San Francisco, *petite salope*. Tu n'iras nulle part!

Emily lâcha une carotte, qui tomba par terre et roula jusqu'à la botte incrustée de poussière de John Armstrong...

L'ex-fiancé de Lissa se dressait dans l'embrasure de la porte, encore plus grand et imposant que dans le souvenir d'Emily. D'une main, il tenait une carabine, et un poignard était coincé dans sa ceinture. Lissa poussa un cri étranglé et Joey, assis à table, demeura pétrifié, le verre de lait à la main.

Le cœur d'Emily se mit à battre la chamade.

Le parfum des tartes ne résistait pas à l'odeur de sueur et de pommade pour cheveux d'Armstrong.

Avec un sourire terrifiant, il referma la porte de la cuisine d'un coup de pied.

— Je passais en ville, mesdames, quand j'ai appris qu'un grand mariage se préparait. J'ai entendu quelques noms que je connaissais. Des invités des fiancés. J'ai eu de la chance. Contrairement à toi et à ton sale gamin, Lissa ! éructa-t-il. Et à ton amie ici présente, ajouta-t-il en toisant Emily qui serrait dans une main son couteau de cuisine.

— J'ai quelque chose à vous dire, Barclay.

Jake Spoon avait rattrapé Nick et Clint non loin de la maison. Son cheval s'agitait sous lui.

— Ça ne peut pas attendre, Spoon ? Je vais chercher mon frère à la diligence.

— Je n'en ai pas pour longtemps.

Jake dévisagea l'homme qui l'avait pourchassé sans merci et envoyé pour sept ans en prison.

— Vous êtes le dernier homme que j'aurais souhaité comme mari pour ma nièce, dit-il en lâchant un crachat. Mais c'est Emily qui décide, et elle vous a choisi.

— Et alors ? rétorqua sèchement Clint.

— On ne dira jamais de moi que je ne suis pas quelqu'un de juste. J'ai volé ce qui ne m'appartenait pas et j'ai payé ma dette. Désormais, c'est du passé. (Il inspira profondément.) Je ne veux pas que vous le lui reprochiez.

Clint entendit la voix de Jake trembler. Il savait comme Emily comptait aux yeux du vieil homme.

— Je ne le ferai jamais. Je l'aime, répondit-il à voix basse. Sachez aussi, Spoon, que ce qui est arrivé entre nous il y a sept ans, c'est du passé pour moi. Vous avez payé, en effet. Cela me suffit.

— Je voulais aussi vous dire que Pete et Lester n'ont pas attaqué de diligence, depuis que nous avons mené notre dernière attaque ensemble dans le Missouri.

— Je ne veux pas leur créer d'ennuis, Spoon. J'aime votre nièce, bon sang! Elle va entrer dans ma famille. Vous, Pete et Lester êtes sa famille à elle : que je le veuille ou non, vous devenez aussi la mienne.

— Faudra voir, grommela Jake, mais ses yeux brillaient de malice. Bien sûr, vous me devez une fière chandelle. Si je n'avais pas dit à mes garçons de vous enfermer dans la cellule…

— Je parie que vous avez aussi dit à Pete de m'assommer.

— C'était le seul moyen, s'amusa Jake.

— De toute façon, je n'aurais jamais laissé Emily m'échapper. Je l'aurais forcée à m'écouter…

— Ah?

— Et elle m'aurait pardonné tôt ou tard, continua Clint d'un ton ferme. Il me semble d'ailleurs que vous en avez également profité. Jusqu'à sa réconciliation avec moi, elle ne vous parlait plus.

— Elle nous parlait! Pas beaucoup, mais elle parlait…

— Excusez-moi, tous les deux, intervint Nick. Au cas où vous l'auriez oublié, une diligence arrive.

— Allez-y, lança Jake en faisant pivoter son cheval. Je voulais seulement m'assurer qu'on s'était bien compris.

— Nous nous comprenons, Spoon, répliqua Clint. Je veillerai sur Emily comme elle le mérite. Ne vous en faites pas pour ça.

Jake se contenta de hocher la tête, puis il repartit vers le ranch.

Joey repoussa sa chaise.

— Vous feriez mieux de partir tout de suite. Oncle Jake a dit que si jamais il mettait la main sur vous... Et le shérif Clint a dit...

— De toute façon, ils ne sont là ni l'un ni l'autre. Je les ai vus partir.

Armstrong fit un pas vers Joey, mais Lissa s'interposa :

— Laissez-le tranquille !

— Tu me donnes des ordres, maintenant ? se moqua-t-il en la menaçant avec la carabine.

— Non, c'est moi qui donne les ordres ici, décréta Emily en se dressant à côté de son amie. Laissez-nous tranquilles. Je vous préviens, si vous ne partez pas tout de suite...

— Je ne m'en irai pas sans cette femme et le garçon. Mais auparavant, je vais vous donner une bonne leçon, à tous les trois.

Soudain, Joey se précipita vers la porte. Armstrong se tourna pour le viser, et Lissa se jeta sur lui. Il la repoussa aisément, tandis que l'enfant s'élançait dans la cour. Armstrong voulut le suivre, mais Emily se planta devant lui.

— Laissez-le partir! ordonna-t-elle alors qu'il pointait le fusil sur elle, le visage rouge de colère. Vous n'avez pas besoin de lui. Ce n'est qu'un petit garçon. C'est à Lissa et moi que vous voulez parler.

— Je ne vais pas me contenter de parler! grogna-t-il.

— Je ferai tout ce que vous voulez, John, l'implora Lissa. Mais, je vous en prie, laissez Joey en dehors de cette histoire…

— Tu m'as créé bien des ennuis, dit Armstrong avec des yeux haineux. Sais-tu depuis combien de temps je te cherche?

Un long sifflement retentit au-dehors, suivi de quelques stridulations plus courtes.

Emily retint son souffle : c'était le signal de danger que Clint avait appris à Joey. Armstrong tourna la tête vers le bruit qui ne s'interrompait pas, mais la jeune femme capta son attention.

— Monsieur Armstrong, asseyez-vous, je vous en prie. Je vais vous offrir une part de tarte, et nous allons discuter de tout cela tranquillement. Aimeriez-vous du café?

— La ferme! cria-t-il. C'est entre elle et moi. Toi, tu ne fais que te mêler de ce qui ne te regarde pas. Elle a dit qu'elle m'épouserait, puis elle a changé d'avis, et c'est ta faute.

Il fit un pas menaçant en direction d'Emily.

— Non, John! s'écria Lissa. C'est contre moi que vous êtes en colère. Je n'aurais jamais dû m'enfuir.

— T'as sacrément raison. J'ai traversé quatre États à ta recherche. Où étais-tu passée? Au saloon, ils ont dit que tu es venue en ville avec un homme. Tu es mariée?

304

— Non, non. Je ne suis pas mariée…

— Alors qui est ce type, espèce de traînée ! Je savais que tu me tromperais un jour… Tu as toujours été une sale menteuse…

Dehors, les sifflements cessèrent.

— Quelque chose ne va pas, grommela Armstrong, la sueur au front. Où est ce maudit gamin ? Il faut qu'on sorte d'ici.

Il empoigna le bras de Lissa, qui émit un cri de douleur.

Emily bondit et enfonça son couteau dans le bras d'Armstrong.

— Cours, Lissa ! cria-t-elle.

L'homme poussa un hurlement. Le sang gicla. Sanglotant, Lissa se précipita vers la porte.

Emily repoussa Armstrong et emboîta le pas à son amie.

Devant elle, Nick Barclay pointait son arme sur la cabane. Oncle Jake se tenait à côté de Nick. Pete et Lester se dressaient à sa droite, brandissant leurs revolvers.

Ils formaient un demi-cercle autour de la cabane, et sous le porche se trouvait Clint. Il attrapa Emily et la propulsa derrière lui.

Le visage déformé par la haine et la douleur, Armstrong sortit à son tour.

— On ne bouge plus, Armstrong. Lâche ton arme !

— Dégagez, shérif ! ordonna l'autre avec mépris. C'est ma femme. C'est entre elle et moi. Et cette salope aux cheveux noirs m'a poignardé. Vous voyez ça ? (Il montrait son bras ensanglanté.) C'est elle, la coupable. Faut l'arrêter.

— J'ai dit : lâche ton arme ! répéta Clint d'une voix glaciale.

Serrant Lissa dans ses bras, Emily sentait son cœur battre la chamade. Seul Clint les séparait d'Armstrong.

— Tu es fait comme un rat, grogna Nick.

— Si tu veux sortir vivant d'ici, lâche ton arme, renchérit Jake.

Emily voyait la panique d'Armstrong. Il regarda les hommes qui l'entouraient, le shérif qui se tenait devant lui, l'arme au poing. Mais la colère l'empêchait de raisonner.

— Dans ce cas, vous irez tous en enfer avec moi! hurla-t-il.

Mais lorsqu'il appuya sur la détente, les cinq hommes tirèrent en même temps.

Armstrong s'écroula, déchiqueté par les balles.

Soudain, Emily se retrouva dans les bras de Clint. Il la serrait contre lui, murmurant son nom telle une litanie. Peu à peu, son vertige de peur et de dégoût s'estompa.

Quand elle rouvrit les yeux, elle vit Lissa assise au pied de l'arbre, Joey sur les genoux, tandis que Nick se penchait vers eux. Oncle Jake, Pete et Lester emportaient le corps d'Armstrong.

— C'est fini, Emily, chuchota Clint. Est-ce que ça va?

— J'ai eu tellement peur, dit-elle en s'agrippant à lui comme un naufragé à sa bouée.

— Tu as eu raison d'avoir peur. Heureusement que Joey s'est souvenu du sifflement que je lui avais appris.

— Clint, j'ai pensé...

— Je ne l'aurais jamais laissé te tirer dessus, ma chérie. Jamais.

— Non, je croyais qu'il allait t'abattre, toi.

Il lui caressa le dos, puis déposa un baiser sur son front. Cette femme si courageuse avait eu peur pour lui... Il ferma les paupières, remerciant le ciel qu'elle l'aime autant.

— Jamais je n'aurais laissé quelque chose nous séparer, Emily. Et certainement pas une vermine comme Armstrong. Surtout pas la veille de notre mariage. J'attends avec impatience mon voyage de noces, à moins que tu n'aies oublié ?

Seigneur, elle avait tout oublié ! Le dîner, la diligence qui amenait la famille de Clint, son mariage le lendemain. Mais tout revint d'un seul coup, et elle enlaça cet homme qui était toujours là quand elle avait besoin de lui, celui dont elle était tombée amoureuse en dépit des obstacles que le destin avait mis sur leur chemin.

— Un voyage de noces... dit-elle en souriant. Je suis impatiente.

— Et moi donc.

Elle rit, soulagée. Lissa et Joey étaient enfin en sécurité. Armstrong ne les tourmenterait plus. Ils n'auraient pas à vivre cachés, la peur au ventre. Désormais, un avenir radieux les attendait tous.

— Serre-moi dans tes bras, murmura-t-elle en se pelotonnant contre lui.

Il la serra si fort qu'elle sentit le battement de son cœur.

— Je te tiendrai pour toujours dans mes bras, Emily. Si tu le permets. Mariage ou non, voyage de noces ou non, tu es à moi. Je ne te laisserai jamais t'en aller.

— C'est bien. Parce que je n'ai aucune envie d'être ailleurs que dans tes bras. Maintenant et pour toujours.

Clint l'embrassa tendrement, sans se soucier des autres. L'avenir leur appartenait.

— Toujours… j'aime ce mot, approuva-t-il.

— Moi aussi, Clint, dit-elle, le cœur gonflé d'amour. Moi aussi.

Épilogue

Un mois plus tard

Sous un ardent soleil d'été, Emily gravissait la colline vers la maison en bois que son mari était en train de construire. Ce coin de paradis se trouvait non loin de la cabane où habitait sa famille, sur les terres du ranch de Quatre Heures. Un ruisseau coulait derrière la maison où sautillaient des grenouilles, mais Emily ne regardait ni le ruisseau ni la prairie qui montait en pente douce vers la maison, ni les arbres majestueux dressés au garde-à-vous telles des sentinelles. Elle fixait l'homme qui travaillait torse nu, les cheveux dans les yeux.

Son époux.

Comme à chaque fois, son cœur bondit d'allégresse. Clint sembla deviner sa présence et releva la tête. Il sourit quand elle se précipita dans ses bras.

— Tu es belle comme le jour, madame Barclay, dit-il en l'embrassant et en lui prenant son panier.

— Toi aussi, monsieur Barclay.

Ils étendirent la couverture sur l'herbe, près des troncs d'arbres qui formeraient bientôt leur maison. Emily sortit des assiettes, des sandwichs et des petits gâteaux, ainsi qu'une bouteille de limonade.

Après le déjeuner, ils se reposèrent à l'ombre d'un arbre, dans les bras l'un de l'autre, observant le ciel bleu et parlant de l'avenir.

Leur mariage avait été un succès. Dans sa robe de satin blanc brodée de dentelle d'un rose très pâle, la jeune femme ne touchait plus terre et avait failli oublier de dire « oui », tant elle avait été subjuguée par l'expression d'amour ébahie de son fiancé.

Oncle Jake l'avait menée à l'autel – Pete et Lester n'avaient pas une seule fois froncé les sourcils en regardant Clint – et Wade et Caitlin Barclay, tout comme Nick, l'avaient accueillie avec une tendresse sincère au sein de la famille Barclay.

Le voyage de noces avait été tout aussi réussi.

À son retour de San Francisco et de Cloud Ranch, Emily s'était aperçue qu'elle était encore plus amoureuse de Clint qu'auparavant. Il avait aussitôt commencé la construction de leur maison. Jake et les garçons lui donnaient souvent un coup de main, et il espérait l'avoir terminée avant l'hiver.

Emily était occupée, elle aussi. Lester et Carla se marieraient en novembre, et elle cousait pour celle-ci une robe en velours ivoire, au bustier semé de paillettes, avec une élégante traîne en satin.

Pete et Florry semblaient également sur le point d'annoncer leurs fiançailles, mais ils n'étaient pas le seul couple auquel s'intéressait Cupidon : oncle Jake rendait souvent visite à Nettie Phillips...

Si ça continue, songea Emily, je vais passer ma vie à coudre des robes de mariées pour les femmes de Lonesome !

— J'ai un cadeau pour toi, annonça Clint. À vrai dire, je l'avais oublié.

Il se tut, embarrassé.

Étonnée, Emily le regarda se lever et prendre une enveloppe dans sa sacoche de selle. Il en retira un document, qu'il lui apporta. Elle le parcourut rapidement.

— Mais... ce n'est pas possible ! s'exclama-t-elle.

— Si. Voici l'acte de propriété authentique du ranch de Quatre Heures, anciennement le ranch des Sutter.

— Mais c'est oncle Jake qui le possède ! Il te l'a montré.

Clint secoua la tête.

— Quand le vieux Henry Sutter est allé chercher fortune à Leadville dans les mines, il a eu besoin d'argent pour tenir le coup jusqu'à ce qu'il trouve un filon rentable. Alors il m'a vendu son ranch. J'en avais assez de vivre dans ces deux petites pièces au-dessus de la prison. J'avais prévu de faire de l'élevage, et d'engager un assistant pour garder un œil sur la ville. Mais je n'avais pas encore eu le temps de m'occuper du ranch à votre arrivée.

— Je ne comprends pas. Si Henry Sutter t'avait vendu le ranch, comment oncle Jake a-t-il obtenu un acte de vente ?

— C'était un faux. Sutter a eu probablement besoin d'argent frais, et il a fait fabriquer de faux titres de propriété. Ton oncle n'a pas été le seul à tomber dans le piège. Un joueur de poker nommé Ike Johnson est venu l'année dernière visiter «son» ranch. Il avait un acte comme celui de ton oncle. Quand il a appris la vérité, Johnson était furieux. Sutter avait perdu l'acte lors d'un poker.

— La même chose est arrivée à oncle Jake, dit Emily, abasourdie. Il l'a gagné en jouant au poker avec Henry Sutter après sa sortie de prison. Il a dit que c'était le destin, que tante Ida avait dû l'aider à gagner, pour qu'il puisse commencer une nouvelle vie pour nous tous.

— Peut-être l'a-t-elle fait, murmura Clint.

Il remit le document dans l'enveloppe. Les feuilles des arbres bruissaient dans le vent.

— Ainsi, tu as toujours été le propriétaire légitime du ranch de Quatre Heures ? Tu as demandé à oncle Jake de te montrer l'acte, mais tu n'as rien dit, alors que tu aurais pu nous jeter à la porte.

Il se rassit et l'attira à lui.

— Je suppose que je voulais te garder dans les parages…

— Je me demande bien pourquoi, répliqua-t-elle en souriant.

Étudiant la bouche sensuelle et le regard pénétrant de Clint qui semblait sonder son âme, Emily éprouva un puissant élan de reconnaissance et d'amour.

— Ne dis rien à Jake, ni à Pete ou Lester. Ils n'ont pas besoin de savoir. Je te donne l'acte de propriété, Emily. C'est un cadeau de mariage un peu tardif, conclut-il en lui caressant les cheveux.

— Mais Clint…

— Le domaine est assez grand pour le partager. Et puis, nous sommes une même famille, désormais.

312

Une famille. Comme elle aimait entendre ces mots !

— C'est vrai. Plus encore que tu ne le penses, ajouta-t-elle tandis qu'il défaisait les boutons de sa chemise blanche.

— Que veux-tu dire, madame Barclay ?

Elle sourit en caressant les muscles de son torse. Elle aimait sentir son corps sous le sien, la chaleur de sa peau, alors qu'ils étaient allongés à l'ombre, par un bel après-midi paisible.

— Moi aussi, j'ai un cadeau pour toi.

— J'ai deviné, dit-il en lui retirant sa chemise en un tournemain, avant de la faire rouler sous lui.

Elle éclata de rire.

— Attends ! C'est là, dans ma poche.

Elle le repoussa et lui montra ce qu'elle avait apporté. Clint regarda les petites bottines jaunes tricotées.

— Est-ce que tu essayes de me dire… ?

Il prit une profonde inspiration. Emily le scrutait, ses grands yeux gris remplis de bonheur et d'espérance, mais aussi d'une légère inquiétude.

— Es-tu certaine ?

— Oui, mon chéri. Je suis allée voir le Dr Calvin hier.

Clint poussa un cri de joie et lui donna un tendre baiser qui balaya toutes ses incertitudes.

— J'en déduis que tu es content.

— Content ? répéta-t-il avec un immense sourire. Le mot est faible.

Une lueur malicieuse dans le regard, la jeune femme l'attira à elle. Tandis qu'elle l'embrassait avec ardeur, elle sentit la chaleur coutumière l'envahir. Une chaleur plus intense que le soleil, née de la passion, de la joie et de l'amour.

L'amour.

L'amour pour cet homme qui avait changé sa vie, gagné son cœur et unit leurs âmes. L'amour pour leur future maison, leurs enfants à venir, les jours et les nuits qu'ils passeraient dans les bras l'un de l'autre.

Découvrez les prochaines nouveautés
de la collection
Aventures et Passions

Le 9 mai

Le voleur de fiancées de Jacquie D'Alessandro (n° 6564)

Angleterre, début du XIXe siècle. Samantha, jeune fille de caractère, est enlevée par un homme masqué, le voleur de fiancées, qui croyait la sauver d'un mariage non désiré. Mais Samantha avait son idée pour échapper à un homme qu'elle n'aimait pas. Point besoin d'un voleur pour se débrouiller ! Cependant, elle ne peut oublier son ravisseur. Aussi, lorsque son voisin Eric commence à la courtiser, Samantha n'en a que faire : elle ne pense qu'à son valeureux sauveur...

Le 16 mai

Un tempérament de feu de Robin Lee Hatcher (n° 6565)

Angleterre, Moyen Âge. Richard est seigneur d'un beau château et fidèle vassal du roi d'Angleterre. Lors d'un tournoi, un jeune écuyer meurt. Richard a alors la mission de protéger sa sœur Ranna. Mais la jeune femme, farouche, ne l'entend pas de cette oreille : elle rend le seigneur responsable de la mort de son frère et préfère de loin vivre dans son manoir en ruine que de se laisser approcher par un barbare comme lui...

Le 23 mai

La métisse de Denver de Beverly Jenkins (n° 6566)

Monty, sur son lit de mort, demande à son épouse Leah de retrouver la trace des deux fils qu'il avait abandonnés par le passé. Leah prend donc la route de Denver, et rencontre Seth et Ryder. Mais une autre surprise de taille l'attend : ne pouvant faire face aux dettes de son défunt mari, Leah risque d'être jetée en prison. Ryder, sensible au charme de la jeune femme, lui fait une proposition malhonnête : si elle devient sa maîtresse, il éponge les dettes !

Ce mois-ci, retrouvez également les
titres de la collection

Amour et Destin

Des histoires d'amour riches en émotions déclinées en trois genres :

Intrigue   *Romance d'aujourd'hui*   *Comédie*

Le 4 avril   *Intrigue*

Vengeance au féminin de Lynn Erickson (n° 6532)

Eleanor Kramer, dont le père a été injustement condamné et emprisonné
pour le viol et le meurtre d'une adolescente, a décidé de venger son père.
Elle termine des études de droit, au cours desquelles elle a pu étudier à
loisir le dossier. Elie projette donc de se rapprocher des deux policiers qui
avaient découvert le corps et inculpé son père, et de les faire parler, d'une
façon ou d'une autre. Sans avoir prévu que Michael serait aussi séduisant, et Finn, un gentleman terriblement prévenant…

Le 11 avril   *Romance d'aujourd'hui*

L'île des trois sœurs – 1

Nell de Nora Roberts (n° 6533)

Pour fuir un mari brutal, Nell a simulé un accident de voiture et fal-
sifié ses papiers. Elle s'installe sur l'île des trois sœurs avec pour seuls
biens une Buick rouillée et un balluchon, mais trouve rapidement du
travail en tant que serveuse, se lie avec les habitants de l'île et parti-
culièrement avec Zack, le shérif, tombé le charme de la jeune femme.
Parallèlement, Nell découvre l'histoire de l'île et de ces trois sorcières
qui auraient créé au XVII᷉ siècle cette nouvelle terre…

Le 28 avril   *Comédie*

Mélo, boulot et quiproquos de Sarah Rayner (n° 6534)

Ivy et sa meilleure copine Orianna travaillent ensemble dans une agence
de publicité londonienne. Ivy, bien que mariée, est un vrai cœur d'arti-
chaut et est secrètement attirée par Dan, un collègue. Le hic, c'est que
Dan sort avec Orianna depuis déjà plusieurs mois. Quand Ivy l'apprend,
elle se sent blessée de ne pas avoir été dans la confidence, et vexée de ne
pouvoir attraper un nouvel homme dans ses filets !

6536

Composition Chesteroc International Graphics
Achevé d'imprimer en France (Manchecourt)
par Maury-Eurolivres
le 11 mars 2003.
Dépôt légal mars 2003. ISBN 2-290-32892-8

Éditions J'ai lu
84, rue de Grenelle, 75007 Paris
Diffusion France et étranger : Flammarion